portadelles doncella 17/1/06 17:59 Pagina 1

Jude Deveraux

Jude Deveraux

La doncella

RBA

Título original: *The Maiden*

Traducción: Lilian Schmidt

Publicado por acuerdo con el editor original, Simon & Chuster, Inc.

Diseño de cubierta: Grey & Trace
Ilustración de cubierta: José del Nido

ISBN: 84-473-4476-2
Depósito legal: M-184-2006

Impresión y encuadernación:
Mateu Cromo Artes Gráficas, S.A.
Ctra. de Fuenlabrada, s/n. Pinto (Madrid)

Impreso en España – Printed in Spain

1

Inglaterra, 1299

William de Bohun se hallaba oculto entre las sombras de los muros de piedra del castillo y contemplaba a su sobrino, que se encontraba sentado junto a la ventana. Rowan, de cabellos rubios que brillaban al sol, fruncía el ceño de su hermoso rostro al concentrarse en el estudio del manuscrito que tenía ante sí. William prefería no pensar cuánto había llegado a significar para él ese joven, a lo largo del tiempo. Rowan era el hijo que hubiera deseado tener.

Al mirar al joven apuesto, alto, de hombros anchos y caderas estrechas, volvió a preguntarse cómo un hombre feo y siniestro como Thal pudo haber engendrado a alguien como Rowan. Thal se hacía llamar rey de Lanconia, pero se vestía con pieles de animales, sus sucios cabellos le llegaban hasta los hombros y comía y hablaba como un bárbaro. A William le producía aversión y sólo toleraba su presencia en su casa porque se lo había pedido el rey Edward. William le había ofrecido su casa hospitalariamente y había ordenado a su mayordomo que organizara entretenimientos para aquel hombre vulgar y tosco, pero, personalmente, se había mantenido alejado de ese joven detestable.

Ahora, a William le asaltaban recuerdos angustiosos cuando miraba a Rowan. Cuando William estuvo ocupado, lejos del castillo, su querida y hermosa hermana Anne se había enamorado de ese hombre detestable. Cuando William se dio cuenta de lo ocurrido, Anne ya estaba tan hechizada por él que amenazaba con matarse si lo perdía. El estúpido rey bárbaro ni siquiera parecía darse cuenta de que Anne ponía en peligro su alma inmortal por el solo hecho de mencionar el suicidio.

Nada de cuanto William hubiera dicho habría desanimado a Anne. William le decía que Thal era una persona repulsiva y Anne lo miraba como si fuera tonto.

—No es repulsivo para una mujer —había dicho ella, riendo de tal modo que William experimentaba náuseas al pensar que las manos de ese hombre untuoso y sombrío pudiesen tocar a Anne, tan rubia y esbelta.

Finalmente, el rey Edward había tomado una decisión por él. Había dicho que los lanconianos eran pocos pero feroces y que si su rey deseaba una esposa inglesa debía tenerla.

De modo que el rey Thal se casó con Anne, la hermosa hermana de William. Este se embriagó durante diez días, con la esperanza de que, cuando recobrara la sobriedad, descubriera que todo había sido producto de su imaginación. Pero cuando despertó de su estupor alcohólico vio a Thal, un poco más alto que su hermana, inclinado sobre ella, envolviendo su rubia belleza con su tenebroso cuerpo.

Nueve meses más tarde nació Rowan. Desde el primer momento, William había experimentado un extraordinario cariño por el pequeño. Aunque estaba casado, William no tenía hijos, pero anhelaba fervientemente un niño. Thal demostró una total indiferencia hacia el bebé.

—Bah, grita por un extremo y huele mal por el otro. Los niños son para las mujeres. Aguardaré hasta que se convierta en un hombre —había gruñido Thal, con su extraño acento inglés. Lo que más le interesaba era que Anne se repusiera rápidamente del parto para volver a acostarse con ella.

William consideraba a Rowan como si fuera suyo y pasaba largas horas haciendo juguetes para él, jugando con el niño y ayudándolo a caminar cuando dio sus primeros pasos. Rowan comenzó a convertirse en su razón para vivir.

Cuando el niño tenía poco más de un año, nació su hermana Lora. Como su hermano, era bonita y rubia y no parecía haber heredado nada de su moreno padre.

Cuando Lora tenía cinco días de vida, Anne murió.

Inmerso en su dolor, William sólo se preocupó por su propio sufrimiento. No percibió la pena ni la amargura de Thal. William sólo pensaba que Thal era la causa de la muerte de su adorada hermana. Le ordenó que se alejara de su casa.

Tristemente, Thal había dicho que al día siguiente se marcharía con sus hombres y sus hijos para regresar a Lanconia.

William no había comprendido el significado de las palabras de Thal, pero, cuando oyó ruidos en el patio de la planta baja, comprendió que Thal se llevaría a Rowan y al bebé. William enloqueció de furia. Normalmente era un hombre sensato, pero en ese momento actuó impulsado por la ira, el sufrimiento y el temor. Reunió a sus caballeros y atacó a Thal y a su guardia personal mientras dormían.

William nunca había visto luchar como lo hacían esos lanconianos. Los hombres de William eran mucho más numerosos, la proporción era de cuatro a uno, pero aun así, tres de ellos, incluido Thal, lograron huir.

La sangre manaba de las heridas que tenía en los brazos, las piernas y la mejilla derecha, pero Thal, de pie sobre el muro del castillo, iluminado por la rosada luz del amanecer, maldijo a William y a su progenie. Thal dijo que sabía que William deseaba apoderarse del príncipe Rowan, pero que jamás lo lograría. Rowan era un lanconiano, no un inglés, y algún día regresaría con su padre.

Luego Thal y sus hombres saltaron el muro y desaparecieron en el bosque.

Esa noche comenzaron las desventuras de William. Su vida, que alguna vez había sido dorada, se tornó gris como el plomo. Un mes más tarde, su mujer había muerto de viruela, luego la enfermedad diezmó a más de la mitad de los campesinos y no pudo efectuarse la cosecha. La nieve, que comenzó a caer prematuramente, arruinó los sembrados.

William volvió a casarse; esta vez lo hizo con una quinceañera rolliza y saludable, que resultó ser prolífera como un conejo. En el transcurso de cuatro años tuvieron cuatro hijos; cuando nació el cuarto, la madre murió. William no se apenó mucho, pues había comprobado que su enamoramiento, basado en la atracción del cuerpo joven y hermoso de su mujer, ya había pasado, y que ella era una joven tonta y frívola, incapaz de ser su compañera.

William se hizo cargo de sus cuatro hijos y de los dos niños de Anne. El contraste era total. Rowan y Lora eran altos y hermosos, de cabellos rubios. Eran inteligentes, siempre ansiosos por aprender; amables. Sus hijos, en cambio, eran tontos y torpes, hoscos y resentidos. Odiaban a Rowan y hacían a Lora objeto de sus bromas malévolas. William sabía que era el castigo que recibía por lo que le había hecho a Thal. Incluso comenzó a pensar que el fantasma de Anne se vengaba del ataque que había descargado sobre su marido.

Cuando Rowan tenía diez años, llegó al castillo de William un anciano de larga barba. Llevaba una corona de oro con cuatro rubíes y dijo llamarse Feilan. Era lanconiano y estaba allí para enseñar a Rowan los hábitos lanconianos.

William se dispuso a atravesarlo con su espada, pero Rowan se interpuso entre ambos. Era como si el niño hubiese sabido que ese hombre llegaría y lo hubiera estado aguardando.

—Soy el príncipe Rowan —dijo solemnemente.

En ese instante, William supo que estaba a punto de perder lo que más amaba en el mundo y no podía hacer nada para impedirlo.

El anciano permaneció en el castillo; dormía en uno de los sótanos y, durante el día, estaba siempre junto a Rowan. Rowan siempre había sido un niño serio; había cumplido obedientemente las obligaciones impuestas por William, pero ahora su capacidad para el estudio parecía ilimitada. El anciano lanconiano enseñaba a Rowan en el aula y en el campo de adiestramiento. Al principio William puso objeciones porque, en su calidad de caballero, consideraba que los métodos de lucha lanconianos eran deshonrosos. Ni Rowan ni Feilan le prestaron atención y Rowan aprendió a pelear de pie, con la espada y la lanza, con un palo, con garrotes y, para horror de William, con los puños. Los caballeros sólo peleaban a caballo.

Rowan no fue criado como otros jóvenes aristócratas, sino que permaneció en el castillo de su tío y estudió con el lanconiano. Los hijos de William fueron marchándose uno a uno para vivir con otros caballeros y convertirse en sus escuderos. Regresaron después de ser armados caballeros, pero continuaron siendo hostiles a Rowan. Cuando se convirtieron en hombres, desafiaron a Rowan en un torneo, con la esperanza de vencerlo y ganarse la estima de su padre.

Rowan los batió fácilmente y luego retornó a sus estudios, imperturbable.

Los hijos de William protestaron por la presencia de su primo en la casa. Colocaban trampas debajo de la montura de Rowan, le robaban sus libros, se mofaban de él en presencia de extraños. Pero Rowan jamás se enfadaba, lo que enardecía aún más a sus toscos primos. La única oportunidad en que William vio enojado a Rowan fue cuando su hermana, Lora, pidió autorización para casarse con un barón que estaba de visita en casa de William. Rowan le había dicho a Lora que era lanconiana y que debía aguardar a ser llamada desde su tierra natal. William estaba azorado, en parte por la explosión temperamental de Rowan, pero más aún por el hecho de que se refiriera a Lanconia como su «tierra natal». Se sintió traicionado, como si el joven no le retribuyera todo el amor que William le había ofrecido. William ayudó a Lora para que llevase a cabo sus planes matrimoniales. Pero, después de dos años de matrimonio, su marido murió y Lora regresó a la casa de su tío, con su pequeño hijo, Phillip. Rowan había sonreído y le había dado la bienvenida.

—Ahora estamos preparados —había dicho, rodeándola con el brazo y tomando a su pequeño sobrino.

En ese momento, William contemplaba a Rowan. Tenía veinticinco años y, durante ese tiempo, William había llegado a amarlo más que a sí mismo. Pero todo había concluido. Afuera aguardaban cien guerreros lanconianos; altos, morenos y llenos de cicatrices, sobre sus caballos de patas cortas y cuerpos anchos. Los hombres tenían una expresión hosca y estaban armados hasta los dientes. Obviamente, estaban preparados para la lucha. El que los lideraba se adelantó y anunció a William que estaban allí para llevarse a los hijos de Thal, ya que este estaba moribundo y Rowan debía convertirse en rey.

William hubiera deseado negarse y estaba dispuesto a luchar para retener a Rowan, pero el hijo mayor de William había apartado hacia un lado a su vacilante padre, dando la bienvenida a los lanconianos con los brazos abiertos. William supo reconocer su derrota. No se podía luchar por alguien que no deseaba permanecer allí.

Abatido, subió los escalones que llevaban a las habitaciones de Lora, donde se hallaba Rowan, estudiando junto a la ventana. Su tutor ya era muy anciano, pero cuando vio la expresión del rostro de William, se puso de pie dificultosamente y fue hacia donde estaba Rowan. Luego, lentamente, apoyó una rodilla en el suelo. Cuando Rowan miró a su viejo tutor, comprendió.

—Viva el rey Rowan —dijo el anciano, inclinando la cabeza.

Rowan bajó solemnemente la suya y luego miró a Lora, que había interrumpido su labor de costura.

—Ha llegado el momento —dijo suavemente—. Debemos ir a casa.

William se alejó para que no vieran las lágrimas que asomaban a sus ojos.

Lanconia

Jura estaba de pie, inmóvil dentro del agua que llegaba hasta sus rodillas. Sostenía una lanza, aguardando el momento propicio para pescar un pez que nadaba lentamente en el agua. El sol que acababa de salir dibujaba el perfil de las montañas de Tarnovia que estaban detrás de ella. Se había quitado los pantalones de su uniforme de guerrera y los había dejado en la orilla. Sólo llevaba la túnica suave y bordada con el emblema de su profesión, y sus piernas, a partir de los muslos, estaban desnudas. El agua estaba helada, pero ella estaba habituada al sufrimiento físico y, desde niña, le habían enseñado a ignorar el dolor.

Oyó pasos a su izquierda; eran pasos leves y por eso supo que se trataba de una mujer. No se movió, pero sus músculos se tornaron tensos, listos para saltar. Continuaba sosteniendo la lanza por encima de su hombro derecho, pero ahora se preparaba para girar sobre sí misma y arrojar la lanza hacia la intrusa.

Sonrió, sin mover apenas el rostro. Era Cilean, su maestra y amiga, que atravesaba el bosque, casi en silencio.

Jura atrapó un pez gordo.

—¿Desayunarás conmigo, Cilean?—dijo en voz alta, quitando el pez de la punta de la lanza y caminando hacia la orilla. Jura medía un metro ochenta y su cuerpo estaba magníficamente modelado por el ejercicio.

Cilean salió de entre los árboles y sonrió, mirando a su amiga.

—Tu oído está tan afinado como siempre. —Ella también llevaba los pantalones de la guerrera irial, suaves botas de cuero que llegaban hasta sus rodillas, sostenidas por jarreteras entrecruzadas desde el tobillo hasta la rodilla. Era tan alta como Jura; tenía piernas largas y delgadas, senos altos y firmes, una espalda flexible y erguida. Pero su rostro no era tan sorprendentemente hermoso como el de Jura. Además comenzaba a delatar sus veinticuatro años cuando estaba junto a Jura, que tenía dieciocho.

—Él ha llegado —dijo Cilean suavemente.

Jura, que estaba recogiendo pequeñas ramas para hacer fuego, tuvo apenas un gesto de vacilación.

—Jura —dijo Cilean con voz implorante—. Algún día deberás afrontarlo. —Hablaba el dialecto irial de Lanconia, una lengua de sonidos suaves y eses arrastradas—. Será nuestro rey.

Jura se incorporó y se volvió para mirar a su amiga. Sus trenzas negras se movieron con ella y su hermoso rostro se llenó de furia.

—No es *mi* rey. Jamás lo será. Es inglés, no lanconiano. Su madre era una inglesa débil; todo el día sentada junto al fuego, cosiendo. Ni siquiera tuvo la fortaleza necesaria para dar muchos hijos a Thal. Nuestro verdadero rey es Geralt. Su madre era lanconiana.

Cilean había escuchado esas mismas palabras centenares de veces.

—Sí; Astrie era una mujer maravillosa y Geralt es un gran guerrero, pero no fue el hijo primogénito y Astrie no fue la esposa legal de Thal.

Jura se volvió, tratando de controlar su enojo. Entrenándose podía ser muy serena, podía mantener la calma aun cuando Cilean le tendiera trampas, como la de ordenar que cinco mujeres atacaran simultáneamente a Jura, pero había un tema respecto del cual Jura no podía controlar su furia ante la injusticia: Geralt. Años antes de que naciera Jura, el rey Thal había viajado a Inglaterra para tratar de celebrar una alianza con el rey de Inglaterra. En lugar de ocuparse del propósito de su viaje, había descuidado los asuntos de estado y había sido hechizado por una inglesa inútil e insulsa. Se había casado con ella y permanecido en Inglaterra durante dos años, engendrando dos raquíticos niños, demasiado débiles para regresar con él a Lanconia cuando murió su mujer.

La gente decía que Thal ya no fue el mismo después de volver de Inglaterra. Se negó a casarse con una mujer lanconiana, pero se acostó ocasionalmente con la hermosa Astrie, de origen noble. Ella engendró a Geralt, un hijo que era todo cuanto un hombre puede desear, pero Thal continuaba lamentándose. Desesperada y tratando de forzarlo a que se casara con ella, Astrie solicitó permiso para casarse con Johst, el guardián de mayor confianza de Thal. Este se encogió de hombros y dio su consentimiento. Tres años después del nacimiento de Geralt, Astrie dio a luz a una niña: Jura.

—Geralt tiene derecho a ser rey —repitió Jura, con voz más serena.

Thal ha tomado una decisión. Si él desea que su hijo inglés sea rey, debemos acatar su decisión.

Jura quitaba las escamas del pescado con su cuchillo.

—Me han dicho que su piel y sus cabellos son blancos. Que es delgado como un tallo de trigo. También tiene una hermana. Seguramente añorará sus comodidades inglesas. ¿Cómo podremos respetar a un rey inglés que nada sabe de nosotros?

—Thal envió a Feilan para que lo instruyera. Hace ya muchos años de eso. Me han dicho que el hombre es un sabio.

—Bah, es poileno —dijo Jura desdeñosamente, refiriéndose a otra tribu lanconiana. Los poilenos creían que podían ganar batallas con palabras. Los jóvenes eran formados en la lectura y la enseñanza libresca, no con espadas—. ¿Cómo puede un poileno enseñar a un hombre a ser *rey*? Seguramente, Feilan le enseñó a leer y a relatar historias. ¿Qué sabe un poileno de la guerra? Cuando los zernas ataquen nuestra ciudad, ¿nuestro nuevo rey les relatará cuentos de hadas hasta que caigan dormidos de sus caballos?

—Jura, eres injusta. No lo conocemos. Es el hijo de Thal y...

—También lo es Geralt —exclamó Jura, enfadada—. ¿Acaso puede este inglés saber la mitad de lo que sabe Geralt sobre Lanconia? —Señaló las montañas que se erguían hacia el norte, esas amadas montañas que durante siglos habían protegido a Lanconia de los invasores—. Ni siquiera conoce nuestras montañas —dijo, como si ello fuera el colmo de la desgracia.

—Tampoco me ha visto a mí —dijo Cilean suavemente.

Jura la miró, sorprendida. Mucho tiempo atrás, Thal había dicho que deseaba que su hijo Rowan se casase con Cilean.

—Thal debe haberlo olvidado. Lo dijo hace años. Eras tan sólo una niña.

—No, no lo ha olvidado. Esta mañana, cuando se enteró de que su hijo inglés estaba cerca del río Ciar, se reanimó y me llamó a su lado. Desea que Daire y yo lo recibamos.

—¿Daire? —dijo Jura. Luego sonrió al pensar en el alto y apuesto Daire, el hombre con quien habría de casarse, el hombre al que había amado desde la infancia.

Cilean miró a su amiga con fastidio.

—¿Sólo te preocupa el hombre al que amas? No te importa que me hayan ordenado casarme con un hombre del que dices que es débil y esmirriado...

—Lo lamento —dijo Jura, con sentimiento de culpa por pensar sólo en sí misma. Debía ser terrible casarse con alguien a quien una no conocía. La horrorizaba pensar que una mujer estuviera obligada a casarse con un hombre cuyos gestos y pensamientos le resultaban extraños y aborrecibles—. Discúlpame. ¿Realmente Thal desea que te *cases* con este... este...? —No hallaba la palabra adecuada para definir al extranjero.

—Dijo que lo había planeado desde siempre. —Cilean se sentó junto al pequeño fuego que Jura había encendido. Su expresión era de angustia—. Creo que Thal teme lo mismo que tú: que ese hijo suyo, al que no ha visto durante más de veinte años, sea como tú lo has descrito. Pero Thal está decidido. Cuanto más tratan de disuadirlo, más inflexible se torna.

—Comprendo —dijo Jura, pensativa. Miró un buen rato a Cilean. Quizá Thal no fuera tan tonto después de todo. Cilean era una mujer sensata e inteligente que ya había demostrado su valor en varios campos de batalla. Cilean sabía controlar sus emociones y, sobre todo, su paciencia, aun en las condiciones más adversas. Si ese príncipe inglés era tan débil como decían, la inteligencia y sabiduría de Cilean podrían evitar que Lanconia cayera bajo su dominio—. Quizás Lanconia tenga un rey malcriado inglés, pero tendrá una inteligente reina lanconiana.

—Gracias —dijo Cilean—. Sí, creo que lo mismo piensa Thal y su confianza me honra, pero yo...

—Tú deseas un *hombre* por esposo —dijo Jura compasivamente—. A alguien como Daire: alto, fuerte e inteligente, y...

Cilean rió.

—Sí, a ti, que eres mi amiga, puedo decírtelo. Por una parte me siento muy honrada, pero por la otra, pienso como cualquier mujer. ¿El inglés tiene *realmente* cabellos blancos? ¿Quién te lo ha dicho?

—Thal —respondió Jura—. Cuando estaba ebrio hablaba de la mujer inglesa que desposó. En una ocasión lo hizo ante mi madre y mi padre la sacó de la habitación. —Jura apretó los labios, pero ello no empañó su belleza. Sus padres habían muerto cuando ella tenía cinco años y Thal la había criado, en esa gran fortaleza de piedra en la que vivía sin ninguna mujer. Cuando una lavandera impidió que Jura jugase con un hacha grande y afilada, temiendo que se cortara los pies, Thal despidió a la mujer.

—Eso nos demostró cómo había sido su vida en Inglaterra —dijo Jura. Cilean sabía que se refería también a Geralt, el hermanastro de Jura, y a Daire, que había sido criado con ellos.

—Jura —dijo Cilean bruscamente—, ¿te comerás ese pescado o no? Apresúrate, así podrás ayudarme a decidir qué debo llevar para el viaje. ¿Supones que la hermana del hijo de Thal se vestirá de seda? ¿Será hermosísima? ¿Nos despreciará a las mujeres lanconianas, tal como lo hicieron esas mujeres galas hace dos años?

A Jura le brillaron los ojos.

—Si lo hace, haremos con ella lo que hicimos con esas mujeres —dijo con la boca llena.

—Eres malvada —dijo Cilean, riendo—. No podemos hacerle *eso* a la mujer que será mi cuñada.

—No tengo escrúpulos. Debemos protegernos de su esnobismo inglés. Naturalmente, sólo bastará hacer intervenir a este Rowan en una batalla y eso acabará con él. ¿Crees que será de los que se sientan en sillas con almohadones de terciopelo y beben cerveza, contemplando la batalla desde lejos? —Jura se puso de pie y arrojó tierra sobre el fuego con su pie. Luego se puso los pantalones y se ató las botas—. ¿Daire irá contigo?

—Sí —dijo Cilean, sonriendo—. Podrás sobrevivir sin su presencia durante unos días. Debemos recibir al inglés y escoltarlo hasta aquí. Creo que Thal teme un ataque de los zernas. —Los zernas eran la tribu más feroz de Lanconia. Eran tan proclives a la guerra como los poilenos a los libros. Los zernas atacaban a cualquiera en cualquier momento y lo que hacían con los cautivos parecía una auténtica pesadilla.

—Un irial no teme a un zerna —dijo Jura, enfadada.

—Sí, pero este príncipe es inglés y el rey inglés considera que es rey de *toda* Lanconia.

Jura sonrió maliciosamente.

—Deberían inducirlo a presentarse ante Brocain, el rey de los zernas, para decirle que es su rey. Entonces ya no tendríamos problemas. Por lo menos, el hijo inglés de Thal estaría *enterrado* en tierra lanconiana. Juro que enterraríamos cada uno de los pedazos en que Brocain lo cortara.

Cilean rió.

—Ven, ayúdame a escoger lo que debo llevar. Saldremos dentro de una hora y debes despedirte de Daire.

—Eso me llevará mucho más de una hora —dijo Jura seductoramente, provocando la risa de Cilean.

—Quizá puedas prestarme a Daire alguna noche después de casarme con este desvaído inglés.

—Esa noche morirás —dijo Jura serenamente. Luego sonrió—. Roguemos para que Thal viva para ver a este inglés hijo suyo y comprenda su error y pueda enmendarlo. Geralt será nuestro rey, tal como debe ser. Ven, corramos hasta los muros.

2

Rowan estaba tendido sobre la orilla occidental del río Ciar. Apoyando la cabeza sobre un brazo, contemplaba los árboles con expresión somnolienta. Tenía el torso desnudo; las sombras y luces jugaban sobre los músculos de su estómago y pecho, otorgando reflejos al vello dorado. Llevaba sólo sus calzas y pantalones cortos de montar.

Aparentemente, estaba sereno, pero durante años había sido entrenado para ocultar sus sentimientos. Su anciano tutor lanconiano siempre le había dicho que sólo tenía una parte lanconiana y que su débil mitad inglesa debía ser eliminada o transformada. Según Feilan, los lanconianos eran más fuertes que el acero y más inconmovibles que las montañas, y Rowan sólo era lanconiano a medias.

Experimentó un escozor en la cicatriz que tenía en la parte posterior del muslo. Siempre le sucedía cuando pensaba en Feilan, pero no se rascó. Los lanconianos no demostraban temor; los lanconianos siempre pensaban ante todo en su país; los lanconianos no se dejaban arrastrar por las emociones y los lanconianos no lloraban. Su tutor se lo había inculcado. Cuando Rowan era niño y había muerto el perro favorito que le había consolado en sus muchas noches solitarias, había demostrado su dolor llorando por él y su viejo tutor se había enfurecido. Había acercado un atizador al rojo sobre la parte posterior del muslo de Rowan, advirtiéndole que si lloraba o hacía el menor gesto de temor, lo aplicaría por segunda vez.

Rowan no había vuelto a llorar.

Oyó que alguien corría detrás de él, acercándose. Alerta, tomó su espada.

—Soy yo —dijo Lora con voz enfadada.

Él tomó su túnica. A lo lejos, oyó el movimiento de los guerreros lanconianos. Seguramente lo buscaban, temiendo que viera un mosquito y se asustara. Miró a su hermana.

—No —dijo Lora—, no te vistas. He visto hombres sin ropa antes. —Se sentó sobre el césped, cerca de él y guardó silencio. Sus brazos abrazaban sus rodillas flexionadas; su delgado cuerpo estaba rígido de cólera. No le importó que la humedad manchara su vestido de brocado. Luego habló vehementemente—. Son hombres *horribles* —dijo con furia, la mirada fija en la distancia. Su mandíbula estaba tensa—. Me trataron como si fuera estúpida, como a una niña malcriada y perezosa que sólo debe recibir órdenes. No me permitieron caminar sin ayuda. Como si fuera una inválida. Y ese Xante es el peor de todos. Si llega a mirarme otra vez con ese desdén lo golpearé. —Se interrumpió al oír la suave risa de Rowan y lo miró furiosamente con sus ojos azules. Era muy bonita; sus rasgos eran delicados, y su cuerpo alto y esbelto. La ira encendía sus mejillas.

—¿Cómo *te atreves* a reír? —dijo, apretando los dientes—. Nos tratan así por tu culpa. Cada vez que uno de ellos te ofrece una almohada, suspiras y sonríes. Y ayer sostuviste el hilo de mi labor. *Jamás* lo habías hecho; siempre estabas muy ocupado afilando tu espada o tu cuchillo, pero ahora te complaces en fingir que eres débil y blando. ¿Por qué no golpeas a un par de ellos? Especialmente a ese Xante.

La sonrisa de Rowan suavizó los rasgos fuertes de su mandíbula. Era de una belleza clásica. Tenía cabellos de color rubio oscuro y profundos ojos azules; junto a los lanconianos, parecía pertenecer a otra especie humana. Los ojos de ellos refulgían; los de él destellaban suavemente. Las mandíbulas de ellos eran enjutas y curtidas; las mejillas de Rowan eran pálidas y suaves. Lora estaba habituada a ver que los hombres sonreían a Rowan, pensando que se enfrentarían con un joven barbilampiño, alto pero fofo. Lora solía reír con entusiasmo cuando Rowan los vencía fácilmente en los torneos. Los hombres descubrían que su rostro se tomaba súbitamente pétreo y que su cuerpo era fuerte y musculoso.

—¿Y por qué no les hablas en su idioma? —prosiguió Lora; la aparente indiferencia de Rowan no disminuía su enojo—. ¿Por qué les pides que te traduzcan lo que dicen? ¿Y quiénes son esos zernas a quienes tanto temen? Creí que los zernas eran lanconianos, Rowan. Deja de reír. Son hombres insolentes y arrogantes.

—Sobre todo Xante, ¿verdad? —preguntó él con su voz profunda, mirándola y sonriendo.

Ella desvió la mirada. Su mandíbula tensa expresaba su furia.

—Puede que tú te rías de ellos, pero tus hombres y tu escudero no ríen. El joven Montgomery tenía unas feas magulladuras esta mañana, y creo que las obtuvo defendiendo tu nombre. Deberías...

—Debería ¿qué? —preguntó Rowan en voz baja, mirando los árboles sobre su cabeza. No deseaba que Lora viera en su rostro qué experimentaba ante el trato que le daban los lanconianos. Eran su propia gente, pero lo trataban con desdén, haciéndole ver que no lo deseaban allí. No podía decir a Lora que estaba tan enfadado como ella, porque debía apaciguarla, no enardecerla—. ¿Debería luchar contra alguno de ellos? —dijo, bromeando—. ¿Matar o mutilar a uno de mis hombres? Xante es el capitán de la guardia del rey. ¿Qué ganaría con hacerle daño?

—Pareces muy seguro de vencer a ese monstruo vanidoso.

Rowan no estaba seguro de vencer. Esos lanconianos eran como Feilan; estaban tan convencidos de que Rowan era débil e inútil, que él mismo lo creía a veces.

—¿Desearías que venciera a tu Xante? —preguntó Rowan seriamente.

—¿*Mi*? —dijo ella. Luego tomó un montón de hierbas y se lo arrojó—. De acuerdo, quizá no deberías luchar contra los tuyos, pero debes impedir que continúen tratándote mal. Es una falta de respeto.

—Estoy comenzando a disfrutar de un almohadón cuando me lo ofrecen. —Rowan sonrió y luego se tornó serio. Sabía que podía confiar en ella—. Los escucho —dijo un instante más tarde—. Me siento en la parte exterior del círculo que forman los hombres y los escucho.

Lora comenzó a tranquilizarse. Debió saber que Rowan tenía un motivo para hacerse el tonto. Pero le había resultado muy penoso abandonar Inglaterra. Ella, Rowan, su pequeño hijo, tres caballeros de Rowan y su escudero, Montgomery de Warbrooke, habían cabalgado en silencio junto a los silenciosos lanconianos de ojos oscuros. El primer día había estado feliz, como si finalmente se cumpliera su destino. Pero los lanconianos les habían hecho ver claramente que ella y Rowan eran ingleses, no lanconianos, y que los ingleses eran para ellos gente débil e inútil. No perdían oportunidad de demostrar su desprecio hacia ellos. La primera noche, Neile, uno de los tres caballeros de Rowan, había estado a punto de atravesar con su espada a un guerrero lanconiano. Rowan se lo impidió.

Xante, el alto y feroz capitán de la guardia, preguntó a Rowan si alguna vez había empuñado una espada. El joven Montgomery casi ataca al hombre. Considerando que Montgomery, de dieciséis años, era casi tan alto como Xante, Lora lamentó que Rowan impidiera la riña. Cuando Rowan pidió a Xante que le mostrara su espada, pues siempre había deseado ver una de cerca, Montgomery se alejó, fastidiado.

Hasta ahora, Lora había detestado esa actitud de Rowan, sin pensar que él tenía una razón para adoptarla. Había cien lanconianos, morenos y alerta, y sólo seis ingleses y un niño. No debió dudar de su hermano.

—¿Qué escuchaste? —preguntó ella.

—Feilan me habló de las tribus de Lanconia, pero no me dijo o quizá yo supuse que estaban más o menos unidas. —Rowan guardó silencio durante un instante—. Aparentemente, sólo seré el rey de los iriales.

—Nuestro padre, Thal, es irial, ¿no?

—Sí.

—Y los iriales pertenecen a la clase gobernante, de modo que eres el rey de todos los lanconianos, cualquiera que sea el nombre que se den a sí mismos.

Rowan rió, deseando que la vida fuese tan simple como Lora solía verla. Si amaba a un hombre, se casaba con él. No se preocupaba por lo que pudiera suceder en el futuro si llegase a ser convocada a Lanconia y estuviese ligada a un marido inglés. Pero para Rowan, el destino y el deber eran lo más importante.

—Así lo ven los iriales, pero me temo que las otras tribus no están de acuerdo. En este momento nos hallamos a pocos kilómetros de las tierras que los zernas reclaman como propias y los iriales están preocupados y vigilan. Los zernas tienen fama de ser muy feroces.

—¿Quieres decir que estos lanconianos les temen? —preguntó Lora, sin aliento.

—Los zernas también son lanconianos, y estos hombres, los iriales, no les temen, pero son cautelosos...

—Pero si los iriales les temen...

Rowan comprendió el significado de sus palabras y sonrió. Estos iriales altos, adustos, malhumorados y llenos de cicatrices no parecían temer a nadie en el mundo. Por algo el diablo no se arriesgó a tentar a un lanconiano.

—Aún debo comprobar si estos lanconianos saben hacer otra cosa que jactarse y hablar de la guerra. No los he visto pelear.

—Sí, pero el tío William dijo que peleaban como demonios, como jamás lo había hecho ningún inglés.

—William es un hombre débil y perezoso. No, no protestes. Yo también lo amo, pero el amor no me impide verlo tal como es. Sus hombres son obesos y sólo pelean entre ellos.

—Para no hablar de sus hijos —dijo Lora por lo bajo.

—¿Desearías estar con los cuatro bufones de William, en lugar de hallarte aquí, en esta hermosa tierra nuestra?

Ella contempló el río profundo y ancho que fluía velozmente.

—Me agrada esta tierra, pero no sus hombres. Esta mañana un lanconiano me dijo que me volviera mientras él desollaba un conejo porque temía que me desmayara al verlo. Grrr. ¿Recuerdas el jabalí que maté el año anterior? ¿Quién cree que soy?

—Una débil dama inglesa. ¿Cómo imaginas a sus mujeres? —preguntó Rowan.

—Estos hombres son de los que encierran a las mujeres en un sótano y las sacan de allí dos veces al año, una para dejarlas encinta y la otra para recibir al niño.

—No me parece una mala idea.

—¿Qué? —dijo Lora, horrorizada.

—Si las mujeres tienen el mismo aspecto de los hombres, *deberían* ser encerradas.

—Pero los hombres no son feos —dijo Lora—. Simplemente tienen mal carácter.

Rowan la miró arqueando una ceja.

Lora se sonrojó.

—Deseo ser justa. Son todos muy altos, delgados y sus ojos... —Se interrumpió cuando la sonrisa de Rowan se convirtió en una mueca.

—Por eso estamos aquí. Imagino que nuestra madre pensaba de ellos lo mismo que tú.

Lora se sintió molesta y maldijo a todos los hombres del mundo. Pero de pronto, se interrumpió y sonrió.

—Apuesto que oí algo que tú no sabes. Nuestro padre escogió una novia para ti. Se llama Cilean y es la capitana de la llamada guardia femenina. Es la versión femenina de un caballero. —Lora vio con placer que la sonrisa de Rowan se desvanecía. Él le prestó atención.

—Averigüé que es alta como tú y que emplea su tiempo aprendiendo a usar la espada. Creo que tiene su propia armadura. —Sonrió con un ágil movimiento de párpados—. ¿Crees que su velo nupcial será de cota de malla?

La expresión de Rowan se había endurecido.

—No —fue su única respuesta.

—No, ¿qué? —preguntó Lora inocentemente—. ¿No es de cota de malla?

—No escogí ser rey; me lo impusieron antes de nacer, pero he pasado toda mi vida preparándome para ello. Había pensado casarme con una mujer lanconiana, pero no será con una mujer que no me agrade. Un hombre no puede hacer cualquier sacrificio por su país. No me casaré con una mujer a la que no ame.

—Imagino que los lanconianos lo considerarían una debilidad de tu parte. Ellos se casan, pero no puedo imaginarlos enamorados. ¿Imaginas a Xante, con su frente llena de cicatrices, ofreciendo un ramo de flores a una mujer?

Rowan no respondió. Pensaba en todas las mujeres hermosas de Inglaterra con las que pudo haberse casado y no lo hizo. Nadie, ni siquiera Lora, sabía de los sufrimientos físicos y mentales que Rowan había padecido bajo la férula de Feilan. El anciano parecía leer sus pensamientos. Si Rowan tenía alguna duda, Feilan la percibía y se esforzaba por eliminarla. Rowan había aprendido a no exteriorizar su temor o sus dudas sobre su capacidad para gobernar Lanconia. Pero, después de muchos años de aprendizaje junto a Feilan, Rowan creía sinceramente que podía reír en presencia de la muerte. *Jamás* dejaría traslucir sus sentimientos.

No obstante, a lo largo de todos esos años, había conservado la ilusión de poder entregarse algún día a una mujer; una mujer dulce y tierna, que lo amara y en quien pudiese confiar.

Todos los años, Feilan enviaba una carta a su padre, Thal, describiendo cada uno de los errores de Rowan y expresando sus dudas de que alguna vez se convirtiera en un verdadero lanconiano. Feilan se quejaba de que Rowan era como su madre inglesa y que deseaba pasar mucho tiempo junto a su hermana.

Rowan había luchado silenciosamente para demostrar lo contrario. Se entrenaba a diario, soportando todas las torturas a que Feilan lo sometía, pero también aprendió a tocar el laúd y a cantar algunas canciones. Y descubrió que necesitaba la ternura de Lora. Quizá nunca sería completamente lanconiano, porque imaginaba su futura vida hogareña como la que compartía con Lora. Cuando crecieron se aferraron el uno al otro, contra la crueldad y la estupidez de los hijos de William. Rowan solía consolar a Lora cuando ella lloraba porque los hijos de William la habían golpeado con palos, hiriendo su rostro y rasgando sus ropas. Él la tranquilizaba, contándole historias de Lanconia.

Cuando fueron mayores, aprendieron a permanecer juntos para que Rowan pudiese proteger físicamente a Lora y Rowan había llegado a amar los suaves modales de Lora. Después de un día en la campiña, donde Feilan lo entrenaba duramente, Rowan aliviaba su cuerpo fatigado y dolorido, tendido en el suelo a los pies de Lora; ella le cantaba, le narraba una historia o simplemente acariciaba sus cabellos. La única ocasión en que

Rowan exteriorizó sus sentimientos fue cuando Lora dijo que se casaría y se marcharía. Durante los dos años en que ella estuvo casada, Rowan había estado triste y solitario, pero luego ella había regresado con Phillip. En ocasiones, Rowan pensaba que formaban una familia y, cuando imaginaba cómo sería su esposa, deseaba que fuera tierna y dulce como Lora, con sus pequeños celos y riñas sin consecuencia. No deseaba una guerrera lanconiana.

—El rey posee algunos privilegios y uno de ellos es el de casarse con quien desee —dijo rotundamente.

Lora frunció el ceño.

—Rowan, no es así. Los reyes se casan para formar alianzas con otros países.

Él se puso de pie y se vistió rápidamente, dando a entender a Lora que no hablaría más del asunto.

—Haré una alianza con Inglaterra si es preciso. Pediré en matrimonio una de las hijas de Warbrooke, pero no me casaré con una bruja que usa armadura. Ven. Tengo hambre.

Lora deseó no haber tocado el tema. Creía conocer muy bien a su hermano, pero había momentos en que lo dudaba. Había una parte de él que permanecía oculta. Tomó el brazo que Rowan le ofrecía.

—¿Me enseñarás a hablar lanconiano? —Trataba de cambiar de conversación para que Rowan recobrara su buen humor.

—Hay tres idiomas lanconianos. ¿Cuál de ellos deseas aprender?

—El xantiano —dijo rápidamente, pero luego se contuvo—. Quise... decir el idioma de los iriales.

Rowan hizo una mueca, pero ya no estaba enfadado.

Antes de que llegaran al campamento, Xante salió al encuentro de ellos. Medía más de un metro ochenta de estatura, tenía espaldas anchas, y su cuerpo era fuerte y delgado como un látigo de cuero crudo. Sus cabellos negros caían hasta sus hombros, formando ondas. Su rostro moreno tenía gruesas cejas, ojos negros y profundos, un bigote espeso y oscuro y una mandíbula cuadrada y rígida. La cicatriz que había en su frente estaba acentuada por su expresión adusta.

—Tenemos visita. Os hemos estado buscando —dijo Xante con voz áspera. Llevaba una piel de oso sobre una túnica corta, que dejaba ver sus piernas musculosas.

Lora estuvo a punto de responder a la insolencia de Xante, pero Rowan oprimió sus dedos con fuerza.

Rowan no explicó por qué se había ausentado del campamento, a pesar de que Xante le había dicho que no debían alejarse de los lanconianos, que precisamente estaban allí para protegerlos.

—¿Quién ha venido? —preguntó Rowan. Era un poco más bajo que Xante, pero más joven y corpulento. Xante ya era mayor y no tenía los fuertes músculos de Rowan.

Thal ha enviado a Cilean y a Daire con cien hombres.

—¿Cilean? —preguntó Lora—. ¿Es la mujer con quien Rowan deberá casarse?

Xante le dirigió una mirada penetrante, como indicándole que no se inmiscuyera en esos asuntos.

Lora lo miró, desafiante.

—¿Por qué no vamos a su encuentro? —preguntó Rowan, frunciendo levemente el ceño.

Su caballo estaba ensillado, aguardándolo y, como siempre, rodeado por cincuenta lanconianos, como si fuera un niño que necesitase protección. Cabalgaron hacia el noroeste, hacia las montañas, donde, bajo el sol del atardecer, Rowan vio numerosas tropas. Cuando estuvieron cerca, se dispuso a conocer a esa mujer, que ostentaba un rango similar al de un caballero.

La distinguió desde lejos. No podía ser confundida con un hombre: era alta, delgada, erguida, de senos firmes y altos. Llevaba un ancho cinto en la fina cintura y sus caderas formaban elegantes curvas.

Azuzó a su caballo, ignorando las protestas de los hombres que lo rodeaban y fue a su encuentro. Cuando vio su rostro, sonrió. Era muy bella. Tenía cabellos oscuros y labios muy rojos.

—Señora, sea usted bienvenida —dijo Rowan, sonriendo—. Soy Rowan, el humilde príncipe de su magnífico país.

Los lanconianos que lo rodeaban permanecieron en silencio. Un hombre no actuaba de esa manera, especialmente si su destino era ser rey. Miraron sus cabellos rubios que brillaban bajo el sol poniente y comprendieron que los temores que abrigaban respecto a ese hombre se confirmaban: era un estúpido alfeñique inglés.

Detrás de Cilean se oyó una risotada, pero ella se adelantó con su caballo y dio la bienvenida a Rowan, tocando su mano. También ella estaba decepcionada. Era apuesto, pero su sonrisa tonta hizo que su opinión concordara con la de sus hombres.

Rowan sostuvo la mano de Cilean durante un instante y percibió sus pensamientos, reflejados en sus ojos oscuros. Notó que los lanconianos que lo rodeaban adoptaban una actitud de superioridad y la ira casi asomó a su rostro. No sabía si la experimentaba hacia ellos o hacia sí mismo. La cicatriz de su pierna le produjo escozor y su sonrisa se disipó.

Rowan dejó caer la mano de Cilean. Una cosa era hacer el ridículo ante otros hombres y otra hacerlo ante esa espléndida criatura que sería su esposa...

Rowan hizo girar su caballo.

—Retornamos al campamento —ordenó, sin mirar a nadie. Sabía que sus tres caballeros ingleses serían los primeros en obedecerlo.

De pronto se oyó un grito y los lanconianos rodearon a Rowan y a sus tres hombres para protegerlos.

—Están demasiado cerca de los zernas —dijo una voz en idioma irial. Era la de un joven de expresión seria que cabalgaba junto a Cilean y que reprendía a Xante. Rowan pensó que debía ser Daire.

Aunque los lanconianos trataron de impedírselo, Rowan avanzó con su caballo hasta ponerse al frente del grupo para saber qué había provocado la alarma.

Sobre una montaña había tres hombres, cuyos perfiles se recortaban contra el sol del atardecer.

Zerna —dijo Xante a Rowan, como si ello lo explicara todo—. Lo llevaremos de regreso al campamento. Daire: escoge cincuenta hombres y prepárate para combatir.

Rowan, que se había estado conteniendo durante días, estalló.

—De ninguna manera —dijo a Xante en perfecto lanconiano irial—. No dañarán a mis hombres y además, no os confundáis. Los zernas me pertenecen tanto como los iriales. Yo daré la bienvenida a esos hombres. Neile. Watelin. Belsur —exclamó, llamando a sus tres caballeros.

Ningún hombre había obedecido nunca una orden tan diligentemente, pues estaban hartos del trato que les daban los lanconianos. Arrogantemente, se abrieron paso entre ellos para ubicarse detrás de Rowan.

—Detened a ese tonto —dijo Daire a Xante—. Si lo matan, Thal jamás nos perdonará.

Rowan miró a Daire con ojos fulminantes.

—Obedeced *mis* órdenes —dijo y Daire calló.

Xante miró a Rowan con cierto interés, pero era mayor que Daire y no se dejaba intimidar tan fácilmente. Habló con tono muy paciente.

—Son zernas y no acatan la voluntad de un rey irial. Consideran que su rey es Brocain y les complacería mucho matar.

—No complazco a los demás tan fácilmente. Cabalguemos —dijo Rowan por encima del hombro, dirigiéndose a sus hombres.

Detrás de él, Xante detuvo a los iriales para que no siguieran a Rowan.

—Será mejor que el tonto muera ahora, antes de que Thal lo convierta en rey —dijo. Los lanconianos, impasibles, contemplaron al príncipe que marchaba hacia la muerte.

Los tres zernas que estaban sobre la colina permanecieron inmóviles mientras Rowan y sus caballeros avanzaban hacia ellos. Rowan vio que se trataba de hombres jóvenes que habían salido de caza y que, sin duda, se habían sobresaltado al ver tantos iriales en un sitio en el que no les correspondía estar.

La ira de Rowan aún no se había apaciguado. Siempre le habían dicho que sería el rey de todos los lanconianos, y ahora resultaba que los iriales trataban de matar a los zernas.

Rowan hizo una señal a sus hombres para que permanecieran rezagados, mientras él avanzaba para saludar a los tres jóvenes. Se detuvo a unos cien metros de distancia.

—Soy el príncipe Rowan, hijo de Thal —dijo en idioma irial que los zernas también hablaban—. Os saludo y deseo paz.

Los tres jóvenes permanecieron inmutables sobre sus cabalgaduras, obviamente fascinados por el hombre rubio y solitario, algo inusual en ese país, que avanzaba hacia ellos sobre su alto y hermoso caballo ruano. El zerna que estaba en el centro y que era poco más que un niño, fue el primero en reaccionar. Rápidamente apuntó hacia Rowan y le arrojó una flecha.

Rowan se apartó hacia la derecha antes de que la flecha lo alcanzara, pero rozó su brazo izquierdo. Maldijo en voz baja y lanzó su caballo al galope. Los lanconianos habían agotado su paciencia. Una cosa era el desdén y la burla, pero otra muy distinta era ser agredido por un niño al que acaba de saludar en son de paz. Llegó hasta él y, sin dejar de galopar, lo desmontó y arrojó al suelo. Rowan desmontó al instante y sostuvo al niño contra el suelo con el peso de su cuerpo. Detrás de él oyó el tronar de los cascos de doscientos caballos lanconianos.

—Fuera de aquí —gritó a los otros dos jóvenes.

—No podemos marcharnos —dijo uno de ellos, mirando con horror al niño que Rowan aplastaba contra el suelo. Su voz era casi un susurro—. Es el hijo de nuestro rey.

—*Yo* soy vuestro rey —gritó Rowan, iracundo. Levantó la mirada y vio a sus caballeros que se acercaban.

—Sacadlos de aquí —ordenó, señalando a los jóvenes zernas—. Xante los matará.

Los caballeros de Rowan embistieron a los dos jóvenes, que huyeron.

Rowan miró al niño. Era un jovencito apuesto, de unos diecisiete años. Estaba enfurecido.

—Vos no sois mi rey —gritó el adolescente—. El rey es mi padre, Brocain. —Escupió en el rostro de Rowan.

Rowan se limpió el rostro y luego abofeteó al jovenzuelo de una manera ofensiva, como lo haría un hombre con una mujer insolente. Lo levantó en vilo.

—Vendrás conmigo.

—Antes prefiero morir.

Rowan lo hizo volver para contemplar a las tropas iriales que avanzaban. Constituían un formidable espectáculo de hombres y corceles musculosos; sus armas brillaban bajo el sol.

—Si tratas de huir, te matarán.

—Un zerna no teme a un irial —dijo, pero estaba pálido.

—Hay momentos en que un hombre utiliza su cerebro en lugar de su brazo derecho. Compórtate como un hombre. Procura que tu padre se enorgullezca de ti. —Soltó al muchacho; después de un momento de indecisión, el joven permaneció en su sitio. Rowan alentó la esperanza de que no hiciera ninguna tontería. Los iriales experimentarían un gran placer si matara a ese joven zerna. Los lanconianos rodearon a Rowan y al joven. Sus caballos estaban sudados y resoplaban. Los hombres, cejijuntos, empuñaban sus armas. Rowan hubiera deseado huir de allí.

—Bien —dijo Xante—, ha tomado un cautivo. Lo ejecutaremos ahora por tratar de matar a un irial.

Rowan estaba orgulloso del joven: no vaciló ni demostró cobardía ante las palabras autocráticas de Xante. La furia de Rowan, momentáneamente aplacada por su riña con el muchacho, se reavivó. Era el momento de imponer su autoridad. Reprimió su ira y miró a Xante.

—Este es mi *invitado* —dijo mordazmente—. Es el hijo de Brocain y ha accedido a viajar con nosotros y conducirnos a través de las tierras de su padre.

Xante resopló como su caballo.

—¿Éste fue el *invitado* que le arrojó una flecha?

Rowan se dio cuenta de que su brazo sangraba, pero no podía echarse atrás.

—Me lastimé con una roca —dijo, mirando a Xante con ojos desafiantes.

Cilean se adelantó, colocándose entre los dos hombres.

—Un invitado es bienvenido, aunque sea un zerna —dijo, como si diera la bienvenida a una serpiente venenosa que se introdujera en su cama. Miró a Rowan, que, a su vez, miraba a Xante. No muchos hombres se atrevían a desafiar a Xante y nunca creyó que ese débil y rubio inglés osaría hacerlo. Pero lo había visto avanzar hacia los zernas, esquivar una flecha, arrojar su caballo contra el joven y ahora ese joven estaba junto al inglés, como si el hombre rubio pudiera dominar a los iriales. Y este Rowan estaba desafiando a Xante como nadie se había atrevido antes. Quizás ese hombre fuera un tonto, pero tal vez era mejor de lo que pensaban.

Belsur, el caballero de Rowan, sostenía las riendas del caballo de Rowan. Este montó y luego ofreció su mano al joven zerna para que montara con él. Cuando Rowan enfiló su caballo hacia el campamento, preguntó:

—¿Cómo te llamas?

—Keon —dijo el joven orgullosamente, pero había un cierto temor en su voz que delataba su nerviosismo al haberse visto tan cerca de la muerte—. Soy el hijo del rey zerna.

—Creo que debemos dar otro título a tu padre. Yo soy el único rey de este país.

El joven rió desdeñosamente.

—Mi padre lo destruirá. Ningún irial dominará a un zerna.

—Ya veremos, pero esta noche será mejor que me consideres un zerna y no te alejes de mi lado. No creo que mis otros lanconianos sean tan benévolos como yo.

Detrás de ellos cabalgaban los caballeros de Rowan, seguidos por el grupo de lanconianos precedidos por Daire, Cilean y Xante.

—¿Es siempre tan tonto? —preguntó Daire a Xante, contemplando la espalda de ese hombre que supuestamente era un irial, pero que trataba al joven zerna como si fuese un amigo—. ¿Cómo lo han mantenido con vida? —preguntó, asombrado.

Xante miraba a Rowan y al joven zerna pensativamente.

—Hasta esta noche fue tan dócil como un animalito doméstico. Su hermana ha demostrado ser más fogosa que él. Y, hasta esa noche, sólo habló en inglés.

—Si continúa cabalgando a solas contra los zernas, no vivirá mucho tiempo —dijo Daire—. No deberíamos intentar evitar que haga cuantas tonterías se le ocurra. A juzgar por lo que ha hecho hoy, abrirá las puertas de Escalon a cualquier invasor. Lanconia podría caer en manos de un gobernante tan estúpido como él, ¡no!, no evitaremos que ataque solo al enemigo. De esa manera nos desharemos de él. Geralt será nuestro rey.

—¿*Es* estúpido? —preguntó Cilean—. Si hubiéramos atacado a esos jóvenes y matado al hijo de Brocain, no tendríamos paz hasta que Brocain matara a cientos de los nuestros. En cambio ahora tenemos un rehén importante. Brocain no puede atacarnos porque temerá que matemos a su hijo. Y vosotros decís que este Rowan, con el que han viajado durante semanas, ¿no les dijo que sabía hablar nuestro idioma? Xante, me sorprendes. ¿Qué más sabe ese hombre que tú no sepas de él? —Adelantó su caballo para galopar junto a Rowan.

Durante toda la noche Cilean observó a Rowan y a su hermana, su sobrino y sus hombres, sentados en torno al fuego, frente a la hermosa tienda de seda de Rowan. El joven zerna, Keon, estaba junto a ellos, callado, taciturno, atento. Cilean imaginó que los modales de Rowan le resultarían tan extraños como lo eran para los iriales. Rowan sostenía a su sobrino en su regazo y le murmuraba palabras que lo hacían reír y emitir chillidos. Ningún niño lanconiano de esa edad estaría en brazos de su padre. A los cuatro años los niños aprendían a manejar armas, lo mismo que las niñas elegidas para formar parte de la guardia femenina.

Cilean observó la manera en que Rowan sonreía a su hermana, oyó que le preguntaba si se encontraba bien, y comenzó a preguntarse cómo sería la vida junto a ese hombre tan contradictorio, que se aventuraba solo contra tres zernas y dos horas después abrazaba a un niño y hacía bromas con una mujer. ¿Cómo podía un hombre así ser un guerrero? ¿Cómo podía ser rey?

A la mañana siguiente, antes de que amaneciera, los guardias encargados de la vigilancia, hicieron sonar sus cuernos. Al instante, los lanconianos despertaron y se levantaron.

Rowan salió de su tienda en calzones y los lanconianos pudieron ver el cuerpo que habían creído débil. Los músculos de Rowan habían sido moldeados por el trabajo duro y pesado.

—¿Qué sucede? —gritó a Xante en lanconiano.

—Zerna —dijo Xante concisamente—. Brocain viene hacia aquí para luchar por su hijo. Iremos a su encuentro. —Ya estaba montando su caballo.

Rowan tomó a Xante por el hombro y lo sacudió.

—No atacaremos de acuerdo con tus convicciones. ¡Keon! —gritó—. Prepárate para ir al encuentro con tu padre.

Xante lo miró fríamente.

—Perderás la vida.

Rowan reprimió su ira y miró a Neile con gesto de advertencia. Este dio un paso hacia Xante. Había esperado que dudasen de él, pero no sólo dudaban, estaban *seguros* de que era un inútil.

Se vistió en pocos minutos. No se puso la cota de malla, sino una túnica de terciopelo bordado, como si fuese a asistir a un acontecimiento social. Rowan hizo una mueca cuando los lanconianos sonrieron al verlo y Keon meneó la cabeza, dubitativamente. En ese momento, Keon deseó que lo hubieran matado el día anterior, pues la muerte era preferible a tener que enfrentarse a su padre.

Desde la distancia, Cilean observó la escena y vio la expresión de furia que cubría el rostro de Rowan, para luego desaparecer. Si debía casarse con ese hombre, era mejor que se convirtiese en su aliada. Además, le interesaba ver cómo se las ingeniaba para tratar con el viejo y traicionero Brocain.

—¿Puedo ir contigo? —preguntó.

—No —gritaron a la vez Daire y Xante.

Rowan los miró, con ojos fríos como el acero.

—No les importa la vida de un príncipe inglés, pero cuidan las propias —dijo amargamente.

Cilean llevaba una larga lanza, un arco y un carcaj de flechas colgado a su espalda.

—Soy una guardiana. Tomo mis propias decisiones.

Rowan le sonrió y Cilean parpadeó. Por todos los dioses, el hombre era muy apuesto.

—Entonces, toma tu caballo —dijo él y Cilean montó apresuradamente, como una novata, ansiosa por complacer a sus maestros.

Rowan la contempló. Feilan no le había dicho que las mujeres lanconianas eran inteligentes y generosas.

Los otros lanconianos no estaban impresionados por el aspecto personal de Rowan y permanecieron sobre sus caballos, en una larga hilera, contemplando en silencio cómo Rowan, Cilean, los tres caballeros ingleses y Keon se dirigían a enfrentarse contra doscientos guerreros zernas, rumbo a una muerte segura.

—Endereza la espalda, muchacho —dijo Rowan a Keon—. No estás afrontando la ira de tu rey.

—Mi padre *es* rey —replicó Keon. Su rostro oscuro estaba casi tan blanco como el de Rowan.

Cuando se hallaban aproximadamente a cien metros de los zernas, que estaban inmóviles, aguardando que se acercara el pequeño grupo, Rowan se adelantó. El sol hacía brillar el bordado de oro de su túnica, sus cabellos rubios, el diamante de la empuñadura de su espada, y a su vez producía reflejos que salían de los arreos de su caballo. Los lanconianos, tanto iriales como zernas, nunca habían visto a un hombre tan elegantemente vestido. Era totalmente diferente a ellos, una rosa en un campo de malezas. Lo miraron con asombro.

Después de un instante de vacilación, un hombre corpulento se dirigía hacia Rowan. Su rostro tenía cicatrices; una profunda estría lo atravesaba verticalmente, desde el ojo izquierdo hasta el cuello, y le faltaba la mitad de una oreja. Además, tenía cicatrices en los brazos y las piernas. Su expresión era tan hostil que parecía no haber sonreído jamás en su vida.

—¿Eres tú el inglés que capturó a mi hijo? —preguntó, con una voz que inquietó al caballo de Rowan. El animal reconocía el peligro.

Rowan sonrió, disimulando su temor. Dudaba que el entrenamiento recibido para combatir lo hubiera preparado para luchar contra un hombre como ese.

—Soy lanconiano, el sucesor del rey Thal. Seré el rey de todos los lanconianos —dijo con inusitada firmeza.

Durante un momento, el anciano permaneció boquiabierto. Luego reaccionó.

—Mataré a cien hombres por cada pelo que hayan quitado a mi hijo.

Rowan gritó por encima de su hombro.

—Keon, ven aquí.

Brocain miró a su hijo de arriba a abajo, gruñó satisfactoriamente al ver que no estaba herido y luego le dijo que se uniera a los zernas que estaban sobre la colina.

—No —dijo bruscamente Rowan. Apoyó la mano sobre la rodilla, a pocos centímetros de su espada. Aunque experimentase temor, no debía demostrarlo y no podía permitir que ese hombre se llevara a Keon. El destino lo había puesto en sus manos y Rowan estaba decidido a retenerlo. No dejaría escapar esa pequeña oportunidad de lograr la paz—. Me temo que no puedo permitirlo. Keon permanecerá conmigo.

Una vez más, Brocain adoptó una expresión de asombro total, pero se recuperó rápidamente. Las palabras y las actitudes de ese hombre no coincidían con su rostro agradable, pálido y sin cicatrices.

—Lucharemos por él —dijo, tomando su espada.

—Preferiría no hacerlo —dijo Rowan amablemente, deseando que nadie percibiera la intensa palidez de su rostro—, pero si fuese necesario, lo haré. Deseo conservar a Keon porque tengo entendido que es vuestro sucesor.

Brocain miró fugazmente a Keon.

—Lo es, siempre que a un estúpido como él se le permita reinar.

—No es estúpido, simplemente es joven, impetuoso y tiene mala puntería. Desearía tenerlo a mi lado, para demostrarle que los iriales no somos demonios y que quizás algún día pueda reinar la paz entre nosotros. —Los ojos de Rowan brillaron—. Y desearía enseñarle a arrojar flechas en línea recta.

Brocain contempló a Rowan durante un buen rato. Rowan supo que el horrible anciano estaba decidiendo la vida o la muerte de su hijo y del inglés. Rowan no creía que un hombre como ese pudiese experimentar amor por su hijo.

—Vos no habéis sido criado por el viejo Thal —dijo finalmente—. Él ya hubiera matado a mi hijo. ¿Qué garantía tengo de que estará a salvo?

—Mi palabra —dijo Rowan solemnemente—. Pondré mi vida en sus manos si es herido por un irial. —Rowan contuvo el aliento.

—Me estáis pidiendo una excesiva confianza —dijo Brocain—. Si le hacen daño, vos moriríais tan lentamente que rogaríais que os matasen.

Rowan asintió.

Brocain lo miró detenidamente y en silencio. Había algo diferente en ese hombre; era distinto a los demás lanconianos. Y, aunque iba vestido llamativamente como una mujer, Brocain percibió que había en él cualidades ocultas. De pronto, Brocain se sintió viejo y fatigado. Había visto matar a un hijo tras otro; había perdido a tres esposas en combate. Sólo le quedaba ese muchacho.

Brocain miró a su hijo.

—Ve con este hombre. Aprende de él. —Se volvió hacia Rowan—. Tres años. Dentro de tres años enviadlo a casa o incendiaré vuestra ciudad hasta arrasarla. —Tiró de las riendas de su caballo y regresó junto a sus hombres que estaban en la colina.

Keon miró a Rowan, consternado, pero nada dijo.

—Ven muchacho, iremos a casa —dijo Rowan, exhalando un suspiro de alivio y con la sensación de haber escapado de una muerte vil—. Quédate a mi lado hasta que la gente se habitúe a verte. No me agrada la idea de ser torturado.

Cuando Rowan y el joven pasaron junto a Cilean, Rowan hizo una señal con la cabeza y ella los siguió. Estaba estupefacta. Este inglés que vestía llamativamente acababa de ganar una batalla verbal contra el viejo Brocain. «Preferiría no hacerlo», había dicho cuando el anciano lo desafió, pero Cilean había visto que apoyaba la mano sobre su espada Y había dicho a Brocain que retendría al joven sin que se le moviera un músculo, sin demostrar el menor temor.

Cabalgó hasta llegar junto a los demás, pero aún no podía hablar. Este Rowan no sólo parecía diferente, era diferente. O era el tonto más grande del mundo o el más valiente. Pensó en Lanconia y en su vida futura junto a él y deseó sin dudarlo que llegara esto último.

3

Jura permaneció inmóvil, con su arco tenso, lista para disparar la flecha, mientras aguardaba a que el ciervo se volviera hacia ella. El color verde oscuro de su túnica y sus pantalones disimulaban su presencia. Cuando el animal gritó hacia ella, Jura disparó haciéndolo caer graciosa y silenciosamente.

Siete mujeres jóvenes salieron de entre los árboles y corrieron hacia ella. Todas eran altas y delgadas, y todas llevaban los cabellos recogidos en una trenza que colgaba sobre sus espaldas. Vestían la túnica y los pantalones de caza de color verde, propios de la guardia femenina.

—Buen tiro —dijo una de las mujeres.

—Sí —respondió Jura distraída, recorriendo el bosque con la mirada, mientras las demás descuartizaban el animal. Esa tarde estaba inquieta, con la sensación de que sucedería algo. Hacía cuatro días que Cilean y Daire se habían marchado y Jura extrañaba mucho a su amiga. Añoraba su buen humor y su inteligencia, y extrañaba no tener a quién hacer confidencias. También echaba de menos a Daire. Los dos habían crecido juntos y estaba habituada a su presencia.

Frotó sus brazos desnudos.

—Iré a nadar —murmuró a la joven que estaba detrás de ella.

Una mujer interrumpió la tarea.

—¿Deseas que alguien te acompañe? Estamos lejos de las murallas de la ciudad.

Jura no se volvió. Eran guardianas que se estaban adiestrando. Ninguna de ellas tenía más de dieciséis años. Comparativamente, se sintió vieja y solitaria.

—No, iré sola —dijo, y caminó por el bosque, en dirección al arroyo.

Se alejó más de lo que tenía previsto, deseando ahuyentar la sensación de un inminente... ¿qué? No era un peligro, pero había algo en el aire que parecía anunciar una tormenta.

Sólo se había recibido un mensaje del ejército que conducía al inglés Rowan a la capital irial, Escalon, donde se hallaba su padre moribundo. El anciano Thal continuaba viviendo sólo por un esfuerzo de su voluntad, pues deseaba saber en qué clase de hombre se había convertido su hijo. Hasta ese momento, y de acuerdo con las informaciones que había recibido, estaba demostrando ser un tonto. Se involucraba en reyertas pueblerinas, había desafiado a los zernas por su cuenta y Xante y Daire habían tenido que protegerlo. Se decía que Rowan era un hombre débil que sabía más de terciopelos que de espadas.

Ya todos lo sabían en Escalon y había rumores de levantamientos e insurrecciones, como protesta contra el inglés estúpido que no era apto para gobernar. Geralt, Daire y Cilean se verían obligados a emplear todos sus poderes para que ese bobalicón no pusiera en peligro la paz de la nación lanconiana.

En un rincón apartado del bosque, Jura se quitó la ropa y se deslizó dentro del agua. Quizá si nadara durante largo rato, apaciguaría sus preocupaciones.

Rowan galopó a toda velocidad. Deseaba alejarse, estar a solas, huir de las miradas acusadoras de los lanconianos. Días atrás habían galopeado cerca de una choza campesina en llamas. Cuando Rowan hizo detener las tropas lanconianas y ordenó que apagaran el fuego, lo habían mirado con desdén. Habían permanecido sobre sus cabalgaduras, mientras Rowan y sus caballeros ingleses daban instrucciones a los campesinos para que extinguieran el fuego.

Cuando el fuego se apagó, los campesinos contaron una historia deshilvanada sobre una disputa entre familias. Rowan les había dicho que fueran a Escalon para que él, en su calidad de rey, juzgara el caso. Los campesinos se habían echado a reír. El rey mandaba a los soldados que hollaban sus campos, no a los campesinos.

Rowan volvió junto a los lanconianos, que lo miraron despectivamente por haberse involucrado en las mezquinas disputas de los granjeros.

Pero Rowan sabía que si era rey y deseaba que reinara la paz entre las tribus, debía ser rey de todos los lanconianos, los zernas, los ulten, los vatell, de todas las tribus y de todos los habitantes, desde el más humilde campesino hasta Brocain, que gobernaba a cientos de hombres.

Hoy, Rowan estaba harto de la silenciosa, y en ocasiones no tan silenciosa hostilidad de los lanconianos, y decidió apartarse de ellos, diciendo a sus caballeros que los mantuvieran alejados. Sus ojos reflejaban el mismo temor que él albergaba en su interior. Era obvio que dudaban de él, así como él dudaba en esos momentos de sí mismo. Necesitaba estar a solas, tener tiempo para pensar, y para orar.

Supo que se encontraba a pocos kilómetros de distancia de las murallas de Escalon cuando llegó a un río afluente, un arroyo apacible y hermoso, completamente distinto de cuanto había visto en Lanconia.

Desmontó de su caballo y lo ató. Luego cayó de hinojos y unió sus manos en una plegaria.

—Oh, Señor —dijo en un susurro ahogado que delataba su angustia—, he tratado de prepararme para los deberes que Tú y mi padre terrenal me habéis impuesto, pero soy sólo un hombre. Para lograr lo que sé que es justo, necesito Tu ayuda. La gente está en contra de mí y no sé cómo ganar su lealtad. Te ruego, Dios mío, que por favor me muestres el camino. Guíame. Dirígeme. Me pongo en Tus manos. Si me equivoco, házmelo saber. Dame una señal. Si actúo correctamente, te ruego me ayudes.

Durante un instante dejó caer la cabeza, rendido y exhausto. Había llegado a Lanconia sabiendo qué debía hacer, pero, a medida que transcurrían los días, su confianza se debilitaba. Continuamente debía estar demostrando a los lanconianos que era un hombre. Lo habían imaginado de determinada manera y nada parecía hacerlos cambiar de opinión. Si actuaba con valentía, decían que los tontos suelen ser valientes. Si se preocupaba por su pueblo, decían que se comportaba como un extranjero. ¿Qué debía hacer para probarles que era apto para gobernar? ¿Torturar y matar a un inocente muchacho zerna a quien consideraban la encarnación del demonio?

Se puso de pie. Sus piernas temblaban por la emoción que lo invadía. Luego se ocupó de su caballo. Se quitó sus ropas sudadas y entró en el agua fresca y clara. Se zambulló, nadó, y permitió que el agua lavara su enojo y su sensación de impotencia. Una hora después, cuando regresó a la orilla, se sintió mejor. Se puso los calzones y, de pronto, sus sentidos se afinaron. Había oído un ruido a su derecha. Parecía una persona que deambulaba por el bosque. Desenfundó su espada que colgaba de la montura y, silenciosamente, avanzó por la orilla del agua hacia el lugar de donde provenía el ruido.

No estaba preparado para el golpe que recibió. Alguien se dejó caer desde la rama de un árbol sobre los hombros de Rowan, que perdió el equilibrio y cayó al suelo. Inmediatamente, una punta de acero rozó su garganta.

—No —dijo una voz de mujer.

Rowan había tratado de tomar su espada caída, pero cuando levantó la mirada, se olvidó de ella. Sobre sus hombros, montada a horcajadas, estaba la mujer más hermosa que había visto en su vida. Los hombres de su tío William siempre le habían hecho bromas, diciendo que Rowan vivía como un monje. Reían porque él no manifestaba deseos de hacer el amor con alguna campesina sobre el mismo campo. Había tenido algunas relaciones sexuales, pero ninguna mujer había inflamado sus sentidos, como para que la deseara más que a nada en el mundo. Si se le presentaba la oportunidad, y la joven era limpia, hacía el amor, siempre que no tuviese algo más importante que hacer.

Hasta ese momento.

Cuando Rowan vio a esa mujer, vio sus senos erguidos y su rostro de ojos negros, que brillaban como carbones encendidos, tuvo la sensación de que su cuerpo ardía. Su piel se estremeció. Podía sentirla, olerla. El calor de su cuerpo parecía fundirse con el suyo.

Las manos de Rowan aferraron los tobillos de ella y contempló sus hermosas piernas largas, delgadas, de músculos torneados. La espada que apuntaba a su garganta se apartó, sin que él lo percibiese. Sólo veía y percibía esas piernas magníficas. Sus manos acariciaron la piel suave, bronceada, bella.

Creyó oírla gemir, pero no estaba seguro; quizá fuera el sonido de su propio corazón, extasiado.

Sus manos ascendieron y las rodillas de ella comenzaron a flexionarse lentamente, derritiéndose como una vela que está muy cerca del fuego. Las manos de Rowan subieron, subieron, por debajo de la túnica húmeda que ella llevaba. No tenía nada debajo y él vio su joya preciosa al tomar entre sus manos las nalgas firmes y suaves.

Ella cayó contra su pecho y, cuando su piel desnuda rozó la de él, Rowan ardió de deseo. La piel de ella estaba candente, como la de él. Él deslizó las manos por la espalda de ella y la atrajo hacia sí.

El rostro de ella estaba junto al suyo; los ojos entrecerrados de deseo, los labios rojos y carnosos, abiertos para recibirlo; su piel era blanca y perfecta. Él la atrajo hacia su rostro.

Cuando sus labios se rozaron, ella se apartó bruscamente y lo miró pero parecía tan sorprendida como él. Pero la sorpresa de Rowan se desvaneció cuando ella le echó los brazos al cuello y lo besó apasionadamente. Él la abrazó con fuerza. La tendió de espaldas sin dejar de besarla violenta y profundamente, con todo el deseo acumulado durante años, para esa mujer y ese momento.

Ella rodeó la cintura de él con sus piernas. El taparrabos de Rowan se desprendió de su cuerpo.

—Jura —dijo una voz.

Él mordisqueó sus labios ávidamente. Apretó su cuerpo contra el de ella.

—Jura, ¿te encuentras bien?

La mujer que estaba debajo de Rowan golpeó su espalda con los puños, pero, ciego de deseo, él no experimentó dolor alguno.

—Nos verán —murmuró ella rápidamente con voz temblorosa—. Suéltame.

Si un caballo lo hubiera arrollado, él no lo hubiera percibido. Su mano tomó uno de los senos de ella.

—Jura —repitió la voz, esta vez más cercana.

Jura tomó una piedra y golpeó la cabeza del hombre. No era su intención hacerle daño, sino tan sólo llamar su atención, pero él cayó sin sentido sobre el cuerpo de ella.

Jura oyó que las guardianas se acercaban. Rápidamente, y lamentándolo mucho, apartó el cuerpo de él. Durante un momento lo miró, admirándolo. Nunca había visto un hombre tan perfecto: musculoso pero delgado; corpulento, pero no pesado, y con un rostro angelical.

Deslizó su mano sobre el cuerpo de él. Descendió hasta los muslos y luego ascendió nuevamente hasta el rostro. Lo besó en los labios.

—Jura, ¿dónde estás?

Maldijo a las estúpidas jóvenes que la habían interrumpido. Luego se puso de pie para que pudieran verla. Las altas malezas ocultaban el cuerpo del hombre, tendido a sus pies.

—Aquí estoy —dijo—. No, no os acerquéis, el fango es muy profundo. Aguardad en el sendero.

—Jura, está oscureciendo —dijo una, que era poco más que una niña.

—Sí, ya lo veo —replicó Jura—. Adelantaos. Sólo me retrasaré un momento. —Impaciente, las miró alejarse y luego se puso de rodillas junto al hombre inconsciente. Tal vez debería sentirse culpable por lo que había estado a punto de hacer con ese extraño, pero no fue así. Tocó nuevamente el pecho del hombre. ¿Quién era? No era un zerna, tampoco un vatell, como Daire. Quizás era un fearen, uno de los jinetes que vivían en las montañas, apartados de los demás. Pero era muy alto para ser un fearen.

El hombre comenzó a moverse y Jura comprendió que debía alejarse antes de que él volviera a mirarla con esos ojos profundos, que tanto la habían perturbado.

Corrió hacia la orilla del río, tomó sus ropas y se las puso mientras corría hacia donde se hallaban las otras jóvenes. Aún podía sentir las manos y los labios de él sobre su cuerpo.

—Jura, te has sonrojado —dijo una de las mujeres. —Quizá porque pronto regresará Daire —dijo otra, tímidamente.

—¿Daire? —dijo Jura, como si jamás hubiera oído pronunciar ese nombre—. Oh, sí, Daire —añadió rápidamente. Daire nunca había logrado acelerar su corazón ni debilitar sus piernas—. Sí, Daire —dijo con firmeza.

Las jóvenes se miraron entre sí con expresión de complicidad. Jura estaba envejeciendo y su mente ya no funcionaba bien.

—Rowan, ¿dónde has estado? —preguntó Lora, impaciente.

—Fui... a nadar. —Estaba aturdido, confundido. A su mente acudían imágenes de la mujer. Podía sentir su piel en las palmas de sus manos y estaba seguro de que su torso aún estaba enrojecido por la marca que ella le había dejado al sentarse sobre él. Se había vestido y había ensillado su caballo de forma automática.

—Rowan —dijo Lora suavemente—. ¿Te encuentras bien?

—Mejor que nunca —murmuró él. De modo que eso era el deseo, pensó. Ese era el sentimiento que impulsaba a los hombres a hacer cosas que no harían en condiciones normales. Si esa mujer le hubiera pedido que matara por ella, que abandonara su país, que traicionara a sus hombres, no hubiera vacilado en hacerlo.

Rowan notó que lo miraban fijamente. Estaba apoyado sobre la parte alta de su montura, el cuerpo relajado y una sonrisa en los labios.

Se irguió, carraspeó y luego desmontó.

—El paseo me despejó —dijo con voz soñadora—. Montgomery, toma mi caballo y dale una ración doble. —«El querido animal me llevó hasta ella», pensó, mientras acariciaba el cuello del caballo.

Montgomery se acercó a su amo.

—Ellos pensaban que no podría arreglárselas solo ni siquiera durante un par de horas —murmuró amargamente.

Rowan dio una palmadita sobre el hombro de Montgomery.

—Esta noche podría hacerme cargo del mundo, muchacho. —Se dirigió hacia su tienda y se detuvo junto a Daire. Daire era un hombre alto y silencioso, de rostro inexpresivo. Rowan tenía la sensación de que no lo despreciaba tanto como los demás.

—¿Conoces a una mujer llamada Jura?

Daire vaciló antes de responder.

—Es la hija de Thal.

Rowan se horrorizó.

—¿Mi hermana? —balbuceó.

—No de sangre. El rey la adoptó cuando ella era una niña.

Rowan casi lloró de alivio.

—¿No somos parientes consanguíneos?

Daire lo observaba.

—Tu hermano es Geralt. Jura y él tienen la misma madre; tú y Geralt, el mismo padre.

—Comprendo. —Lo único que le preocupaba era el parentesco que pudiera unirlo a ella—. ¿Pertenece a la guardia femenina, como Cilean?

Daire vaciló una vez más.

—Sí, pero Jura es más joven.

Rowan sonrió.

—Tiene la edad perfecta, cualquiera que sea. Buenas noches.

Rowan durmió poco esa noche; permaneció muchas horas tendido con las manos debajo de la cabeza, la mirada fija en la oscuridad, recreándose mentalmente en los momentos que había pasado junto a Jura.

Naturalmente, se casaría con ella. La convertiría en su reina y, juntos, gobernarían Lanconia... o por lo menos a los iriales. Su ternura compensaría la incredulidad de los lanconianos. Podría compartir su vida con Jura. Sería su compañera. Había rogado a Dios que le enviara una señal y, pocos instantes después, había aparecido Jura.

Antes del amanecer, oyó los primeros movimientos del campamento. Se levantó, se vistió y salió de su tienda. A lo lejos, las montañas apenas se divisaban y el aire estaba fresco. Lanconia nunca le había parecido tan hermosa.

Cilean se acercó a él.

—Buenos días. Iré a pescar. ¿Quieres venir conmigo?

Rowan la miró detenidamente y, por primera vez, pensó que quizá tendría problemas para casarse con Jura.

—Sí —dijo él—. Iré.

Caminaron juntos hasta el bosque y llegaron al ancho arroyo.

—Hoy llegaremos a Escalon —dijo Cilean.

Rowan no respondió. ¿Y si el rey Thal insistía en que debía casarse con Cilean? Quizá debía hacerlo para poder convertirse en rey. Los castigos que Feilan le había anticipado acudieron a su mente.

—¿Puedo besarte? —preguntó él abruptamente.

Cilean lo miró, sorprendida, y se sonrojó.

—Quiero decir, si vamos a casarnos, pensé que...

Se interrumpió. Cilean le había agarrado por la nuca para besarlo. Fue agradable, pero no perturbó a Rowan ni lo impulsó a firmar un pacto con el diablo.

Se apartó suavemente de ella y le sonrió. Ahora estaba seguro. Dios había escogido a Jura para él. Caminaron juntos hasta el arroyo. Rowan pensaba en Jura, sin percibir la felicidad de Cilean. Ella pensaba que había besado al hombre con quien se casaría y estaba complacida ante la perspectiva de ese matrimonio.

Galoparon durante cinco horas hacia el noroeste, antes de llegar a Escalon. Prácticamente, no había caminos y Rowan decidió que se ocuparía de inmediato de su construcción. Los lanconianos maldijeron los catorce carromatos que Rowan y Lora habían traído con ellos desde Inglaterra y que contenían sus muebles y enseres domésticos. La única concesión que hacían los iriales a la comodidad era su ciudad amurallada; cuando viajaban, sólo llevaban lo que podía ser transportado por sus caballos. Rowan supuso que, cuando se desplazaban de un sitio a otro, robaban alimentos a los campesinos.

Escalon estaba a orillas del río Ciar y contaba con la protección del río y de una empinada montaña. Una muralla de cuatro metros de altura rodeaba la ciudad, cuya superficie era de tres kilómetros cuadrados. En el interior había otra muralla, un montículo elevado, y, sobre él, un gran castillo de piedra. Seguramente, la casa de su padre.

—Ya estamos en casa —dijo Lora, que cabalgaba junto a Rowan. El pequeño Phillip, sentado enfrente de ella, tenía una acentuada expresión de fatiga, después de varias semanas de viaje. Lora suspiró—. Comida caliente, un baño tibio, una cama blanda y alguien con quien hablar, que no sean estos guerreros. ¿Crees que los músicos de la corte sabrán ejecutar canciones inglesas? ¿Qué danzas bailan estos lanconianos?

Rowan no supo qué responder, pues Feilan no le había hablado de las diversiones de los lanconianos. Además, a Rowan sólo le interesaba una diversión: la hermosa y deliciosa Jura, la más perfecta de las mujeres, la más... Hizo el resto del camino perdido en sus ensoñaciones.

Su entrada en la ciudad de Escalon suscitó poco interés. Era un lugar sucio, lleno de hombres que gritaban, de animales y de ruidos ensordecedores, provocados por los martillos que golpeaban las herraduras que se ponían a los caballos. Lora aspiraba perfume para evitar los malos olores que se percibían.

—¿Dónde están las mujeres? —gritó a Xante para hacerse oír en medio de la barahúnda.

—No están en la ciudad. La ciudad es para los hombres.

—¿Están encerradas en alguna parte? —replicó ella—. ¿No les permiten disfrutar del aire y del sol?

Daire la miró con interés y cierta sorpresa.

—Cavamos fosos en la ladera de las montañas y viven allí —dijo Xante—. Una vez por semana les arrojamos un lobo. Si logran matarlo, pueden comerlo.

Lora lo miró enfurecida; no sabía si creerle o no.

La gran fortaleza de piedra de Thal se hallaba en la zona más protegida, al noroeste de la ciudad amurallada. No era como los castillos que Rowan conocía, sino más bajo, más alargado e impenetrable. Las piedras de los muros eran tan oscuras como los lanconianos.

Antes de llegar a la fortaleza, había otra muralla de piedra, de dos metros y medio de espesor y seis metros de altura. En el centro, se veía una verja doble de hierro oxidado, cubierta de enredaderas y, a la izquierda, una verja más pequeña que sólo permitía el paso de un caballo.

Xante dio una orden en voz alta y las tropas lanconianas comenzaron a formar una hilera que entró por la verja pequeña.

—Aguarden —dijo Rowan—, debemos usar la verja grande para que entren los carromatos.

Xante detuvo su caballo frente a Rowan. Su expresión mostraba que su paciencia se había agotado. Era la de un hombre que se había visto obligado a cuidar a un niño irritante, tonto y malcriado.

—Los carromatos no pasarán. Deberán ser descargados y los muebles que no pasen por la verja serán desarmados.

Rowan rechinó los dientes. Estaba a punto de estallar. ¿Por qué esos hombres no respetaban al hombre que sería su rey?

—Ordena a tus hombres que abran la verja grande.

—Esa verja no se abre —dijo Xante desdeñosamente—. No ha sido abierta durante cien años.

—Entonces es tiempo de que se abra —gritó Rowan. Se volvió y vio a cuatro hombres que llevaban un tronco de seis metros de longitud hacia una carpintería—. ¡Montgomery!

—Sí, señor —respondió al instante Montgomery. Le encantaba desobedecer a los lanconianos.

—Toma ese tronco y abre la verja.

Los tres caballeros de Rowan desmontaron en el acto. Estaban ansiosos por hacer cualquier cosa que los lanconianos no desearan que hiciesen. Tomaron por el cuello a seis de los trabajadores más musculosos y los obligaron a emplear el tronco como un ariete.

Rowan permaneció erguido sobre su caballo y contempló cómo los hombres arremetían una y otra vez contra la verja oxidada; pero esta no cedió. No se atrevió a mirar los rostros burlones de los lanconianos.

—La verja está soldada, por eso no se abre —dijo Xante, y Rowan percibió el tono de superioridad de su voz.

Rowan comprendió que debía existir alguna superstición respecto a la verja, pero estaba decidido a no hacer preguntas.

En ese momento la necesidad superaba a cualquier superstición primitiva que pudiera tener esa gente arrogante.

—Yo abriré la verja —dijo, apeándose sin mirar a los lanconianos.

Tenía su caballo y los de sus tres caballeros. Eran animales grandes y pesados, capaces de tirar de toneladas de peso. Como el ariete no daba resultado, ataría cadenas a la verja y los caballos la derribarían.

Una multitud se reunió para observar cómo el príncipe inglés se ponía en ridículo. Sobre las murallas había guardias que contemplaban la escena, curiosos y divertidos. De modo que ese era el hijo debilucho de Thal que creía poder abrir la verja de St. Helen.

—Xante —gritó uno de ellos—, ¿es este nuestro nuevo rey?

Se oyeron grandes risotadas. Lora estaba en lo cierto. El primer día debió desafiar a un par de hombres para que lucharan contra él, para dejar bien claro quién mandaba allí.

De pie ante la verja, la examinó. Parecía muy antigua, cubierta de óxido y enredaderas espinosas. Apartó una y las espinas hicieron sangrar las palmas de sus manos. Luego miró atentamente la vieja cerradura. Era una pieza de hierro sólido. Aparentemente, el ariete no la había movido de su sitio.

—¿Este inglés rubio piensa que *él* podrá abrir la verja? —preguntó un hombre con tono zumbón.

—¿Nadie le ha dicho que sólo puede abrirla un lanconiano?

La multitud rió desdeñosamente.

—Soy lanconiano —murmuró Rowan, mirando fijamente la verja—. Soy más lanconiano de lo que creen. Dios, ayúdame. Te lo ruego. Ayúdame.

Apoyó las manos sobre la verja, con las manos sangrantes apoyadas sobre la superficie oxidada, y se inclinó hacia adelante para examinar de cerca la gruesa cerradura.

Percibió que la verja temblaba debajo de sus manos.

—Ábrete —murmuró—. Ábrete y da paso a tu rey lanconiano.

Desde la parte superior cayó polvo oxidado sobre el rostro de Rowan.

—Sí —dijo, cerrando los ojos y concentrando todas sus energías en las palmas de sus manos—. Soy tu rey. Te ordeno que te abras.

—Miren —gritó alguien detrás de él—. La verja se mueve.

La multitud y los guardias callaron y la vieja verja comenzó a crujir. Parecía estremecerse, como si estuviera viva.

El silencio era absoluto; hasta los animales estaban quietos. La vieja cerradura de hierro cayó a los pies de Rowan. Este empujó la hoja izquierda de la verja y sus viejos goznes chirriaron.

Rowan se volvió hacia sus hombres.

—Ahora, hagan pasar los carromatos —dijo. De pronto, estaba muy, muy fatigado.

Pero nadie se movió. Los ingleses miraban a los lanconianos, y cientos de lanconianos, guardias y campesinos, miraban a Rowan, azorados.

—¿Qué ocurre ahora? —gritó Rowan a Xante—. He abierto la verja; úsenla.

Pero nadie se movió. Montgomery murmuró: —¿Qué les sucede?

Como si fuera un sonámbulo, Xante desmontó. En medio del gran silencio, sus movimientos parecían dramáticos y llenos de significado. Rowan lo miró, preguntándose qué haría ahora ese hombre para ridiculizarlo.

Ante el asombro de Rowan, Xante fue hacia él, cayó de hinojos e inclinó la cabeza. Luego dijo:

—Viva el príncipe Rowan.

Rowan miró a Lora, que aún estaba sobre su caballo. Parecía tan consternada como él.

—Viva el príncipe Rowan —dijo otro, luego otro y luego lo repitieron todos.

Watelin, el caballero de Rowan, se adelantó. —¿Pasaremos los carromatos, señor, antes de que estos tontos decidan que sois un demonio en lugar de un dios?

Rowan rió, pero antes de que pudiera responder, Xante se puso de pie y miró a Watelin con furia.

—El es *nuestro* príncipe —dijo Xante—, nuestro príncipe *lanconiano*. *Nosotros* llevaremos los carromatos. —Xante se volvió y comenzó a dar órdenes a los guardias y campesinos.

Rowan se encogió de hombros y montó sobre su caballo, sonriendo a Lora.

—Aparentemente, estuve acertado al abrir esa vieja verja oxidada. ¿Entramos en nuestro reino, querida hermana?

—*Hermana princesa*, si no tienes inconveniente —dijo Lora riendo.

Del otro lado de la muralla, hombres y mujeres de la guardia permanecieron de pie y en silencio cuando Rowan y Lora pasaron junto a ellos. Rowan escrutó todos los rostros, esperando ver a Jura, pero ella no estaba.

Cuando llegaron frente a la fortaleza de piedra, Rowan ayudó a Lora a apearse del caballo.

—¿Vamos a ver a nuestro padre? —preguntó y Lora asintió.

4

Jura era la única persona que se hallaba en el campo de adiestramiento. Había allí blancos para practicar con lanzas y flechas, espacios vacíos para la práctica de la lucha, una pista para corredores y obstáculos para practicar saltos. En ese momento, el campo parecía enorme, pues sólo Jura se encontraba allí. Las otras guardianas habían acudido presurosamente a la ciudad, cuando un corredor llegó diciendo que el nuevo príncipe se acercaba a Escalon.

Príncipe, ja—murmuró Jura, arrojando su jabalina y haciendo blanco. Era *inglés* y venía a usurpar el trono que debía ocupar su hermano. La consolaba el hecho de que toda Lanconia compartía su opinión. Esta vez todas las tribus se habían unido por un motivo: ese inglés no era su rey, como no lo era Edward.

Oyó un ruido detrás de ella y, jabalina en mano, giró sobre sí misma. El extremo apuntaba a la garganta de Daire.

—Demasiado tarde —dijo él, sonriendo—. Pude haber tomado una flecha. No deberías estar aquí a solas, sin ninguna guardia.

—Daire, oh, Daire —exclamó ella, arrojándole los brazos al cuello—. Te he extrañado tanto, tanto, tanto. —Deseaba tocarlo, abrazarlo, besarlo... para olvidar al hombre del río. La noche anterior se había despertado sudorosa, pensando en el extraño, el hombre desconocido, quizás un campesino o un leñador que iba camino de su casa, donde lo esperaban su mujer y sus hijos—. Bésame —rogó.

Daire la besó, pero su beso no fue como el del hombre del bosque. No la hizo arder de deseo incontrolable. Abrió la boca e introdujo la lengua en la boca de él.

Daire se apartó de ella, con el ceño fruncido. Era un hombre apuesto, de ojos oscuros y pómulos altos, pero no tan atractivo como el hombre del bosque, pensó Jura involuntariamente.

—¿Qué ocurre? —preguntó Daire con voz ronca.

Jura dejó caer los brazos y se volvió para ocultar su rostro sonrojado, temiendo que él leyera sus pensamientos.

—Te extrañé, eso es todo. ¿Acaso una mujer no puede saludar a su prometido con entusiasmo? —Daire guardó silencio. Ella lo miró. Se habían criado juntos. Daire pertenecía a la tribu vatell. Cuando Thal atacó a su tribu, el padre de Daire había matado al padre de Jura. Thal mató al padre de Daire y el niño de doce años atacó a Thal con una piedra y una lanza rota. Thal había subido al niño a su montura y lo había llevado consigo a Escalon. Como la madre de Jura había muerto dos semanas atrás, Thal adoptó a Jura y supervisó la educación de ella, Geralt, su hijo, y Daire. Jura, que sólo tenía cinco años y estaba desolada por la pérdida de sus padres en tan poco tiempo, se había aferrado al alto y silencioso Daire. A medida que crecieron continuó apoyándose en él. Pero, aunque había pasado tanto tiempo junto a él, no sabía cuáles eran sus pensamientos.

—¿Ha llegado? —preguntó ella, para que él dejara de mirarla como cuando era una niña de seis años y había comido su fruta seca, mintiendo después cuando él le preguntó si sabía quién la había robado.

—Ha llegado —dijo Daire en voz baja, sin dejar de mirarla.

—¿La gente lo abucheó? ¿Le hicieron saber que lo consideraban un usurpador? ¿Acaso...?

—Abrió la puerta de St. Helen.

Jura lanzó una risotada.

—¿Con cuántos caballos? Thal se enfadará cuando sepa que ese cobarde hijo suyo...

—La abrió con las palmas de sus manos.

Jura miró fijamente a Daire.

—Deseaba abrir la verja para hacer entrar sus carromatos y ordenó a sus hombres que emplearan un ariete. No surtió efecto y el príncipe Rowan apoyó las palmas contra la verja y rogó a Dios para que lo ayudara. La verja se abrió.

Jura estaba boquiabierta. La leyenda decía que la verja se abriría cuando llegara el verdadero rey de Lanconia.

Jura reaccionó.

—Hace años que nadie trata de abrir esa verja. Debe estar completamente oxidada. Seguramente el ariete la aflojó y, cuando él la empujó, se abrió. Todos deben haberlo comprendido así.

—Xante se puso de rodillas ante él.

—¿Xante? —preguntó Jura, abriendo mucho los ojos—. ¿Xante? ¿El que ríe cada vez que alguien menciona al inglés? ¿El que envió mensajes diciendo que el hombre era un tonto?

—Inclinó la cabeza y lo llamó príncipe. *Toda* la guardia y toda la gente que estaba allí se inclinaron ante él.

Jura desvió la mirada.

—Esto lo hará más difícil. Los campesinos son muy supersticiosos, pero esperaba otra cosa de la guardia. Deberemos convencerlos de que eran tan sólo dos verjas oxidadas. ¿Se lo han dicho a Thal?

—Sí —dijo Daire—. Están con él ahora.

—¿Ellos?

—El príncipe Rowan, su hermana y el hijo de esta.

Jura comenzó a sentirse abrumada. Aparentemente, era la única persona que no había perdido la razón. ¿Acaso toda Lanconia estaba dispuesta a olvidar la verdad, sólo porque se había abierto una verja oxidada, *después* de haber sido golpeada con un ariete? Seguramente Daire no creía en el usurpador.

—Debemos convencer a Thal de que Geralt debe ser rey. Dime, ¿son *muy* ingleses? ¿Tienen el aspecto y los modales de los extranjeros?

De pronto, Daire extendió rápidamente el brazo y tomó la gruesa trenza de Jura, obligándola a acercar su rostro al suyo.

—Daire —dijo ella, sobresaltada. No estaba preparada para esa reacción. Cuando se encontraba junto a él, bajaba la guardia. Confiaba plenamente en él.

—Eres mía —dijo él con voz ronca—. Lo has sido desde que tenías cinco años. No te compartiré con nadie.

La expresión de sus ojos la asustó.

—¿Qué ha ocurrido? —murmuró ella—. ¿Qué ha hecho ese Rowan?

—Quizá lo sepas mejor que yo.

Ella olvidó su temor. Aún sostenía la jabalina en su mano izquierda y apoyó la punta contra las costillas de Daire.

—Suéltame o te atravesaré.

Él la soltó y luego sonrió.

Jura no le devolvió la sonrisa.

—¿Puedes explicarte?

Daire se encogió de hombros. —¿Acaso no puedo estar celoso?

—¿De quién? —preguntó Jura enfadada.

Él no respondió. A Jura no le agradó su sonrisa, porque los ojos de Daire no sonreían. Habían estado juntos durante muchos años y él podía leer sus pensamientos. Él había sospechado de ese beso que ella le había dado y cuando ella habló del inglés, él percibió algo extraño. Ese beso la había traicionado y le había hecho pensar que sucedía algo fuera de lo normal.

Ella le sonrió.

—No tienes motivos para estar celoso. Quizá mi enojo me lleva a —vaciló— ponerte a prueba—. Lo miró; sus ojos le rogaban que no indagara más.

Finalmente, él también sonrió.

—Ven —dijo—, ¿no deseas conocer a tu nuevo príncipe?

Ella exhaló un suspiro de alivio y tomó su jabalina.

—¡Preferiría ir sola al campamento de los ulten! —Daire adoptó nuevamente esa expresión extraña, pero ella no le preguntó a qué se debía.— Ve, ve con él —dijo ella—. Thal querrá que estés allí. Todos deberán estar allí para atender al inglés.

Daire no se movió.

—Seguramente, después habrá un banquete.

Jura lanzó con fuerza la jabalina y dio en el centro del blanco.

—Creo que esta noche no tendré apetito. Vete. Debo entrenarme.

Daire la miró frunciendo el ceño. Parecía preocupado. Sin añadir una palabra más, regresó a la ciudad amurallada.

Airada, Jura quitó la jabalina del blanco relleno de estopa. Pensó que el regreso de su amado no había sido como ella lo esperaba. Ella lo había abrazado y él la rechazó. Y un momento más tarde tiró de sus cabellos, diciendo que estaba celoso. ¿Por qué no le *demostró* sus celos con un par de besos? ¿Por qué no hizo algo que borrara el recuerdo del hombre del río?

Arrojó su jabalina una y otra vez. Decidió pasar el resto del día haciendo ejercicios. De ese modo, por la noche estaría demasiado fatigada para pensar en las caricias y los besos de ese hombre o... Maldijo, lanzó la jabalina y erró el tiro.

—¡Hombres! —dijo, furiosa. Daire la miraba fijamente, tirándola de sus cabellos, otro hombre acariciaba sus muslos, mientras un inglés amenazaba a toda Lanconia. Arrojó nuevamente la jabalina, haciendo esta vez un centro perfecto.

Rowan estaba frente a la puerta de la alcoba de su padre, tratando de quitarse el polvo del camino. No le habían dado tiempo para cambiarse de ropa. Le habían dicho que Thal insistía en verlo de inmediato y que no estaba dispuesto a aguardar.

Después de ver el aspecto descuidado de la casa, Rowan pensó que sus ropas polvorientas no harían mella en Thal. Rowan dio un puntapié a un hueso que estaba debajo de sus pies, irguió la espalda y abrió la pesada puerta de roble. La habitación estaba en penumbra y tardó unos segundos en adaptar sus ojos a ella. Su padre lo examinó en silencio y Rowan miró detenidamente a su padre.

Thal estaba tendido sobre una pila de pieles de pelo largo e hirsuto, acordes con su propio aspecto rudo y desaliñado. Era extraordinariamente alto, más alto que Rowan, pero, a diferencia de este, era muy delgado. Su rostro quizás había sido atractivo alguna vez, pero ahora estaba cubierto por demasiadas cicatrices, producto de demasiadas batallas. Rowan podía imaginarlo sobre el lomo de un vigoroso caballo, blandiendo una espada sobre su cabeza y llevando a mil hombres a la guerra.

—Ven, hijo mío —murmuró Thal con voz profunda. Era indudable que lo aquejaba un intenso dolor—. Siéntate a mi lado.

Rowan se sentó en el borde de la cama de su padre, tratando de ocultar la ansiedad que sentía. Había trabajado duramente durante años para que los informes que enviaba su tutor a Thal fueran buenos. Siempre había deseado complacer a ese hombre al que no conocía y estar a la altura de sus exigencias. Ahora, al ver la oscura tosquedad de Thal, pensó que el hombre se decepcionaría de su hijo pálido y rubio. Pero Rowan no dejó entrever sus temores.

Thal tocó la mejilla de su hijo con su mano llena de cicatrices, pero todavía fuerte. Sus viejos ojos oscuros se enternecieron.

—Te pareces a ella. A mi hermosa Anne. —Deslizó la mano por el brazo de Rowan—. Y tienes el tamaño de los hombres de su familia. —Sonrió—. Pero tienes la estatura de un lanconiano. Al menos has heredado eso de mí, pues no veo otra semejanza. ¡Y esos cabellos! ¡Son los cabellos de Anne!

Thal quiso reír pero su risa se transformó en tos. Rowan percibió que su padre no deseaba ser consolado y aguardó hasta que la tos cedió.

—Hay algo que corroe mis entrañas. Lo he sabido durante mucho tiempo, pero postergué mi muerte porque deseaba verte. ¿William te trató bien?

—Muy bien —dijo Rowan en voz baja—. No pude haber pedido más.

Thal sonrió y cerró los ojos.

—Sabía que lo haría. Siempre te amó. Desde el día en que naciste. Después de la muerte de Anne... —Hizo una pausa y tragó saliva—. La muerte trae recuerdos. Rezo por volver a ver pronto a tu madre. Después de la muerte de mi amada Anne, te hubiera entregado a William para que te criara si él me lo hubiera pedido, pero nos atacó a mis hombres y a mí; intentó tomarte por la fuerza.

Thal tosió nuevamente, pero logró controlar el espasmo.

—Pudiste haber enviado a alguien por mí —dijo Rowan suavemente—. Hubiera venido.

Thal sonrió y pareció complacido por sus palabras.

—Sí, pero *deseaba* que te criaras con los ingleses. Anne me hizo conocer la paz. —Tomó la mano de Rowan—. Nadie ha conquistado a los lanconianos, muchacho. Hemos sobrevivido a los hunos, a los eslavos, a los ávaros, a los romanos y a Carlomagno. —Hizo una pausa y sonrió—. Pero no sobrevivimos a los curas. Nos convirtieron en Cristianos. Pero echamos a los invasores. Nosotros, los lanconianos, podemos derrotar a cualquiera, menos a nosotros mismos —añadió con tristeza.

—Las tribus luchan entre ellas —dijo Rowan—. Lo he visto personalmente.

Thal oprimió la mano de Rowan.

—Me dijeron que te enfrentaste a los zernas, que hiciste frente a Brocain.

—Los zernas son lanconianos.

—Sí —dijo Thal con energía, y Rowan aguardó que cesara el nuevo ataque de tos—. Cuando fui a Inglaterra conocí a Anne y comprendí que un país podía tener un solo rey. Me llaman rey de Lanconia, pero sólo soy el rey de los iriales. Ningún zerna ni vatell me llamará rey. Siempre seremos una nación dividida en tribus. Pero, si no nos unimos, Lanconia morirá.

Rowan comenzó a comprender lo que le pedía su padre.

—¿Deseas que una a los lanconianos? —No pudo evitar que su voz reflejara temor. No había percibido hasta qué punto estaban separadas las tribus entre sí hasta que llegó a Lanconia. Por haber enfrentado a tres jóvenes y a un anciano, no significaba que pudiera conquistar a todo un país.

—Permití que fueras criado fuera de mi país —dijo Thal—. No eres un irial, y quizá las otras tribus te acepten porque eres medio inglés.

—Comprendo —dijo Rowan, y cerró los ojos. Durante días había tenido la sensación de que era necesario que la paz reinara en Lanconia y esperaba que, al ser rey, podría evitar la guerra entre las tribus. Pero, *¿unirlas?* Le pedían que convirtiera al viejo Brocain y al arrogante Xante en *amigos*. ¿Podría un solo hombre lograrlo a través de toda una vida? Ahora que había abierto una vieja verja oxidada, creían que estaba destinado a ser rey, pero Rowan pensaba que su adhesión no duraría mucho. En cuanto hiciera algo propio de un inglés, volverían a ver en él a un intruso, un extranjero—. Fui escogido en lugar de Geralt porque soy inglés —dijo—. Los lanconianos piensan que mi hermanastro debe ser el rey.

La expresión de Thal cambió; se había enfadado.

—Geralt es irial. Odia a quienes no lo son. Sé que tienes al hijo de Brocain. Protégelo. Si puede, Geralt lo matará. Geralt sueña con una Lanconia habitada solamente por iriales.

—¿Las otras tribus también sueñan con apoderarse de Lanconia? —preguntó Rowan fatigadamente.

—Sí —dijo Thal—. En la época de mi abuelo luchábamos contra los forasteros y éramos felices. Llevamos la guerra en la sangre, pero ahora nadie nos invade y entonces nos atacamos los unos a los otros. —Levantó sus manos llenas de cicatrices—. Estas manos han matado a muchos de los míos. No podía evitarlo, pues soy irial.

Tomó la mano de Rowan y lo miró con ojos implorantes.

—Te dejo a Lanconia y debes salvarla. Puedes hacerlo. Abriste la verja de St. Helen.

Rowan sonrió a su padre moribundo, pero íntimamente recordaba que le habían ofrecido una heredera y la había rechazado. Si la hubiera aceptado, ahora estaría sentado junto al fuego, con un sabueso a sus pies, y uno o dos niños en su regazo.

—Es un milagro que el viento no haya derribado esas verjas hace veinte años. —Por un niño, un anciano y unas viejas verjas oxidadas, lo creían capaz de *todo*. Una parte de él hubiera deseado montar un caballo y huir velozmente de Lanconia. Pero la cicatriz de la pierna comenzó a molestarle.

Thal sonrió y se recostó contra las almohadas.

—Posees la modestia de Anne y, según me han dicho, un carácter apacible. ¿Mis lanconianos te trataron mal durante el viaje?

—Fueron terribles —dijo Rowan, sonriendo—. No tienen muy buena opinión de los ingleses.

—Los lanconianos sólo creen en los lanconianos. —Miró a Rowan como tratando de recordar sus cabellos rubios y sus ojos azules—. Tú te encargarás de que eso cambie. Harás lo que yo no pude hacer. Quizá, si Anne hubiera vivido, hubiera podido hacer algo para lograr la unión, pero, cuando ella murió, perdí las energías. Si las tribus no se unen, los lanconianos se matarán unos a otros. Estaremos tan ocupados peleando entre nosotros, que no veremos la nueva horda invasora que venga desde las montañas. Confío en ti, muchacho.

Thal cerró los ojos, como tratando de reunir fuerzas. Rowan pensó en la dimensión de lo que su padre le pedía. Como Thal se había enamorado de una mujer hermosa, creía que el hijo de esa unión sería capaz de grandes hazañas. Rowan hubiera deseado confiar en sí mismo la mitad de lo que confiaba su padre. Cuando pensaba en lo que le esperaba, tratando de persuadir a los tozudos lanconianos, tratando de modificar su manera de pensar, que había sido la misma durante centurias, se sintió abrumado. Nuevamente, hubiera deseado huir. Regresar a Inglaterra, a su hogar, a su seguridad. Pero entonces recordó a Jura. Jura era la única lanconiana a quien podía comprender. Quizá con ella a su lado podría realmente conquistar un país.

—Padre —dijo Rowan suavemente—, ¿es verdad que deseas que me case con Cilean?

Thal abrió sus ojos cansados.

—La escogí cuando era apenas una niña. Me recuerda a Anne, es serena y dulce, y a la vez posee una gran fortaleza interior. Es capitana de la guardia femenina. Es fuerte, sabia y hermosa. Será una excelente esposa.

—Sí, no lo dudo, pero... —Rowan se interrumpió ante la mirada iracunda de Thal. Su cuerpo estaba agonizando, pero su mente estaba sana.

—No te has casado con una inglesa, ¿verdad? Tus hijos serían más ingleses que lanconianos...

—No existe ninguna otra mujer *inglesa* —dijo Rowan sutilmente. Su padre aguardó, mirando a Rowan de un modo penetrante. Rowan se movió, inquieto. Cuando lo miraba de esa manera, le inspiraba más temor que Brocain. No en vano había reinado durante tanto tiempo—. Existe otra mujer. Creo que también pertenece a la guardia y bien podría ser mi esposa. Su nombre es Jura.

Thal dejó caer la cabeza sobre la almohada, desolado.

—¿Cómo son tus sentimientos hacia ella?

Rowan se sintió un tanto avergonzado, pero trató de controlar el rubor de su rostro. Deseaba tanto a Jura que estaba dispuesto a arriesgarse a decepcionar a su padre, para quien siempre había vivido.

—Intensos —dijo, sintetizando en esa palabra el deseo y la necesidad de tenerla a su lado. Tuvo la esperanza de que su padre comprendiera que estaba dispuesto a luchar por ella.

Thal levantó la cabeza y miró firmemente a su hijo a los ojos. Su mirada tenía la fuerza de muchas generaciones de reyes lanconianos.

—Cuando me enamoré de Anne, la hubiera raptado por la noche si el rey inglés me la hubiera negado. ¿Jura siente lo mismo por ti?

Rowan recordó la pasión con que ella había devuelto sus besos.

—Sí —dijo—. Lo mismo.

—No deseo saber cómo la conociste. Sin duda, ella estaba donde no debía estar. Es muy propio de ella. Oh, hijo mío, ¿por qué no pudiste amar a Cilean? Jura es un problema. Es exaltada como su hermano y malhumorada como su madre. La madre de la joven intentó amenazarme para que me casase con ella cuando nació Geralt. Para castigarme, se casó con el más leal de mis hombres, Johst, y convirtió su vida en un infierno.

Thal hizo una pausa, tratando de serenar su mente y su voz.

—Si te doy a Jura, ello causará muchos problemas. Cilean se convertirá en tu enemiga, y los iriales aman a Cilean. Te odiarán si la repudias. Y Jura está comprometida con...

—¿Comprometida? —dijo Rowan, sorprendido.

—Sí —dijo Thal—. Se casará con el hijo de Brita, que es la reina de los vatell. No es conveniente irritar a Brita.

Rowan estaba boquiabierto.

—¿Una *mujer* los gobierna? —¿Debía él luchar contra una mujer? ¿Los lanconianos esperaban que la derrotara en un combate, de igual a igual?

Thal sonrió.

—Sabe usar su cerebro, allí donde nosotros usamos nuestros músculos. Ha gobernado desde que murió su marido. Brita odia a los iriales, sobre todo a mí y a los míos, y no sería sensato encolerizarla. Tendrás conflictos con la gente que apoya a Geralt. ¿No puedes pensarlo mejor y casarte con Cilean? ¿O con alguna otra mujer? Jura es...

—La única a la que yo quiero —dijo Rowan rotundamente. Su mandíbula se tomó rígida.

Thal suspiró.

—Existe una manera.

—La aceptaré.

—Puede que ella pierda. Puede que tú pierdas a ambas, a Jura y a Cilean.

—Si se trata de un combate, aceptaré el desafío.

—No serás tú quien pelee, sino Jura —dijo Thal—. Las mujeres lanconianas siempre han sido fuertes. En las batallas, protegen a sus maridos. Cuando sus hombres no están, saben protegerse a sí mismas. Siempre ha sido bueno tener una esposa fuerte. En un tiempo, un hombre podía escoger esposa por medio de un Honorium.

—¿En qué consiste? —preguntó Rowan.

—Es como los torneos ingleses, pero las participantes son mujeres.

—¿Las *mujeres* lidian? —preguntó Rowan, incrédulo.

—No, participan en competencias de habilidad; tiro al blanco, jabalina, carreras, salto de vallas, lucha; hay muchas clases de competencias. La ganadora se queda con el hombre que ha convocado al Honorium.

Antes de que Rowan pudiese hablar, Thal tomó la mano de su hijo.

—Cuando el rey está involucrado, se deben enviar invitaciones a todas las tribus. Jura es joven y nunca ha combatido. No sabes cómo reaccionará en una competencia. Podría perder. —Hizo una pausa—. También podría perder Cilean.

—Es un riesgo que debo correr.

—No comprendes. La mayoría de nuestras guardias femeninas son hermosas, pero las otras tribus enviarán mujeres horribles y bestiales, para demostrar que desprecian al rey irial. —Thal frunció los labios—. Nunca has visto a una mujer ulten. Son criaturas sucias, astutas y deshonestas. Robarían tus cabellos mientras duermes. Y sin duda Brocain enviará a una mujer horrenda. Algunos de mis bueyes son más pequeños y bonitos que las mujeres zernas. Piensa en lo que vas a hacer, hijo, y toma a Cilean. Es hermosa y...

—¿Te hubieras arriesgado a un Honorium para obtener a mi madre?

—Sí—dijo Thal en voz baja—. Me hubiese atrevido a todo, porque era joven y mi sangre bullía al verla.

—Mi sangre bulle por Jura —dijo Rowan con firmeza—. Convoca el Honorium.

Thal asintió.

—Así se hará, pero mantente alejado de ella. Que nadie sepa que deseas conquistarla. No imaginas el odio que engendrarás si desairas al hijo de Brita. Diré que el Honorium se celebra para demostrar que eres justo con todas las tribus. Todas ellas tendrán la oportunidad de que una de sus mujeres ocupe el trono. Ahora debes marcharte. Envíame a Siomun para que pueda anunciar el Honorium.

—Pensé que desearías ver a tu hija y a tu nieto.

Thal lo miró, asombrado.

—¿Lora? ¿La niña que dejé cuando ella era un bebé? ¿Está contigo?

—Sí, y trajo a su hijo Phillip. Es un niño inteligente.

—No tanto como tú cuando eras niño, estoy seguro —dijo Thal, sonriendo—. Sí, tráelos. Rezo para que Lora no desee a ningún hombre inadecuado.

Rowan sonrió.

—No lo creo, aunque parece interesada en Xante.

Thal rió hasta que comenzó a toser.

—¿Ese viejo corcel de guerra? Ah, ese sería un buen matrimonio. Él nunca ha estado casado y haría falta una mujer muy fogosa para ablandar su corazón.

—Lora podría hacerlo. —Rowan se puso de pie; luego, impulsivamente, tomó la mano de su padre y la besó—. Lamento... lamento que...

—No —dijo Thal bruscamente—. Sin lamentos. Eres cuanto he deseado que seas; no perteneces a ninguna tribu. Eres un rey lanconiano que no debe lealtad a ninguna tribu en especial.

Puedes unir el país. Sólo espero que la mujer que esté a tu lado... No, no lo lamentes. Haz entrar a mi hija y al niño.

—Sí, padre mío —dijo Rowan y se dispuso a salir de la habitación.

—Hijo —dijo Thal—. Di a Siomun que te proporcione ropas adecuadas para que no parezcas un inglés.

Rowan asintió y se marchó.

Cuando salió de la habitación, Rowan se apoyó contra el oscuro muro de piedra y cerró los ojos, abrumado por la enorme confianza que su padre había depositado en él. Siempre había pensado que sería rey de un país, pero ahora descubría que debía unir seis tribus que se odiaban entre sí, seis tribus que se saqueaban y mataban unas a otras sin ningún sentimiento de culpa. Rogó para que Dios lo guiara. Haría todo cuanto estuviera a su alcance y confiaría en la ayuda de Dios. Y en Jura, pensó, abriendo los ojos. Jura estaría allí para ayudarlo. Atravesó el largo pasillo y se detuvo al oír la voz enfadada de Lora y la risa de Xante.

—Perdonad la interrupción —dijo Rowan—. Nuestro padre desea veros a ti y al niño. Xante, ¿puedes llevarme con una persona llamada Siomun?

—Sí, mi señor—dijo Xante reverentemente y se marchó.

—Primero Siomun, luego Jura —murmuró Rowan. Fue detrás de Xante, silbando.

Jura lamentó tener que abandonar el campo de entrenamiento, pero el joven que fue a buscarla dijo que la necesitaban con urgencia. Le pareció extraño que la necesitaran en las caballerizas, pero, últimamente, todo era extraño. Desde que Thal hizo traer a su hijo inglés, su mundo había cambiado. Iría a ver quién la necesitaba, luego buscaría a Geralt y trataría de consolarlo.

Las caballerizas estaban oscuras y vacías. Fastidiada, pensó que, ahora, a causa de la desorganización de los iriales, los zernas podrían atacar y vencerlos.

—¡Hola! —dijo, pero nadie respondió. Desconfiando, tomó su cuchillo y se deslizó lentamente contra el muro, de espaldas a las cuadras de los caballos.

A pesar de su cautela, no pudo evitar que se extendiera una mano y que cubriera su boca. Un fuerte brazo hizo caer su cuchillo y fue arrastrada hacia atrás, hasta el interior de una de las cuadras.

Intentó luchar, pero el hombre la hizo girar entre sus brazos y la oprimió contra su cuerpo. Aunque no podía ver su rostro a causa de la oscuridad, supo que era *él*.

Cuando la besó, ella respondió apasionadamente. Desde el día anterior, se había dicho a sí misma que lo que había ocurrido con ese apuesto desconocido había sido algo pasajero y que no volvería a repetirse. Había ocurrido por el momento y por el lugar. Extrañaba a Daire y, además, cuando vio a ese hombre, ambos estaban semidesnudos. Su reacción había sido natural. También había menospreciado la pasión que había experimentado. Era lógico reaccionar así ante el beso de un hombre tan atractivo.

Pero Jura se equivocó. No recordaba cómo se sentía entre sus brazos, cómo su cuerpo se estremecía y debilitaba ante sus caricias.

Cuando él levantó la cabeza, ella rodeó su cuello con sus brazos y enroscó los dedos en sus cabellos, deseándolo cada vez más.

—Jura —murmuró él con voz penetrante—. Ahora estaremos juntos —murmuró contra sus labios.

Ella abrió su boca como una flor ante el roce de una abeja. Estar juntos significaba hacer el amor, y ella estaba dispuesta. No pensó en las consecuencias ni en el lugar en que se hallaban. No le hubiera importado estar en medio de un salón.

Ella entreabrió las piernas y apretó sus caderas contra las de él, para que él pudiera sostenerla.

—Mi amor —murmuró él, besando ávidamente su cuello—. Estaremos juntos. Ya lo he dispuesto todo.

—Sí —murmuró ella con los ojos cerrados y la cabeza echada hacia atrás—. Juntos. Ahora.

Él la apartó para mirar su rostro.

—Me tientas más de lo que hubiera creído posible. Jura, mi amor, nunca pensé que podía sentirme así. Dime que me amas. Deseo escucharlo de tus labios.

Ella no había pensado en las palabras; se limitaba a sentir. Sentir el cuerpo de él contra el suyo, sus muslos grandes y duros contra los de ella. Deseaba que su piel tocara la de él, entrelazar los dedos de sus pies con los de él, rozar con sus senos el vello de su torso. Deseaba deslizar sus dedos, sus uñas sobre la piel de él.

—Jura —dijo él, jadeante, besándola con tal violencia que ella cayó hacia atrás. Su espalda chocó contra el muro de piedra del establo. Él no la soltó, sino que continuó besándola, oprimiendo su cuerpo contra el de Jura, hasta que ella pensó que la aplastaría. Pero, en lugar de tratar de liberarse de él, lo acercó aún más hacia ella.

De pronto, él la soltó y se ocultó entre las sombras de un rincón.

—Vete —dijo con voz ronca— o dejarás de ser una doncella. Márchate, Jura.

Ella se mantuvo erguida, aferrándose a las piedras del muro que empezaban a lastimar las palmas de sus manos. Su corazón latía con violencia y todo su cuerpo parecía palpitar.

—Vete antes de que alguien te vea —dijo él. La mente de Jura comenzó a funcionar nuevamente. Sí, nadie debía verla. Se esforzó por incorporarse y caminó unos pasos, sosteniéndose contra el muro.

—Jura —dijo él.

Ella no se volvió. Sus músculos estaban demasiado débiles, no deseaba hacer movimientos innecesarios.

—Recuerda que eres mía —dijo él—. No permitas que el hijo de Brita te toque.

Ella asintió; estaba aturdida y no comprendió sus palabras. Luego salió de la caballeriza. Se alegró de que sus pies recordaran el camino de regreso hasta los cuarteles de las mujeres, pues su mente sólo podía pensar en él. Se frotó las yemas de los dedos, los dedos que habían rozado la piel de él.

—Jura —dijo una voz, pero ella no respondió.

—Jura —dijo Cilean bruscamente—. ¿Qué te sucede? ¿Dónde está tu cuchillo? ¿Por qué llevas los cabellos sueltos? ¿Qué son esas marcas que tienes en el cuello? ¿Te han atacado?

Jura miró a su amiga y sonrió a medias.

—Estoy muy bien —murmuró.

Cilean frunció el ceño y tomó el brazo de Jura, conduciéndola hasta su habitación. Era un dormitorio espartano que contenía sólo una cama, una mesa, una silla, un lavabo y un gran armario para la ropa. Sobre los muros había armas. El que estaba detrás de la cama tenía un crucifijo de madera tallada.

—Siéntate —dijo Cilean, empujándola hacia la cama. Cilean humedeció un trozo de tela y lo aplicó sobre la frente de Jura—. Ahora dime qué te ha sucedido.

Jura comenzó a reaccionar.

—Yo... yo... estoy bien. Nada me sucedió. —Apartó el trozo de tela. Sus manos aún temblaban, pero se estaba recuperando. *Debía* mantenerse alejada de ese hombre. Era como una enfermedad... mortal.

—Cuéntame tus novedades —dijo Jura—. ¿Conociste a tu pretendiente inglés? —Quizá su odio por el inglés le hiciera olvidar su pasión—. ¿Es tan estúpido como creíamos?

Cilean aún estaba consternada ante el aspecto de su amiga.

—No es estúpido. Por el contrario, parece extraordinariamente valiente. Se enfrentó a Brocain sin ayuda.

Jura emitió un bufido.

—Eso es más estúpido de lo que creí. Es indudable que su ignorancia lo protegió, pero no volverá a suceder. Ahora que Thal aún está con vida, deberías pedirle que te permita no casarte con ese hombre repulsivo.

Cilean sonrió.

—No es repulsivo. Me besó y fue muy, muy agradable.

Jura la miró con severidad.

—Es muy atrevido. ¿Acaso piensa que las mujeres lanconianas somos inmorales? ¿Cómo osa besar a una guardiana como si se tratase de una campesina? —En el momento en que lo dijo se sonrojó. Un hombre se había atrevido a hacer mucho más que eso, pero en lugar de pensar en la moral ella había estado dispuesta a hacer el amor con él en el suelo del establo, entre la paja y el estiércol.

—Puede atreverse cuando lo desee —dijo Cilean. Luego se volvió—. Pero no podrá ser. Thal ha convocado un Honorium para luchar por el nuevo rey.

—¿Un Honorium? —dijo Jura con incredulidad, ahora muy atenta a lo que decía su amiga—. En toda mi vida no se ha celebrado ninguno y creo que tampoco en la de Thal. —Se puso de pie—. ¿Cómo se atreve ese advenedizo a hacer tal cosa? Es ofensivo para ti. Es como si declarase que la mujer que han escogido no es lo suficientemente buena para él. Es un canalla, un cobarde, un...

—Jura —dijo Cilean, volviéndose hacia ella—. Estás equivocada. Fue Thal quien convocó el Honorium. Dice que su hijo será el rey de *todos* los lanconianos y que, por ello, su esposa debe ser elegida entre todas las tribus. Rowan ha sido muy noble al aceptarlo. ¿Qué ocurrirá si vence una mujer zerna? ¿O una ulten? —dijo con horror—. Ningún hombre sería tan noble como para permitir esa competencia. No se ha celebrado un Honorium desde la época del rey Lorcan y la reina Metta. Me han dicho que era una mujer brutal y que había perdido media nariz en las batallas: además, era diez años mayor que el rey. Tuvieron hijos. Sin embargo el príncipe Rowan ha accedido a casarse con la ganadora del Honorium.

Jura se volvió y oró en silencio, pidiendo ayuda. ¿Por qué todos atribuían tanta nobleza a ese extranjero?

—Es indudable que ignora las posibles consecuencias del resultado. Te ha visto y cree que todas las guerreras lanconianas son como tú. O es como un perro obediente que hace cuanto le ordenan sin protestar. —La risa de Cilean hizo volverse a Jura.

—El príncipe Rowan es cualquier cosa menos obediente. Aguarda a conocerlo. Esta noche habrá un banquete. Te lo presentaré y comprobarás por ti misma cómo es.

Jura no disimuló su enojo.

—No traicionaré a mi hermano. Geralt debe ser el rey y cuanto he oído decir hasta ahora de ese inglés lo confirma. Ve al banquete y siéntate a su lado. Yo no lo haré. Alguien debe permanecer aquí para vigilar el campamento. Además, debo afilar algunas armas.

—¿Tu cuchillo, por ejemplo? —preguntó Cilean mordazmente, señalando su cuchillera vacía.

—Caí... en la oscuridad —dijo Jura con vacilación y volvió a sonrojarse al recordar al hombre de las caballerizas—. Regresaré y lo hallaré. Ve a ese banquete y te veré mañana. —Jura salió rápidamente de la habitación, antes de que Cilean le hiciera más preguntas sobre el cuchillo, y las marcas que tenía en el cuello.

Al pensar en el hombre Jura se sintió invadida por una ola de calor. Agradeció la fresca oscuridad que le ayudaba a ocultar su rostro encendido.

El cuchillo no estaba en las caballerizas y supo que *él* lo tenía. Se apoyó contra el muro, cerró los ojos y se maldijo a sí misma por ser tan tonta. Había visto a ese mentecato en dos ocasiones y había caído en sus brazos como una ramera, sin saber su nombre ni su posición. Tal vez fuera uno de los esclavos que trabajaban en la ciudad. Pero era limpio y su voz suave y profunda pronunciaba perfectamente el idioma irial. Los esclavos lo hablan mal, con sonidos guturales.

Pensó que podía ocasionarle problemas. Podría emplear su cuchillo para chantajearla. El cuchillo tenía el dibujo de dos leones rampantes y todos sabrían que era de ella. Bastaba que se lo mostrara a Daire... ¿Qué había dicho él? El hijo de Brita. Si Daire veía el cuchillo en manos de otro hombre, podría haber problemas entre los vatell y los iriales.

—Idiota —se dijo a sí misma en voz alta—. Eres una estúpida idiota y no mereces pertenecer a la guardia femenina. —Salió de la caballeriza y continuó maldiciéndose a sí misma.

5

Jura durmió poco esa noche. Antes del amanecer, Geralt llamó a su puerta. Jura se puso la túnica y los pantalones y le abrió. Geralt entró con expresión airada.

—¿Lo has visto? —preguntó Geralt—. Ha hechizado a mi padre; cree que es capaz de hacer cualquier cosa porque abrió una verja oxidada. Debí abrir esa verja hace años.

Jura, aún somnolienta, parpadeó, mirando a su hermano. Geralt era un hombre moreno. Sus cabellos negros llegaban hasta sus hombros y, cuando fruncía el ceño, sus espesas cejas negras parecían unirse. Sus labios, también oscuros, adoptaron un gesto iracundo.

Geralt golpeó la palma de su mano con el puño.

—Ya está hablando de construir caminos y de... —Se interrumpió, ahogándose con sus propias palabras—. Habla de ferias comerciales. ¿Cómo piensa que los lanconianos hemos sobrevivido a nuestros invasores? Porque no permitimos que entre *nadie,* ni los vikingos ni los hunos, y menos aún esos viles mercaderes. ¿Cómo saber que no transportan armas en sus carromatos? Pero este... este usurpador quiere abrirles nuestras fronteras. En diez años, nos hará desaparecer.

Geralt hizo una pausa para recobrar el aliento, pero no permitió que Jura hablase.

—Tiene al hijo de Brocain y lo protege como si fuera su propio hijo. Dije que debíamos colgar al muchacho y, cuando Brocain ataque, matarlo. Los zernas son nuestros enemigos. Debemos protegernos.

—¿Abrir nuestras fronteras? —murmuró Jura—. No lo sabía. Dejaremos de existir. Seremos destruidos por los invasores. —Era una razón más para que el inglés no fuera rey. La mente de Thal estaba tan enferma como su cuerpo. Miró a Geralt. Finalmente había hallado a alguien que estaba de acuerdo con ella, alguien que no creía que ese inglés era el primo segundo de Dios.

—Sí, pero Thal no se da cuenta. Esta mañana traté de hablar con él, pero me echó de su habitación. —Geralt levantó la cabeza—. ¿Te has enterado del Honorium? ¿Te das cuenta de que podríamos tener entre nosotros una reina extranjera? Me han dicho que Brocain tiene hijas. ¿Y si venciera una de ellas?

Jura miró a su hermano, horrorizada. No había pensado en ello.

Geralt se sentó junto a ella sobre la cama y rodeó los hombros de su hermana con su brazo.

—La victoria está en tus manos.

—¿Yo? —preguntó, confundida.

—Cilean debe conquistarlo. Debes participar en el Honorium y luchar como nunca lo has hecho. Debes derrotar a todas las extranjeras, hasta que sólo quedéis tú y Cilean.

—Sí —dijo Jura, asintiendo con un gesto de la cabeza—. Cilean luchará por obtenerlo.

Geralt hizo una mueca de fastidio.

—Lo mira con ojos soñadores. No lo ve claramente, no escucha cuanto él dice.

Jura defendió a su amiga de inmediato.

—Cilean es una guardiana. Debe percibir que él es un tonto.

—Cilean es también una mujer y lo ve con ojos de adolescente. —Arqueó una ceja—. ¿Lo has visto ya?

—No, pero mi opinión no cambiará cuando lo vea.

—Es de piel clara y cabellos claros y algunas mujeres parecen sentirse muy atraídas por él. Piensan con sus cuerpos y no con sus mentes. —La miró con atención.

Ella le dirigió una mirada furibunda.

—¿Y crees que yo podría ser una de ellas? —dijo desdeñosamente—. No me importa que sea tan apuesto como el dios

Naos; no cambiaré de idea. No tiene derecho a ser el rey de Lanconia.

—Bien —dijo Geralt, dando palmadas en su espalda como si ella fuese uno de los hombres de su guardia y haciéndola inclinarse hacia adelante—. Mi padre desea que vayas al castillo para que seas presentada al príncipe impostor. El rey estaba desolado porque anoche no asististe al banquete.

—¿Thal asistió? —Jura estaba sorprendida.

—No puede estar sin él. —Geralt se volvió. Jura supo que trataba de ocultar su angustia al ver que Thal demostraba tanto amor por ese hijo a quien no veía desde que Rowan era un niño. Geralt siempre había adorado a su padre, pero Thal no lo consideraba merecedor del trono.

Geralt se volvió hacia su hermana, ya más sereno.

—Debemos proteger a Lanconia. Aunque este hombre trate de impedirlo, debemos proteger nuestro país de la mejor manera posible, eludiendo sus directivas. En primer lugar, debemos lograr que haya una reina irial junto a él. No debemos permitir que una reina de otra tribu se infiltre en Escalon. Traería partidarios propios que abrirían las verjas por las noches y sobornarían a los guardias. No, debemos impedir esto antes de que comience. Cilean *debe* ocupar el trono. ¿Te consideras capaz de vencer a las que te puedan desafiar?

—Sí, naturalmente —dijo ella. En ese momento estaba segura de poder hacerlo.

—Bien. —Geralt se puso de pie—. Ven conmigo. Conocerás al hijo de mi padre.

Jura hizo una mueca.

—¿Ahora? ¿Antes del desayuno?

—Ahora. Mi padre así lo exige.

Con la sensación de ser llevada al patíbulo, Jura terminó de vestirse y acompañó a Geralt. No se molestó en ponerse su vestido largo; llevó su uniforme de guardiana, compuesto por túnica y pantalones y una amplia capa azul de lana sobre uno de sus hombros. Indecisa acerca de su cuchillera vacía, decidió llevarla hacia atrás, oculta debajo de la capa.

Geralt se quejó de que tardaba mucho tiempo, de modo que abrió la puerta y salió detrás de él. Su hermano no caminó cortésmente a su lado sino que se adelantó. Jura iba detrás de él, como una hermanita molesta... que eso era en realidad.

Él la condujo hasta el campo de adiestramiento de los hombres; hacia un extremo donde se hallaban los blancos. Jura contempló la escena que se desarrollaba ante sus ojos. A la sombra de un árbol estaba tendido el anciano Thal, demacrado y pálido a causa de su enfermedad. Se hallaba sobre una cama llena de almohadas. Nunca había visto al anciano aceptar ninguna clase de comodidades, pero en ese momento estaba rodeado de almohadas de plumas, sobre una tela de tapicería. A su lado, en una silla, había una hermosa mujer de cabellos rubios, vestida con una tela que brillaba a la luz del día. Junto a su silla, estaba un niño pequeño, rubio como su madre. Los tres contemplaban a los ballesteros, alineados detrás de dos hombres.

Jura advirtió que uno de los hombres que vigilaba era el joven zerna, pues este llevaba la túnica característica de esa tribu, de rayas púrpuras y rojas. Jura dejó de mirarlo porque otra figura llamó su atención, a pesar de que se hallaba de espaldas a ella.

Era casi tan alto como un lanconiano, quizá tan alto como algunos de ellos, pensó Jura con rencor, pero era más corpulento. Seguramente era obeso por la vida ociosa que llevaba. Sus cabellos llegaban hasta el borde del cuello de su camisa y brillaban al sol. No eran blancos como le habían dicho, sino del color del oro viejo y parecían tan suaves como los de una muchacha.

Si Jura no hubiera estado ya enfadada, se hubiera irritado al verlo, pues llevaba una túnica que su madre había bordado para Thal años atrás. Cuando Thal la usaba, le quedaba suelta, pero en cambio ajustaba los hombros musculosos de ese hombre, y el llamativo bordado azul y verde realzaba su ancha espalda. Debajo de la túnica se veían sus muslos vigorosos. Sus grandes pantorrillas estaban enfundadas en botas de tiras cruzadas.

Jura resopló con desdén. Quizá podía engañar a otras mujeres, pero no a ella. Estaba habituada a ver hombres apuestos. ¿Acaso no era Daire tan hermoso como para que la luna tuviera celos de él?

Irguió sus hombros y se acercó para saludar al rey. Geralt se dirigió al centro del campo de entrenamiento, donde se hallaban sus hombres.

Detestaba ver a Thal en las condiciones en que se encontraba: débil e indefenso, aguardando la muerte, pero no se lo diría. Ella siempre había experimentado animosidad hacia él y él, a su vez, la trataba con respeto pero sin cordialidad. Jura siempre había pensado que él era culpable de la muerte prematura de los padres de ella. A los cinco años era huérfana y Thal la había adoptado. Había necesitado cariño y consuelo, pero Thal le había ordenado que dejara de gimotear y le había dado una espada para que jugara con ella. Cuando tenía seis años, Daire le había enseñado a usar el arco y la flecha.

—¿Me has hecho llamar? —preguntó Jura mirando a Thal. Su expresión demostraba claramente qué pensaba de la comodidad de su cama; además no se había dignado mirar a la mujer inglesa.

—Ah, Jura —dijo Thal, sonriendo. Parecía un anciano fatuo, no el gran guerrero lanconiano que había rechazado a miles de invasores—. Es un día muy hermoso. ¿Conoces a mi hija?

La expresión de Jura permaneció inmutable.

—Sólo tienes un verdadero hijo, tu hijo lanconiano. —Jura sonrió para sus adentros cuando oyó el suspiro de la inglesa. Alguien debía hacer saber a esos invasores que eran indeseables.

Thal suspiró y se recostó contra las almohadas.

—Ah, Jura, ¿por qué eres tan severa? Estos son mis hijos, lo mismo que Geralt. —Miró a su hijo que se acercaba—. Aquí hay alguien que sin duda te hará sonreír.

Jura se irguió y endureció los músculos del rostro. Luego giró sobre sí misma para conocer al hombre que odiaba.

Al verlo, sus rodillas se entrechocaron a causa de la sorpresa. Él extendió la mano y la tomó del brazo. El contacto la hizo estremecer.

¡Él! ¿Cómo podía ser el mismo de sus citas secretas? ¿Cómo no había visto sus cabellos dorados? Luego recordó que, en la ocasión del primer encuentro, él tenía los cabellos mojados y parecían oscuros, y cuando se reunieron en las caballerizas, la oscuridad había sido total.

Ella soltó su brazo y trató de darle la espalda.

—¿Se conocían? —preguntó Thal sutilmente.

—No —dijo Jura con voz vacilante.

—Sí —dijo Rowan simultáneamente.

Jura, rígida y de espaldas a él, se negaba a mirarlo.

Rowan estaba demasiado cerca de ella y eso le impedía pensar, pero comprendió que había sido utilizada. Seguramente, él pensaba que si lograba su adhesión, quizá Geralt y sus hombres, que veían en él al verdadero príncipe, aceptarían al usurpador inglés.

—He tenido el honor de conocer a esta dama —dijo Rowan—, pero sólo a distancia.

Ante el horror de Jura, deslizó su mano por la espalda de ella y tomó el extremo de su trenza.

—Yo también he oído hablar de ti —dijo Lora amablemente, pero Jura no la miró—. Sólo me habían hablado de tus habilidades guerreras, no de tu belleza.

Jura permaneció rígida, mirando el árbol que estaba delante de ella.

—¡Jura! —gritó Thal provocándose un ataque de tos. Lora lo consoló y, para horror de Jura, Thal no sólo lo permitió, sino que parecía complacido. Jura deseaba alejarse de Rowan, pero él sostenía su trenza con fuerza.

—Debes tratar a mis hijos con respeto —dijo Thal ásperamente a causa de la tos—. Debes agradecer a mi hija la lisonja de que te ha hecho objeto.

Jura miró a lo lejos y guardó silencio. Era difícil concentrarse en el mundo que la rodeaba, con ese hombre tan cerca de ella.

Cuando Thal volvió a incorporarse, Lora lo tranquilizó.

—Por favor, padre, no te agites. Estoy segura de que Jura está habituada a los halagos. Rowan, tu cautivo y tu escudero parecen a punto de matarse mutuamente. Quizá deberías ocuparte de ellos.

Jura no lo miró, pero percibió su vacilación. Sólo se movió cuando las espadas se entrechocaron. A pesar de todo, Jura se volvió para contemplarlo cuando se acercó a los dos altos jóvenes que intentaban atacarse entre sí. Uno de ellos era el joven que había dicho a Jura que la esperaban en las caballerizas. Era moreno como los lanconianos y ella no había notado que era inglés. Le había transmitido el mensaje en lanconiano y ella se preguntó si lo habría memorizado, repitiéndolo mecánicamente.

Contempló a Rowan que se acercaba a través del campo hacia los jóvenes. Sin vacilar se colocó entre los dos hombres que luchaban entre sí, blandiendo sus espadas ferozmente. Luego apoyó con fuerza las palmas de sus manos contra el torso de cada uno de los jóvenes, que cayeron hacia atrás en medio de una nube de polvo.

—Mis hombres no pelean entre ellos —dijo Rowan en voz baja pero amenazante.

—No soy *su* hombre —gritó Keon—. Mi padre es Brocain y...

—Soy tu señor —dijo Rowan, interrumpiéndolo—. No eres zerna, eres lanconiano y yo soy tu rey. Ahora ambos os marcharéis e iréis a pulir mi cota de malla.

Levantándose del suelo, Montgomery gruñó. Para limpiar una cota de malla había que sumergirla en un gran bolso de cuero lleno de aceite; luego, dos personas debían arrojársela una a la otra. Era como arrojar una roca.

Thal rió complacido al ver cómo Rowan ponía fin a la riña. Jura se volvió hacia él.

—Todo cuanto hace te causa placer —dijo, indignada—. Reclama un trono que no le pertenece. Se jacta de ser el rey de *todos* los lanconianos, pero, para que así fuese, debería declarar la guerra a las otras tribus. ¿Matará a Brocain y a Brita? ¿Y qué sucederá con Marek y Yaine? Ahora vivimos en paz, pero ¿continuaremos viviendo en paz si este hombre mata sólo para satisfacer su vanidad y ser algo más que el rey irial? Te lo ruego, no nos dejes en manos de este jactancioso. No necesitamos más guerras entre las tribus. Cada una de ellas controla sus fronteras. Si una tribu es destruida seremos destruidos y dejaremos de existir. Por favor, te lo ruego, todos lo rogamos, danos un rey que comprenda cómo deben ser las cosas.

Thal la miró, iracundo, su rostro estaba rojo de furia reprimida y comenzó a toser.

—¡Vete! —gritó Lora, poniéndose de pie e inclinándose sobre Thal para protegerle—. Ya lo has alterado demasiado.

Jura giró sobre sus talones y, sin mirar hacia ningún lado, se marchó.

Rowan volvió hacia el lugar donde se hallaba su padre, pero sus ojos estaban fijos en la espalda de Jura.

—Eres un tonto —dijo Thal con voz cascada—. Te hará la vida imposible.

Rowan sonrió.

—No puedo escoger. Seré rey y ella será mía.

—¿Tuya? —dijo Lora—. ¿Qué está sucediendo? Rowan, no me digas que piensas... unirte a esa mujer. Es brusca y sólo se interesa por sí misma; además, no reconoce tu derecho a ser rey. No es apta para vivir en nuestra casa, y mucho menos para ocupar un sitio de honor.

—Mmm —murmuró Rowan y volvió junto a los ballesteros.

Durante los días siguientes, Jura se entrenó con gran ahínco. No asistió a los banquetes que se ofrecieron para las contendientes que llegaron, ni abandonó el campo de entrenamiento para saludarlas. Se levantaba antes del amanecer y corría varios kilómetros por los largos y sinuosos senderos que rodeaban las murallas de la ciudad. Saltaba sobre los anchos arroyos, caminaba sobre gruesos troncos, practicaba el lanzamiento de la jabalina y el tiro al blanco con arco y flecha. Sólo se interrumpía para ingerir grandes cantidades de alimentos y, por las noches, caía rendida sobre la cama y se dormía profundamente.

—Jura —dijo Cilean al cuarto día—, aminora el ritmo. Cuando llegue el momento de competir, estarás demasiado fatigada.

—Debo estar preparada. Debo vencer.

—¿Deseas vencer? —preguntó suavemente Cilean.

—Si yo no lo hago, vencerás tú. Debe tener a alguien sensato a su lado. Su vanidad y estupidez son abrumadoras. Si tú no estás a su lado, temo que destruya a Lanconia.

Cilean frunció el ceño.

—Jura, no estoy tan segura de que estés en lo cierto. No me parece vanidoso. Se entrena casi tanto como tú y supervisa a los hombres a diario. Es muy justo e imparcial cuando debe dirimir disputas y es muy amable con las mujeres que llegan para intervenir en el Honorium. —Se interrumpió y rió—. ¿Recuerdas cuando, hace tres años, nos encontramos con ese grupo de zernas que iba de caza? Estábamos solas y ellos se detuvieron para dar agua a sus caballos.

—Sí, nos ocultamos entre los arbustos y esperamos hasta que se marcharon.

—¿Recuerdas a su jefe? ¿La enorme mujer con cicatrices en el rostro?

—Cuando la oímos hablar pensamos que era un hombre.

—Sí —dijo Cilean—, es ella. Se llama Mealla y ha venido a competir por la mano de Rowan.

Jura sonrió maliciosamente.

—Se merece una mujer como ella. —Súbitamente, su expresión cambió—. Pero nosotros, los iriales, no. Cilean, *debemos* vencer.

Cilean miró a su amiga con desconfianza.

—¿Por qué lo odias tanto? Desde que abrió la verja, la mayoría de nosotros estamos dispuestos a darle una oportunidad para que demuestre cómo es realmente.

—Sí —dijo Jura bruscamente—, todos están dispuestos a olvidar que no es de los nuestros y que está usurpando el lugar de Geralt. Ves su hermoso físico y no ves su alma traicionera.

—¡No sabía que lo conocieras tan bien!

—No lo conozco en absoluto —respondió Jura, sabiendo que se estaba delatando. El hombre rondaba sus pensamientos durante todo el día, y por las mañanas, cuando despertaba, deseaba hallarlo en su cama—. No *deseo* conocerlo. ¿Continuaremos hablando todo el día o nos vamos a entrenar?

En los entrenamientos, Jura venció a todas las mujeres en cada una de las pruebas. El Honorium se prolongaría durante tres días arduos y las competidoras recibían puntos según su actuación en cada uno de los juegos. Al finalizar el primer día era eliminado un tercio de las participantes; otro tercio era eliminado durante el segundo día. El tercer día se jugaban nuevamente todos los juegos, pero las concursantes intervenían de dos en dos. La perdedora de cada juego era eliminada. Al final del día sólo habría dos mujeres y la ganadora del juego final, que consistía en una lucha con varas de madera, ganaría el premio: sería reina de Lanconia. Jura recibió dos mensajes, que decían que debía acudir con urgencia a un sitio apartado, pero ella no apareció. Él pensaba sin duda que ella era una presa fácil, dispuesta a satisfacer su lujuria. Había caído en sus redes en dos ocasiones, pero no volvería a cometer la misma tontería. Se preguntó a cuántas mujeres estaría seduciendo en secreto. Cada vez que veía a una de las competidoras que regresaba de Escalon, sonrojada y con los ojos brillantes, se preguntaba si habría estado con Rowan.

—¿Y a quién ha escogido para acostarse con él? —preguntó en una ocasión a Cilean. Estaba bañada en sudor y le dolían los músculos, pero no dejaba de entrenarse.

—¿Quién?

—El hijo de Thal, naturalmente —dijo Jura con voz tensa—. ¿De qué otra persona hablan todos? ¿Quién es el motivo de obsesión de toda Lanconia?

—Tú también pareces estar obsesionada —dijo Cilean pensativamente.

—¿Yo? Lo odio. —Arrojó su jabalina con furia y la clavó en el centro rojo.

—¿Cómo puedes odiar a alguien a quien sólo has visto una vez? Esta noche deberías venir conmigo para hablar con él.

Jura fue a recobrar su jabalina.

—¿Es eso todo cuanto hacen? ¿Hablar? Eso explica que sea célibe como un santo y no necesite una mujer distinta cada noche.

—No he oído una palabra acerca de lo que hace de noche en la cama. Si tiene una mujer, es muy discreto al respecto. Pero no creo que la tenga. Creo que duerme solo; de lo contrario, toda la ciudad lo sabría, las mujeres que escogiera se jactarían de ello.

—¿Jactarse de qué? De que un inglés debilucho...

—¿Debilucho? —Cilean rió—. Puede que se digan muchas cosas acerca de él, pero no que es débil. Deberías acompañarme y ver cómo se entrena. Cuando se quita la túnica...

—No deseo ver su desnudez —dijo Jura, estremeciéndose—. ¿No deberías practicar salto? Es tu punto débil.

Cilean miró a su amiga durante unos instantes.

—Jura, no protestes tanto. La gente creerá que la verdad es otra.

Jura estuvo a punto de responder pero calló y arrojó su jabalina con renovado vigor.

Jura se había entrenado con tanto afán durante tantos días, que no se dio cuenta de que habían comenzado los preparativos para el Honorium. Se habían instalado asientos de madera fuera de los muros de la ciudad. Algunos de ellos tenían doseles; serían ocupados por la familia de Thal y por los jefes de tribu que asistieran a los juegos. Se había preparado una gran cantidad de alimentos; vacas enteras, jabalíes, cubas de verduras, barriles de pan y de cerveza. El que asistiera a las pruebas, sería alimentado durante tres días a expensas de Thal.

En la madrugada del primer día se efectuaría un desfile de participantes, que caminarían entre la multitud entusiasta y luego se detendrían ante los palcos y el príncipe Rowan.

Las mujeres se reunieron en el campo de entrenamiento irial al amanecer y Jura pudo observar detenidamente a sus adversarias. Había dos mujeres de la tribu ulten y Jura sabía que sólo se habían presentado para divertirse y robar cuanto pudieran. Eran mujeres pequeñas, pero veloces y ágiles. Miraban a todos con sus ojos grandes e inexpresivos, sonriendo de una manera irritante, pensó Jura. Había media docena de vatell; cada una de ellas llevaba un brazalete muy hermoso, producto de la artesanía vatell. Esas mujeres eran luchadoras feroces.

Había ocho fearen, pero Jura no las tuvo en cuenta. Cabalgando eran formidables, pero a pie eran como peces fuera del agua.

No acudió ninguna mujer poilen. Tampoco las esperaban. Si la prueba hubiese versado sobre la memorización de poemas épicos, ellas hubieran ganado, pero eran personas que no guerreaban a menos que se viesen obligadas a hacerlo. En esos casos, eran imbatibles.

Las cincuenta mujeres restantes eran zernas e iriales. Todas las integrantes de la guardia femenina de los iriales participarían, incluso las principiantes. Todas tenían la esperanza de casarse con Rowan. Las mujeres zernas eran un espectáculo: grandes, musculosas, muchas de ellas llenas de cicatrices. Jura sabía que eran las únicas adversarias temibles, pues aunque las iriales ganarían sin duda las pruebas de velocidad y agilidad, pocas podrían superar la fuerza muscular de las zernas.

Cilean dio un codazo a Jura y señaló a Mealla haciendo un gesto de la cabeza. Era la más grande, la mayor y la más temible de las zernas.

Las trompetas sonaron y comenzó el desfile.

Las mujeres se alinearon frente a los palcos con doseles y Rowan, resplandeciente con una túnica de seda verde de diseño lanconiano, descendió los escalones para caminar delante de ellas, deseando buena suerte a cada una de las competidoras. Se detuvo varios instantes frente a Mealla, mirándola a los ojos. Había perdido la punta de la nariz en una batalla. Cuando Rowan le deseó buena suerte, Cilean sonrió, pero Jura no lo hizo.

Cuando Rowan estuvo frente a Jura, ella no lo miró, sino que fijó la mirada en un punto hacia la derecha de la cabeza de él.

—Que Dios te acompañe —murmuró él.

Minutos más tarde la multitud prorrumpió en gritos y comenzaron los juegos.

El primer día fue fácil, por ello, Jura reservó sus energías para los días siguientes. Sólo necesitó acumular puntos para intervenir en la prueba del día siguiente. Siempre figuraba entre las cuatro primeras de cada carrera y cada concurso, pero en ninguna ocasión fue la ganadora. Además, no deseaba exhibir sus habilidades el primer día. Mealla ganó todas las pruebas, incluso la carrera pedestre, si bien llegó casi a la par que una principiante irial.

Jura no tenía la menor idea de cómo estaba afectando a Rowan la actuación de la mujer zerna. Cada vez que la declaraban vencedora, íntimamente se sentía morir y, al final del día, parecía más fatigado que las competidoras.

Jura abandonó el campo complacida y regresó a los cuarteles femeninos para tomar un baño y descansar.

Al finalizar el segundo día, sólo quedaban dieciséis mujeres, que competirían entre sí para llegar al último día.

—Jura —dijo Cilean—, quienquiera que luche contra Mealla, perderá.

—Quizá no sea así—dijo Jura, pero mentía. A la mañana siguiente, mucha gente concurriría a presenciar las pruebas. Prácticamente cualquiera podía vencer a Mealla en las pruebas de velocidad, pero, en la lucha, ella eliminaría a su contrincante—. Quizás otra mujer deba luchar con ella y tal vez pierda.

—Me preocupa que alguna de nosotras deba enfrentarse a ella.

—Yo lo haré —dijo Jura rápidamente—. Quizá me venza, pero luego tú podrás ganarle con las varas de madera. Y, después de luchar conmigo, estará fatigada, no te quepa duda de ello.

Cilean no sonrió.

—Ven conmigo. Deseo ir a la ciudad.

—¿Para qué? —preguntó Jura—. Nada debemos hacer allí y necesitamos descansar.

—Me reuniré con el príncipe Rowan —dijo Cilean serenamente. A pesar de sus sentimientos contra Rowan, Jura se irritó—. ¿Ah, sí? ¿Desea probar lo que será de él? ¿También se acuesta con las otras concursantes? ¿Con Mealla tal vez?

—Basta —dijo Cilean—. Desde su llegada has cambiado. No, no he planeado pasar la noche con él. Si deseas saberlo, Daire organizó el encuentro.

—¿Daire? —preguntó Jura, estupefacta.

—Has estado tan ocupada entrenándote, que no has tenido tiempo para ver a tu prometido, pero yo sí. Rowan es mi prometido, al menos yo considero que lo es y deseo verlo para que me desee buena suerte en privado. Pensé que querrías venir conmigo y ver a Daire.

—Sí —murmuró Jura—, por supuesto—. Hacía días que no pensaba en Daire.— Me agradaría mucho verlo.

La franja de terreno que rodeaba las murallas de la ciudad y la que estaba en el interior, se hallaba profusamente iluminada con cientos de antorchas. Se podía ver a personas ebrias que danzaban y a otras que lo celebraban retozando. Tantos dieron palmadas a Jura y a Cilean en la espalda, que Jura quiso tomar su cuchillo, pero sólo halló su funda vacía.

Rowan las aguardaba junto al castillo de Thal, en un sitio oscuro. Había estado aguardando durante tanto rato que las piedras del muro habían lastimado su espalda, pero estaba decidido a aguardar días enteros, para estar un momento a solas con Jura. Ella había sabido fingir mejor que él que no se conocían. Casi se alegraba de que no lo hubiese mirado cuando comenzaron los juegos, pues pudo haber echado todo a perder.

A medida que se desarrollaban los juegos y ella terminaba segunda, tercera e incluso cuarta, comenzó a dudar que pudiera vencer. Nerviosamente había pedido a Daire que le asegurase que Jura era habilidosa. Al final del segundo día, comprendió que ya no podía continuar siendo cauteloso y decidió arriesgarse a reunirse con ella en privado. Pidió a Daire que organizase el encuentro.

Ahora él estaba aguardando su llegada.

Jura percibió su presencia antes de verlo.

—Allí —dijo Cilean con voz entrecortada. Jura observó cómo Cilean se dirigía hacia el lugar en penumbra y cómo el brazo de Rowan la tomaba, atrayéndola hacia él. Jura apretó los puños. De modo que era verdad, ella era una de tantas. Ese viejo sátiro tomaba y acariciaba a todas las mujeres. ¿Diría a Cilean que la amaba? Todos decían que se entrenaba arduamente, pero si pasaba tanto tiempo en las caballerizas y besando a las mujeres en la oscuridad, ¿cómo tenía tiempo para entrenarse?

—Eres Cilean —dijo Rowan y ambos se dirigieron hacia un sitio iluminado, mientras Jura retrocedía.

—¿No te dijo Daire que te reunieras conmigo? —preguntó Cilean.

—Dijo que me reuniría con la que... Sí, sí, naturalmente, lo dijo. ¿Has venido sola?

Jura vio que él escrutaba la oscuridad.

—Jura está conmigo. Hemos venido para que nos deseéis buena suerte en privado.

Rowan continuó mirando hacia la oscuridad y vio a Jura.

—Jura —dijo él, extendiendo su mano hacia ella. Jura no se movió.

—Rowan —dijo Cilean cuando vio que él iba hacia Jura.

Rowan caminó hacia donde se hallaba Jura con la mano extendida.

—¿Puedo besarte y desearte suerte? —preguntó suavemente.

Ella reaccionó:

—¡Ya has besado bastante esta noche! —dijo con furia.

La risa de él la encolerizó.

—Tengo en mi poder algo que te pertenece —dijo él, mostrando el cuchillo de Jura. Ella se lo arrebató, cuidando de no tocar sus dedos—. ¿No me das las gracias?

De pronto, Jura percibió que Cilean estaba detrás de Rowan, escuchando atentamente el diálogo.

—Debo marcharme —dijo ella—. Desea suerte a Cilean.

Jura se volvió y se alejó corriendo.

Ciega de ira, no vio a Daire hasta que este la tomó de un brazo. Creyendo que se trataba de Rowan, Jura luchó ferozmente para desembarazarse de él, hasta que tomó conciencia de que era Daire quien la sostenía.

—¿Quién te ha hecho daño? —preguntó Daire con voz enfadada—. ¿De qué huyes?

Ella se aferró a él. Nadie les prestó atención, pues muchas parejas se abrazaban, embriagadas, y el ruido que hacían al cantar y reñir era ensordecedor.

—Ven —dijo Daire, conduciéndola hasta la puerta de un herrador. Allí había más tranquilidad. Sólo había un caballo en el lugar—. ¿Qué ha sucedido?

Ella rodeó el cuello de Daire con sus brazos.

—Nada. Nada en absoluto. Abrázame, bésame. —Él la besó, pero no logró borrar a Rowan de su mente—. Mañana, Cilean vencerá y se casará con el inglés. ¿No podríamos casarnos también nosotros?

Daire frunció el ceño.

—¿A qué se debe este interés súbito en mí y en mis besos? ¿Por qué deseas actuar como una mujer?

Ella lo apartó de sí.

—*Soy* una mujer. El hecho de que no me vista como la hija inglesa de Thal no quiere decir que sea menos mujer que ella.

—Te conozco, Jura. Te conozco desde que eras una niña. Tus sentimientos nunca han podido más que tu mente.

—No, hasta *ahora* —gritó ella. Luego se alejó de él y corrió hacia los cuarteles.

Cilean la estaba aguardando y estaba muy, muy enfadada.

—Planeas ganarlo para ti, ¿verdad? —dijo Cilean, tratando de controlar su ira—. Me besó porque creyó que yo era tú. ¡Lo has seducido a mis espaldas y me has mentido! *¡Nunca* fuiste mi amiga! ¡Nuestra amistad ha sido una gran mentira!

Cilean salió de la habitación dando un portazo. Jura temblaba. *Él* era el responsable. Desde que él llegara a Lanconia toda su vida había cambiado: Thal la odiaba, Cilean la odiaba, Daire desconfiaba de ella.

La única manera de demostrarles que no era mentirosa, sería asegurarse de que Cilean venciera al día siguiente. Cilean vencería y Jura se vería libre de Rowan. Podría casarse con Daire y él la mantendría tan ocupada por las noches, que no podría pensar en otro hombre. La atracción que sentía por Rowan era solamente física, lo que no era sorprendente, ya que ella era virgen y tenía dieciocho años. Necesitaba un hombre fuerte y sano en su cama para olvidar a ese inglés débil.

«Débil», pensó. Si él fuera débil, ella no tendría tantos problemas.

Mientras se desvestía para irse a la cama, decidió luchar hasta la muerte si fuera necesario, para que Cilean fuese la vencedora. Cuando ella y Cilean lucharan con las varas de madera, Jura caería, vencida.

Mañana, a esa hora, Cilean sería nuevamente su amiga y Daire sería su marido. Mañana a esa hora, ya no sería una doncella.

6

Por la mañana Cilean tenía aspecto fatigado y se negó a hablar con Jura. Esta trató de convencerla, pero Cilean rehuyó la conversación.

Las mujeres se dirigieron al campo y Jura sentía latir sus sienes a causa de su enojo. Lucharía con todas sus fuerzas para ganar todas las pruebas.

Se realizó el sorteo y Jura se horrorizó al enterarse de que Cilean debía enfrentarse a Mealla en el concurso de lucha. Las otras competidoras estaban visiblemente aliviadas, especialmente porque Mealla no comprendía que los encuentros eran juegos. Ella competía para ganar.

Jura trató de alentar a Cilean, pero Cilean la miró con furia.

—Esto debería complacerte. Serás la reina. ¿Planeas envenenar a Rowan y entregar el trono a tu hermano? ¿O deseas a Rowan para ti?

Jura se irguió.

—Si no puedes derrotar a una zerna, no mereces ser reina. —Se alejó y Cilean la contempló con el ceño fruncido.

Ese último día sólo necesitaba vencer en tres ocasiones. Su última prueba sería contra Cilean, siempre que ésta ganara la prueba de lucha. Si Cilean perdía, Jura se vería obligada a enfrentarse a Mealla y, ganara o perdiera, el resultado no la complacería. Ella se convertiría en la esposa de Rowan o Mealla sería reina.

Cilean *debía* vencer.

Jura ganó los tres primeros juegos con facilidad. Corrió más velozmente que las principiantes iriales, luego arrojó seis flechas al blanco a la perfección, derrotando a la joven fearen que sorprendentemente había llegado a las finales. El tercer juego fue más difícil: debía saltar por encima de una valla colocada a gran altura. Apenas lo logró. Casi lloró de alivio al ver que la mujer zerna, mucho más pesada, hizo caer la valla y perdió.

Sólo restaba la prueba en la que Cilean debía luchar contra Mealla. Jura debería enfrentarse a la vencedora. La lucha entre Cilean y Mealla ya había comenzado y la multitud comprendió que era la prueba más importante. Dado el aspecto de ambas mujeres, parecía como si un águila luchara contra un colibrí. Mealla pesaba por lo menos veinte kilos más que Cilean y las defensas principales de Cilean eran la inteligencia, la velocidad y la agilidad, que no influían mucho cuando un roble la envolvía con sus ramas para destrozarla.

Jura se unió al grupo de competidores que estaban junto a la empalizada para contemplar el desarrollo de la prueba. No gritó como las demás. Observó en silencio, orando fervientemente.

Mealla envolvió con sus grandes brazos el cuerpo de Cilean y lo oprimió.

—Saca ventaja —murmuró Jura—. Ataca sus puntos débiles. No permitas que te derrote. —Cilean pareció escuchar sus palabras y apretó el cuello de Mealla con sus pulgares. El dolor obligó a la otra mujer a ceder.

Jura suspiró, aliviada. Involuntariamente, miró hacia los palcos y vio a Rowan que la contemplaba. Tenía una expresión preocupada. Detrás de él, Daire también la miraba. Ella volvió a mirar el juego.

Mealla arrojó a Cilean al suelo y luego comenzó a saltar, pero Cilean rodó velozmente y Mealla cayó sobre el suelo vacío. Inmediatamente, Cilean la atacó y torció el brazo de la mujer, llevándolo hacia su espalda.

La falta de agilidad de Mealla le impidió deshacerse de Cilean.

Estaba atrapada.

Cilean sostuvo a Mealla durante largo rato, dominándola. La multitud comenzó a gritar:

—Ha perdido, ha perdido. —Después de algunos instantes, eternos para Cilean, Mealla se dio por vencida.

Cilean se incorporó, pero su expresión no era triunfal. Su rostro estaba pálido de dolor y fatiga y sólo levantó un brazo en señal de victoria.

Jura sabía que su amiga estaba herida y corrió a su lado para saber cuál era la magnitud del daño recibido.

—Calla —ordenó Jura cuando Cilean trató de protestar—. Apóyate en mí, pero no permitas que el público vea que lo haces. ¿Estás mal herida?

—Por lo menos, tengo tres costillas quebradas —dijo Cilean en voz baja y entrecortada—. ¿Debo darme por vencida ante ti?

—No, comenzaremos la prueba de inmediato. En pocos minutos la perderé. Si descansas, no podrás incorporarte. Ahora vuélvete, sonríe y saluda a la multitud. Todo acabará muy pronto.

El corazón de Jura latía con violencia cuando tomó su vara para «luchar» contra Cilean. No tenía ninguna intención de lucirse. Sólo deseaba acabar cuanto antes, para que declarasen vencedora a su amiga. Así, podría finalmente huir del hechizo del inglés.

Ella y Cilean se encaminaron juntas hacia el centro del campo.

—Cuando comience el juego, levanta la vara y déjala caer sobre mi cabeza —murmuró Jura—. Caeré y serás la ganadora. Hazlo con rapidez. No te arriesgues a que una costilla te atraviese el pulmón. ¿Has comprendido?

Cilean asintió. Estaba muy pálida.

Las dos mujeres se enfrentaron en el centro del campo de juego. La multitud estaba silenciosa, pues era el juego decisivo.

Sonaron las trompetas y la prueba comenzó.

Jura se desplazó hacia la izquierda.

—Golpéame —murmuró. Cilean permaneció inmóvil; sus ojos reflejaban su intenso dolor. Las magulladuras comenzaban a aparecer en su piel.

—Golpea —dijo Jura, moviéndose en círculo—. Piensa en tu adorado Rowan. Para obtenerlo, sólo debes golpearme una vez. ¿O deseas que yo me quede con él? ¿Deseas que yo esté en su cama, que lo bese y acaricie?

Cilean levantó su vara para golpear a Jura pero Jura, instintivamente y a causa de largos años de entrenamiento, levantó la suya para defenderse. Las varas se entrechocaron y Cilean dejó caer la suya. La de Jura rozó su sien. Era demasiado para el cuerpo herido de Cilean. Se desmayó, cayendo a los pies de Jura.

Durante un instante todo fue silencio; Jura y la multitud miraron el cuerpo inerte de Cilean. Luego Jura cayó de bruces y la multitud comenzó a corear:

—Jura, Jura, Jura.

—Cilean —gritó Jura en medio del ruido atronador—. Despierta. Debes *ganar.* —Comenzó a golpear las mejillas de Cilean, pero Cilean estaba inconsciente—. Cilean —gritó Jura una y otra vez, desesperada.

La multitud llegó hasta ellas y muchas manos aferraron a Jura, alejándola de Cilean.

—No, no —gritaba Jura—. Sólo está desmayada. No hubo lucha. Cilean no se dio por vencida. No he vencido. Cilean es la ganadora. Cilean, despierta y diles que es así.

Nadie la oyó y la levantaron en alto. Las principiantes iriales corrieron hacia Cilean para protegerla de los que pasaban sobre ella. Contemplaron a Jura. Estaban alborozadas porque había vencido una irial.

Jura continuaba gritando y rogando, tratando de zafarse de los hombres que la llevaban en volandas, pero nadie hizo caso de ella. El regocijo era demasiado grande y nadie podía oír su voz.

Cuando llegaron a las murallas de la ciudad, Jura estaba frenética. Nadie comprendía nada. Era Cilean la vencedora, no ella. Cilean debía ser reina.

Junto a las puertas de la ciudad estaban Daire y Lora, sobre sus caballos. Ambos la miraron enfadados.

—No gané —gritó Jura a Daire, pero el ruido era tal, que no pudo oír sus propias palabras. Trató de bajar al suelo y correr hacia Daire, pero las manos que la aferraban no la soltaron.

Cuando llegaron al castillo de Thal, Jura ya no gritaba. Tenía la sensación de que todo era una pesadilla.

Thal estaba en el umbral, sostenido por Xante. Levantó su mano delgada y, gradualmente, la multitud guardó silencio.

—Bienvenida, hija —dijo Thal—. Tu novio te aguarda.

—No —gritó Jura—. Cilean venció. Yo...

Thal la miró con expresión enojada, pero fue Xante quien la interrumpió.

—La humildad y la lealtad son buenas cualidades para una reina.

La multitud festejó ruidosamente sus palabras y llevó a Jura hasta el interior del castillo, donde aguardaban un cura y el príncipe Rowan.

El inglés la miraba arrebatado, mientras Jura trataba de eludir las manos que la tocaban al depositarla en el suelo. No le dieron tiempo para bañarse ni cambiar de ropa. Fue simplemente colocada junto al usurpador inglés y el sacerdote dio comienzo a la ceremonia nupcial. Ella hubiera deseado decirle que no, decirle que no tenía derecho a estar en su país, pero en ese momento miró a la multitud que la rodeaba. Estaban enardecidos. Habían estado bebiendo durante tres días y deseaban ver un final adecuado a las festividades.

El sacerdote miró a Jura y todas las miradas convergieron en ella. Era el momento decisivo. Si ella se marchaba, las consecuencias serían graves. Las distintas tribus dirían que la prueba había sido una farsa. Y si ese hombre, Rowan, iba a ser su rey, no podría reinar si una mujer lo rechazaba ante el altar. Se reirían de él. Ella había competido y había corrido el riesgo de ganar.

—Jura —dijo Rowan en voz baja—. ¿Me deseas o no?

Ella se volvió hacia él, y esos profundos e insondables ojos azules parecieron ver en su interior.

Ella se volvió hacia el sacerdote.

—Acepto a este hombre —murmuró con labios secos.

Un grito ensordecedor atronó el ambiente y Jura ya no pudo oír el resto de las palabras del cura. Rowan se volvió hacia ella y la tomó entre sus brazos. Le murmuró algo, que ella no oyó, y cuando trató de besarla, ella volvió la cabeza.

Su gesto pareció complacer a la multitud.

—Príncipe o no, deberá ganársela —dijo alguien.

Jura aprovechó para apartar de sí al hombre que ya era su marido y desaparecer entre la multitud, hacia una puerta lateral. La multitud reía, pero a ella no le importaba. Debía alejarse de allí, hallar a Daire y a Cilean y hablar con ellos.

—Rowan, eres un tonto —gritó Lora—. Aún estás a tiempo. Puedes repudiarla. Deshazte de ella ahora, antes de llevarla a tu cama.

Rowan estaba comiendo desde hacía una hora. Durante los tres últimos días, la ansiedad provocada por la competencia le había impedido comer. Sólo le preocupaba que Jura fuese la vencedora.

—Quiero a Jura —dijo con la boca llena.

—Sí, ¿pero acaso te quiere ella a ti? ¿Dónde está ahora? ¿Por qué huyó de ti? ¿Por qué no estás con tu esposa?

Rowan bebió un gran sorbo de cerveza.

—Debe hacer cosas propias de mujeres. No sé cuáles son. Quizá desea bañarse y ponerse un vestido hermoso. ¿Qué suelen hacer las novias el día de su casamiento?

Lora se llevó los puños a las sienes; estaba angustiada. Fuera se escuchaba el ruido de los parrandistas.

—Rowan —dijo ella, tratando de mantener la calma—, siempre has sido un hombre sensato. Has estudiado con ahínco para aprender cómo es Lanconia. Me has hablado de tu gran responsabilidad respecto de este país, pero ahora lo arriesgas todo y no comprendo *por qué*. Siempre has sido sensato respecto a las mujeres. El año anterior, cuando nos visitó esa hermosa Lady Jane Whitton, todos los hombres se sintieron atraídos por su bonito rostro, pero tú dijiste que era una víbora y se demostró que estabas en lo cierto. ¿Por qué te ha hechizado esta Jura? No es tan hermosa como Lady Jane.

—Jura es más hermosa que mil Lady Janes —dijo él mientras miraba un plato de tartas de fruta.

—No lo es —gritó Lora—. Es la hermana de un hombre que desearía verte muerto. Llevarás una enemiga a tu cama. Podría matarte durante la noche.

—Lora, por favor cálmate. Come tarta de cerezas. —Miró a su hermana y percibió que estaba seriamente enfadada—. De acuerdo —dijo, empujando su silla hacia atrás—. Quizás actué un tanto precipitadamente, pero en ocasiones una persona *sabe* que está en lo cierto. Desde el momento en que la vi, supe que sería mía.

Lora se sentó frente a él.

—¿Qué sabes de ella? Fuera de los besos, de que es hermosa, ¿qué sabes de ella?

—Cuanto necesito saber.

Lora suspiró.

—Te hablaré de Jura, porque me he preocupado de hacer averiguaciones sobre ella. Es la adorada y leal hermana de un hombre que desea tu trono... y sólo podrá obtenerlo si tú mueres. No tenía la intención de ganar el Honorium. Las guardias femeninas sabían que Jura deseaba ayudar a Cilean para que fuese ella la vencedora. Si hubieras observado serenamente la contienda entre Jura y Cilean, hubieras comprobado que Cilean no fue golpeada, sino que se desmayó. Ahora yace en los cuarteles de las mujeres con cuatro costillas rotas y un esguince en el hombro. Fue asombroso que pudiera mantenerse de pie después de la prueba de lucha.

Rowan la miraba con expresión distante y Lora supo que sus palabras caían en el vacío.

—Además, tiene un amante —dijo Lora en voz baja.

Rowan entrecerró levemente los ojos.

—El hijo de Brita.

—Sí, el hijo de Brita. Daire.

—¿Daire? —preguntó Rowan—. Pero Daire es...

—¿Tu amigo? *Creíste* que lo era. ¿Le has hablado de tu amor por Jura? ¿No te ha dicho él que han estado comprometidos desde hace años?

Rowan frunció el ceño y Lora supuso que comenzaba a prestarle atención.

—Jura es tu enemiga —dijo ella—. Desea que te marches de Lanconia. Deseaba que Cilean se casara contigo, pero creo que dijo que sí ante el sacerdote porque pensó que podría estar cerca de ti si se convertía en tu esposa. Oh, Rowan, te ruego que me escuches. Una esposa está muy cerca del hombre con quien se casa. Podría envenenarte, o asesinarte, y culpar a otra persona. Y tú estás tan ciego, que podría inducirte a hacer cosas que no harías normalmente. Has convocado un Honorium para obtenerla. La pobre y dulce Cilean yace herida porque tú has deseado a esta mujer. ¿Qué otra persona deberá dar su sangre a causa de tu pasión por ella? Ni Phillip ni yo le agradamos. ¿Qué harás si te ordena que nos alejes de tu lado?

—Basta —ordenó Rowan. Se puso de pie y comenzó a pasearse por la habitación. Había mucho de verdad en lo que Lora decía. Sabía que Jura tenía poder sobre él, pero no había pensado cómo podría emplearlo.

—No puedo creer que desee mi muerte —dijo él—. Siente por mí lo mismo que yo por ella. —La duda, Rowan pensó que la duda acosaría siempre su vida. Pero no tenía dudas respecto de Jura; el amor que se profesaban mutuamente era lo único seguro que había hallado desde que cruzara la frontera de Lanconia.

Lora hizo una mueca.

—Rowan, soy mujer y sé que es fácil engañar a un hombre. Cada hombre se cree el mejor y cree que es el único a quien su mujer ama. Pero Jura ama a Daire y a su hermano y se ha casado contigo por *ellos*. Te quitará de su camino y, cuando hayas muerto, se casará con su amado Daire y Geralt será rey.

—No te creo —dijo Rowan—. Esa mujer... me ama.

—Entonces, ¿donde está? —gritó Lora—. ¿Por qué no se encuentra aquí, contigo? Está con su amante y están haciendo planes para eliminarte.

Rowan miró fijamente a su hermana y comenzó a pensar con más claridad. Si Lora estuviera en lo cierto...

—¿Dónde está? —preguntó suavemente.

—No lo sé—dijo Lora—. Envié a Montgomery en su busca, pero no la encontró. Daire salió de los muros de la ciudad cuando Jura fue traída por la multitud. Quizá fue tras él.

Rowan recordó el fresco y sereno calor del bosque donde conociera a Jura. Quizá se hallaba allí. Fue hacia la puerta.

—¿Adónde vas? —preguntó Lora con ansiedad.

Rowan la miró serenamente.

—A buscar a mi esposa.

—¿Y si está con Daire? —murmuró Lora.

—No estará con él —dijo él fríamente y salió de la habitación.

Lora permaneció inmóvil durante un instante. Luego pensó qué podría ocurrir si Rowan hallaba a la mujer que amaba en brazos de otro hombre. Salió apresuradamente de la habitación en busca de Xante. Xante sabría qué hacer.

—Tonta entrometida —dijo Xante cuando Lora le comentó su conversación con Rowan. Estaba ensillando su caballo—. Jura no es una asesina y es una doncella. No se acuesta con Daire. No debiste decir esas cosas a Rowan, llenándolo de dudas.

—Es mi hermano y debo protegerlo.

—Y Geralt es el hermano de Jura, pero ella no envenenaría a Rowan, así como tú no envenenarías a Geralt.

—No conoces a las mujeres —dijo Lora ásperamente.

—No, pero conozco a Jura. —Se interrumpió y miró a Lora, que se mordía los labios con preocupación. Xante ajustó su montura—. ¿Amabas al hombre con quien te casaste tanto como amas a Rowan?

Ella se sorprendió.

—Sí —respondió.

Xante montó sobre su caballo.

—Imagino adónde fue Jura. Las mujeres suelen cazar allí. —Miró a Lora—. Ve dentro. Protegeré a tu hermano de sí mismo.

Rowan estaba acosado por las imágenes que Lora había provocado en él. Desde su primer encuentro con Jura, había sabido que la amaba. Ninguna otra mujer lo había perturbado tanto, de modo que eso debía ser amor. Pero, ¿habría experimentado ella lo mismo? Él había supuesto que era así, pero ¿acaso ella lo había *dicho*? Trató de recordar sus tres fugaces y tempestuosos encuentros, pero no recordó haberle oído decir nada semejante... al menos con palabras.

Se apeó del caballo a cierta distancia del lugar en que había visto a Jura por primera vez y caminó en silencio en la oscuridad. Oyó voces airadas. Se acercó hasta que pudo distinguirlas con claridad

—Me mentiste, Jura —dijo Daire—. ¿En cuántas ocasiones te reuniste con él en secreto? Me dijo que fuiste corriendo a su encuentro.

—No lo hice —dijo Jura con voz tensa, como si reprimiera sus lágrimas—. Lo vi dos veces accidentalmente y una vez envió a buscarme engañosamente. Nunca deseé verlo. Sabes que siempre lo he odiado. No debe estar en Lanconia. Geralt debería ser rey. No tiene derecho...

—Aparentemente, ahora posee *todos* los derechos —dijo Daire bruscamente—. Tiene derecho a tocarte, a abrazarte. ¿Para eso te entrenaste tanto y competiste con tanto afán? ¿Para vencer y compartir su lecho? ¿Tu deseo rige tu mente y tu cuerpo? ¿Irás tras él día y noche, olvidando a tu pueblo? ¿Nos traicionarás a causa de tu lujuria?

—No —gritó Jura—. No soy una traidora. No me ciega la lujuria. —Mentía y lo sabía, pero no toleraba perder al hombre que había sido su amigo durante tantos años. Cuando Thal se enfadaba con ella, él la ocultaba y mentía a Thal sobre su paradero—. Me ataca. Nunca lo he provocado.

—Ja. ¿Lo dirás también esta noche, cuando te acuestes con él?

—Desearía no tener que hacerlo —dijo Jura.

—Tu deseo se cumplirá —dijo Rowan, controlando la furia de su voz y saliendo de las sombras. Desenvainó su espada—. Y tú —dijo a Daire—, morirás por tocar a mi mujer.

Daire desenvainó la suya.

—No —gritó Jura, arrojándose contra Rowan—. No lo hieras. Haré cuanto desees.

Rowan respondió despectivamente.

—Nada deseo de ti. —La hizo a un lado como si fuera un insecto molesto y Jura cayó sobre el césped húmedo, a un metro de distancia.

Contempló a los hombres a punto de atacarse y deseó hallar la manera de detenerlos. Sacó su cuchillo y se dispuso a interponerse entre ambos, cuando una mano grande la tomó del hombro, obligándola a permanecer sentada. Miró hacia arriba y vio a Xante.

Muy serenamente, Xante avanzó y se colocó entre los dos hombres, mirando a Rowan.

—Tienes el derecho de matar a este hombre, mi señor—dijo Xante—. Pero te ruego que no lo hagas. Hoy ha perdido a su prometida y la ha perdido públicamente y de forma abrupta.

—Hay algo más en juego —dijo Rowan—. No te interpongas.

—No señor, no lo hay —dijo Xante, inmóvil—. No ha habido traición. Sois simplemente dos jóvenes riñendo por una mujer.

De pronto, Rowan comprendió qué estaba haciendo. Estaba actuando como Feilan había temido que lo hiciera. Como un inglés exaltado y no como un lanconiano. Debía controlarse. La cicatriz de la pierna le produjo un dolor casi tan intenso como el que sintiera el día en que su tutor lo hirió. Se irguió y envainó la espada.

—Estás en lo cierto, Xante. Daire, la mujer es tuya. No la obligaré a ser mía. Tómala.

Rowan se dirigió hasta donde estaba su caballo. Los otros tres permanecieron inmóviles.

Xante fue el primero en reaccionar.

—Es tu esposa, mi señor. No puedes deshacerte tan fácilmente de ella. El pueblo se enfurecería y...

—Maldito sea el pueblo —gritó Rowan—. Esa mujer me odia. No puedo tener una esposa en esas condiciones. Di al pueblo que la última prueba fue injusta. Me casaré con Cilean. Diles cualquier cosa.

—Y seré el primero en escoltaros hasta la frontera —gritó Xante—. No puedes emplear tus procedimientos ingleses y despreciarnos. Deseaste a esta mujer, convocaste el Honorium y ahora deberás escoger entre Inglaterra o Lanconia. Eres inglés o eres lanconiano. Si desprecias a esta mujer, perderás tu reino.

Rowan sabía que Xante decía la verdad. Pero no toleraba la idea de vivir con una mujer que lo *odiaba*. Una mujer que no deseaba que él la tocara. Una mujer que rogaba no tener que acostarse con él.

Rowan apretó los dientes.

—La tomaré pero, ante Dios, juro que no la tocaré hasta que ella me ruegue que lo haga.

El ruido de cascos de caballos interrumpió la conversación. Era Geralt. Su rostro moreno era apenas visible a la luz de la luna.

Geralt miró a Rowan con odio.

—Nuestro padre ha muerto —dijo e hizo girar su caballo nuevamente rumbo a Escalon.

Rowan fue hacia su caballo sin mirar a los demás. Ahora era rey. Rey de un pueblo que no lo quería; marido de una mujer que no lo amaba.

7

Jura se apoyó contra un árbol, jadeante después de haber corrido. Había transcurrido una semana desde la muerte de Thal y sólo había abandonado el campamento femenino para asistir al funeral. Junto a la tumba, había mirado al hombre que era su marido, pero él había desviado la mirada.

Todos reaccionaban de la misma manera, pensó Jura, enfurecida. Las guardianas le dirigían miradas hostiles y murmuraban entre ellas, callando cuando Jura se acercaba. Tres días después del Honorium, las principiantes dejaron de obedecerla. Onora, una joven vanidosa y de mal carácter que aspiraba a ser la jefa del cuerpo de guardianas, y que se había esforzado mucho para salir victoriosa en la competencia, se había expresado desdeñosamente refiriéndose a Jura y había dicho que el rey la despreciaba. ¿Por qué debían ellas respetarla? Diez jóvenes principiantes habían mirado de modo desafiante a Jura.

Su impulso había sido el de atacar a Onora con su cuchillo, pero no era tan tonta como para enfrentarse a diez mujeres fuertes y diestras. Tratando de adoptar una actitud digna, se había dado la vuelta y había abandonado el campo.

Nadie parecía estar de su lado. Las guardianas creían que había mentido cuando dijo que no deseaba ganar la prueba y pensaban que había golpeado deliberadamente a Cilean. En cuanto a Cilean, continuaba acostada en su habitación, recuperándose lentamente, y se negaba a recibir a Jura.

Jura, apoyada contra el árbol, tuvo la certeza de que odiaba a ese Rowan, que se hacía llamar rey.

Su ira era tan grande, que no oyó los pasos que se acercaban. El hombre llegó frente a ella y sólo entonces Jura tomó su cuchillo. Era uno de los caballeros ingleses que había venido con su enemigo desde Inglaterra.

—Guarda eso —dijo él. Era un hombre joven, vestido con las largas vestimentas de los ingleses y la miraba con el ceño fruncido—. Mi señor te aguarda.

—No obedeceré sus órdenes —dijo Jura, empuñando el cuchillo.

El hombre avanzó hacia ella.

—Amenázame. No me molestaría herirte. La gente no me agrada, y tú menos que nadie.

—Neile —dijo una voz que provenía del lado izquierdo de Jura.

Ella se volvió, lista para atacar. Vio a otro caballero inglés, mayor que el primero, que tenía una cicatriz en el cuero cabelludo. Los cabellos que la rodeaban eran blancos y eso le confería un aspecto de persona con más edad.

El hombre se volvió hacia Jura.

—Milady... —se detuvo ante el bufido del otro caballero— el rey Rowan desea veros.

—Estoy ocupada, debo atender mi trabajo aquí —dijo Jura.

—¡Perra! —dijo el más joven y avanzó hacia ella. El caballero mayor dio un paso hacia ella.

—No se trata de una orden. Por favor, venid conmigo.

Jura vio que en su mirada había una expresión de advertencia. Si no iba, las consecuencias podrían ser graves. Supo que había llegado el momento de pagar por el crimen de haber ganado el Honorium. Envainó su cuchillo.

—Estoy lista.

Caminó detrás del caballero. El más joven fue detrás de ella. Llegaron hasta el borde del bosque. Allí aguardaba un caballo para ella y otro animal de carga, que llevaba sus escasas pertenencias. Jura no hizo comentario alguno y galopó junto a los dos hombres, rumbo a Escalon.

Desde su boda había vivido aislada y no sabía cómo había reaccionado el pueblo irial ante la separación de ella y Rowan, pero pronto se lo hicieron saber. Reían a su paso y la llamaban Reina Doncella. Les causaba placer que esa hermosa joven, codiciada por tantos hombres, hubiera sido rechazada por el rey.

Jura mantuvo la cabeza erguida mientras galopaban hacia la ciudad amurallada y luego pasaron por la muralla interior que rodeaba el castillo de Thal. En el interior, el castillo estaba mucho más limpio que cuando Jura vivía allí, y ella resopló con desdén. ¡Cómo perdían el tiempo en frivolidades!

El caballero inglés abrió la puerta de una habitación que Jura conocía muy bien. En ella, Thal planeaba sus estrategias guerreras. Entró y la puerta se cerró a sus espaldas. Tardó unos instantes en habituar sus ojos a la penumbra.

Rowan estaba sentado en un extremo de la habitación. La falta de luz otorgaba un tono oscuro a sus cabellos.

—Puedes tomar asiento —dijo él.

—Permaneceré de pie —respondió ella.

Ella percibió el enojo de él, pero no era mayor que el suyo.

—Debemos hablar —dijo él entre dientes.

—He dicho cuanto tenía que decir —dijo ella.

—Maldita seas —rugió él—. *Tú* eres la culpable de esto, por haberme hecho creer que me deseabas.

El hombre no se parecía físicamente a Thal, pero hablaba como él. Thal nunca pensaba que los errores podían ser suyos. La culpa era siempre de los demás.

—No hay que confundir el deseo con la voluntad de casarse —dijo ella serenamente—. Puedo desear a un herrero bien parecido, pero no desearía casarme con él.

—Soy tu rey, no un herrero.

Ella lo miró fijamente.

—No eres *mi* rey. Eres un inglés que, por una broma cruel de los dioses, se ha convertido en mi marido. Existen maneras de disolver nuestro matrimonio.

Rowan se puso de pie y se acercó a la estrecha ventana que estaba en el fondo de la habitación.

—Sí —dijo con calma—. He considerado esa posibilidad, pero temo que no será posible. Al menos, no por ahora, cuando el recuerdo del Honorium aún está fresco en la mente del pueblo. —Hizo una pausa y Jura vio que se encogía de hombros—. Maldigo el día en que mi padre conoció a mi madre. Desearía que se hubiera casado con un siervo antes de hacerlo con un lanconiano. Siempre he lamentado ser un príncipe, pero esto es lo peor que podía sucederme. —Habló en voz tan baja que ella apenas pudo oír sus palabras.

Se volvió hacia ella.

—Uniré a las tribus de Lanconia y temo que los iriales no me apoyen si repudio a la hermanastra del hijo del anciano rey.

Jura sonrió.

—¿Unirás las tribus de Lanconia? ¿También moverás las montañas de Tarnovia? Quizá te agradaría que estuvieran un poco más hacia el Sur. O quizá desees cambiar el curso de los ríos.

Rowan la miró encolerizado.

—¿Por qué permití que mi cuerpo gobernara mi mente? ¿Por qué no conversé contigo durante un minuto antes de convocar el Honorium?

—¿*Tú* lo convocaste? Creí que lo había hecho Thal para que todas las tribus tuvieran la oportunidad de disputarse al príncipe inglés.

—Tontamente, lo convoqué yo, porque era la única manera de obtenerte. Estaba seguro de que ganarías.

Jura se abalanzó sobre él, golpeándolo con los puños.

—¿Heriste a mi amiga Cilean sólo para satisfacer tu lujuria? —gritó—. ¿Rompiste mi compromiso con Daire sólo para dar rienda suelta a tu sucia lujuria?

Él la tomó de los brazos, pero ella logró empujarlo contra el muro de piedra. Rowan estaba furioso, pero cuando la tocó, su ira se convirtió en deseo. La tomó entre sus brazos y la besó y Jura devolvió su beso, mientras su cuerpo parecía fundirse con el de él. Le rodeó el cuello con los brazos y lo acercó a ella, abriendo sus labios. Su furia, su desesperación, su soledad se trocaron en deseo. Era suya y él podía hacer con ella cuanto deseara.

Súbitamente, él la apartó de sí y Jura cayó sobre el suelo de piedra.

—Debemos hablar —dijo él.

Jadeaba como un caballo que hubiera corrido muchos kilómetros. Un rayo de sol entró por la estrecha abertura de la ventana e iluminó su nuca.

—Te maldigo, Jura —dijo con voz tensa—. Juré ante Dios que no te tocaría y no lo haré.

Jura trató de reaccionar.

—Estamos casados —dijo. Quizá tuviera problemas para comprender la lógica de Rowan, pero no tenía ninguno cuando se trataba de desearlo físicamente.

—Entonces, debes rogarme que lo haga —dijo él.

—¿Qué? —dijo ella, poniéndose de pie.

—Si deseas que me acueste contigo, debes rogármelo.

Jura parpadeó.

—¿Es esta una costumbre inglesa? ¿Obligan a sus mujeres a rogar? Supongo que de esa manera las humillan y vosotros os sentís más poderosos. Los hombres lanconianos no envilecen a sus mujeres. Los hombres lanconianos son *hombres*.

Rowan había enfurecido nuevamente y avanzó hacia ella, pero luego se alejó, como si se hubiera acercado demasiado al fuego.

—Juré ante Dios y no quebrantaré mi juramento.

Ahora, debemos hablar sobre ciertos asuntos.

—Nada tengo que discutir contigo —dijo Jura, dirigiéndose hacia la puerta.

Él tomó su brazo pero lo soltó de inmediato.

—Siéntate —ordenó.

Jura se encogió de hombros y obedeció.

Rowan se volvió y comenzó a pasearse por la habitación.

—Sea como sea, estamos casados. Podría anular el matrimonio si las circunstancias fuesen diferentes; si yo no fuera medio inglés o si tú no pertenecieses a la familia de Geralt. Pero no puedo disolver nuestro matrimonio; por ello, deberemos hacer concesiones. Mañana iré a hablar con el jefe de la tribu vatell y deberás ir conmigo.

Jura se puso de pie.

—De ninguna manera.

Rowan se plantó frente a ella y se inclinó hasta que su nariz rozó casi la de Jura.

—No confío en ti. Eres capaz de organizar un ejército para entregar el trono a ese arrogante hermano tuyo. Estarás junto a mí. También él. De ese modo los controlaré.

—¿O será que no quieres que el pueblo sepa que no puedes desvirgar a tu mujer? —dijo ella en voz baja. Él podía sentir su aliento sobre sus labios.

Rowan bajó la mirada.

—Puedo hacerlo, no te quepa la menor duda. —Miró los labios de Jura y luego sus ojos—. Pero no lo haré.

Ella se apartó de él. No sabía qué motivos tenía él para rechazarla, pero lo estaba haciendo. Era una razón más para odiarlo.

—Permaneceré aquí y...

—No —dijo él en voz alta—. Lo desees o no, eres mi mujer y te comportarás como tal. Aunque no compartas mi lecho, compartirás mi dormitorio, o mi tienda, nada se interpondrá en mi intento de unir a las tribus. Si la gente desea verme con mi esposa virgen, me verán y yo cuidaré de que no hagas nada impropio a mis espaldas.

—Si te atravieso con una espada, lo haré de frente, no por la espalda.

—Imagino que eso debe tranquilizarme —dijo él secamente.

—Tómalo como quieras —dijo ella, mirándolo con rabia. Luego adoptó una expresión de curiosidad—. ¿Cómo piensas unir las tribus? ¿Conquistándolas?

Rowan fue hacia la ventana.

—En cierto modo. Deseo que se casen entre sí, de modo que dentro de un par de generaciones estarán tan entrecruzados que no sabrán a qué tribu pertenecen. Sólo habrá lanconianos.

Jura le sonrió.

—¿Y cómo lo lograrás? ¿Les *pedirás* que se casen con personas a las que odian? —Su sonrisa se desvaneció—. No sabes *nada* acerca de nosotros. Las tribus están dispuestas a morir antes que renunciar a su identidad. ¿Por qué no regresas a Inglaterra y nos dejas en paz, antes de que desencadenes una guerra...? Si es que vives hasta entonces.

—¿Y tú me acompañarás?

Jura estaba anonadada.

—¿Vivir en Inglaterra, donde las mujeres deben rogar a los hombres para que se acuesten con ellas?

Rowan abrió la boca para explicar, pero volvió a cerrarla.

—No trataré de darte explicaciones. Tu deber es obedecer y nada más. Irás conmigo cuando viaje por Lanconia y eso es todo. No quiero tus consejos ni tus comentarios. Serás una esposa formal.

—Un ratón inglés, querrás decir —dijo ella—. Descubrirás que las mujeres lanconianas no se someten con la facilidad con que lo hacen tus pálidas muñecas inglesas. Iré contigo. ¿Qué importancia tiene? Cuando asome la próxima luna llena seré viuda. —Giró sobre sus talones y salió de la habitación.

Mientras avanzaba por el penumbroso pasillo de muros de piedra pensó que ese hombre era un tonto. Creía que podía entrar en la capital de cada tribu y pedir que dejaran de odiarse entre sí. Estaba en lo cierto; dentro de pocos días, alguien mataría a ese estúpido.

En cuanto al hecho de que no se acostara con ella, era algo que la intrigaba. ¿No la deseaba? Parecía una idea ridícula o quizá todos los ingleses fuesen tan apasionados con las mujeres como él lo era con ella. O quizá no podía consumar el matrimonio. Se encogió de hombros. ¿Quién podía comprender los pensamientos de un extranjero idiota?

—Tú eres Jura —dijo una vocecita en voz muy baja—. Ganaste la prueba.

Jura miró hacia abajo y vio al pequeño hijo de la inglesa. Imaginó que era más pequeño de lo que aparentaba por su estatura y, para ella, su piel blanca y sus cabellos claros, eran como un pan poco horneado. La antorcha fijada al muro hacía que el rostro del niño se asemejase a una perla tallada.

—¿Qué deseas? —preguntó ella, observándolo. Era un enemigo muy joven, pero enemigo al fin.

—Te vi —dijo el niño, mirándola con sus grandes ojos que parecían flores azules—. Te vi vencer. Vi cómo vencías a todas las demás. ¿Me enseñarías a correr como tú? ¿Y a luchar? ¿Y a lanzar la flecha?

Jura no pudo evitar una sonrisa.

—Quizá.

El niño le sonrió.

—¡Allí estás! —dijo una voz desde el otro extremo del pasillo. Era el joven llamado Montgomery; Jura llevó instintivamente la mano hacia su cuchillo, pero el joven la miraba con admiración. Jura dejó caer su mano.

—Esta es Jura —dijo el niño con orgullo.

—Sí, lo sé —dijo Montgomery y sonrió. Jura pensó que sería un hombre espléndido y sonrió a su vez.

—¿Qué es esto? —gritó Rowan a espaldas de ellos—. Montgomery, ¿no tienes otra cosa que hacer que admirar a mi esposa? ¿No debes limpiar armaduras? ¿O afilar armas? ¿O estudiar tus lecciones?

—Sí, mi señor —dijo el joven, pero antes de marcharse, sonrió nuevamente a Jura.

El joven Phillip, al escuchar el grito de su tío, se había refugiado entre el muro y Jura, rodeando los muslos de la joven con sus brazos. Jura lo miró, sorprendida.

—Phillip —dijo Rowan ásperamente—. ¿Qué diablos estás haciendo?

—Ella es Jura —dijo el niño a modo de respuesta.

—Sé muy bien quién es; ahora, aléjate de ella. Jura sonrió mirando a Rowan.

—Si no puedes controlar a un niño, ¿cómo esperas controlar a Brita y a Yaine, que gobiernan las otras tribus? ¿Y cómo te las arreglarás con el untuoso Marek?

Rowan trató de tomar el brazo de Phillip, pero el niño se deslizó detrás de Jura y ella puso su cuerpo entre Rowan y el niño.

De pronto, Rowan se incorporó.

—Tienes poder sobre mí —dijo suavemente—. Me haces actuar como si fuera más joven que mi escudero. No reñiré contigo por el niño; seguramente lo has hechizado también a él. Pero recuerda que no es mi heredero. Nada ganarías haciéndole daño.

—¿Dañar a un niño? —preguntó Jura, horrorizada—. Exageras demasiado. No necesito dañar a ningún inglés; vosotros os dañaréis mutuamente. Los lanconianos se hartarán de tu arrogante superioridad y alguien que no sea yo cortará unas cuantas cabezas. —Jura entrecerró los ojos—. Y ese Neile será el primero en morir.

—¿Neile? —preguntó Rowan—. ¿Te ha acosado?

—Deja de pensar en eso. El hombre nos odia y no lo disimula. Ahora tengo hambre y huelo comida. ¿Me está permitido comer o has jurado que no comeré?

Las aletas de la nariz de Rowan se agitaron de ira, pero nada dijo.

—Ven. Come. ¿Quién soy yo para decidir qué debes hacer? —Se volvió y caminó hacia el otro extremo del pasillo.

Jura quiso seguirlo pero Phillip trató de tomar su mano.

—Los guerreros lanconianos no toman las manos de las personas —dijo ella—. Y endereza tu espalda. ¿Cómo pretendes ser un lanconiano si caminas encorvado?

—Sí, señor —dijo Phillip y Jura no lo corrigió. El niño irguió la espalda.

Jura le sonrió.

—Quizá podamos hallar ropa más adecuada para un guerrero irial.

—¿Y un cuchillo? —preguntó él con ojos brillantes de entusiasmo.

—Naturalmente.

En el salón principal habían tendido largas mesas apoyadas sobre caballetes y los criados estaban sirviendo carne y verduras. Jura se dirigió a su sitio, cerca del extremo de la mesa, pero Rowan, frunciendo el ceño, le señaló la banqueta que estaba a su lado. Phillip la seguía como si fuese su sombra.

—Phillip —dijo Lora, para que fuera a sentarse junto a ella, que se hallaba al otro lado de Rowan.

—Jura me permitirá sentarme junto a ella —dijo el niño, manteniendo su cuerpo muy rígido.

Lora comenzó a incorporarse, pero Rowan la detuvo.

Un sacerdote bendijo los alimentos y los cincuenta comensales se echaron sobre ellos como si estuvieran muriéndose de hambre. Discutían en voz alta sobre armas y caballos y sobre quién era el mejor guerrero.

Poco después, dos hombres trataron de estrangularse el uno al otro.

Rowan no estaba aún habituado a esas explosiones temperamentales de los lanconianos. Se hallaba conversando con Lora y no reaccionó de forma inmediata.

Jura, en cambio, saltó sobre la mesa y se arrojó sobre los hombres, haciéndoles perder el equilibrio. Los tres cayeron al suelo en medio de los desechos y los perros que ladraban.

Al caer sacó su cuchillo.

—Mataré al primero que interrumpa mi almuerzo —gritó.

Los hombres se calmaron y se levantaron del suelo. Los otros lanconianos, acostumbrados a esa clase de escenas, apenas interrumpieron su comida. Pero, para un inglés, se trataba de un hecho poco común. Jura se puso de pie y se quitó el polvo de la ropa. Luego vio que Rowan y sus tres caballeros la miraban fijamente. La inglesa se había apartado hacia un lado y la observaba con ojos atemorizados, sosteniendo al niño contra su cuerpo.

Jura no imaginaba qué podía haber hecho para causar esa reacción. Rowan tenía el rostro encendido, las venas de su cuello sobresalían y su mandíbula estaba tensa. Sus tres caballeros contemplaban a Jura con horror.

Jura envainó su cuchillo.

—La comida se enfría.

Phillip se desprendió de su madre y fue a rodear a Jura con sus brazos.

Ella acarició sus cabellos suaves, sonrió y luego se puso en cuclillas, tomó los hombros del niño y lo alejó para mirarlo.

—¿Qué es esto? —preguntó suavemente—. ¿Un lanconiano temeroso?

—Las jóvenes no luchan contra los hombres —murmuró el niño.

—Así es, pero eran sólo Raban y Sexan. Siempre riñen. Ahora, endereza tus hombros y... —Jura se interrumpió porque Lora, repuesta de la conmoción que había sufrido, le arrebató al niño.

—¿Cómo te atreves? —dijo Lora—. ¿Cómo te atreves a tocar a mi hijo y enseñarle a emplear la violencia? No eres una mujer. No puedes tratar con niños.

Jura se incorporó y dio un paso hacia Lora, mirándola fríamente. Rowan se interpuso entre ambas.

—Ven conmigo —dijo mirando a Jura con una expresión que ella no le conocía.

Los lanconianos habían dejado de comer para contemplar la escena. Una riña y la reacción de Jura no habían provocado comentario alguno, pero se extrañaron de la actitud de los ingleses. ¿Se enfadaban porque una guardiana ponía fin a una riña? Era su obligación.

—Ven conmigo —repitió Rowan, apretando las mandíbulas.

—Tengo hambre —dijo Jura mirando hacia la mesa y hacia la comida que desaparecía velozmente. Rowan clavó sus dedos en el antebrazo de Jura y trató de sacarla de la habitación. Jura intentó desprenderse de él, pero Rowan la sostenía con fuerza; ella lo maldijo por avergonzarla públicamente.

La llevó hasta la primera habitación vacía. Era un pequeño depósito de barriles de cerveza y aguamiel.

—Jamás —dijo, cuando cerró la puerta—, jamás volverá mi esposa a actuar de esa manera. —La ira le impedía hablar con fluidez—. Parecías una mujerzuela, saltando sobre las mesas y... y... —se atragantó— arrojándote contra esos hombres.

¿Estaba loco?

—Esa es mi obligación —dijo ella pacientemente—. Las guardianas reciben entrenamiento para evitar disputas y, como representante de Thal, mi obligación era hacerlo. Si Geralt hubiera estado presente, él se hubiera hecho cargo de la situación.

Rowan estaba rojo de ira.

—Thal ha muerto —dijo—. *Yo* soy el rey. *Yo* me encargaré de poner fin a las riñas entre mis hombres. Mi *esposa* no lo hará.

Jura se encolerizó.

—Comprendo. Es porque soy una mujer. ¿Crees que las mujeres lanconianas son tan cobardes e inútiles como esa hermana tuya?

Él avanzó hacia ella.

—No incluyas a mi hermana en este asunto. Te estoy diciendo que no debes actuar como si fueras la encargada de guardar el orden. Eres una mujer y debes conducirte como tal.

Ese hombre era absurdo.

—¿Para demostrar que soy una mujer debo permanecer sentada, cosiendo? ¿Acaso *parezco* un hombre?

Involuntariamente, Rowan miró el cuerpo de Jura, de senos altos y firmes, muslos suavemente redondeados y esa túnica corta que se adhería a sus nalgas. Por milésima vez maldijo su carácter irascible, que lo había inducido a jurar que no la tocaría.

—Si no me obedeces lo lamentarás —dijo él.

—¿Qué harás? ¿Ordenarás que me lleven a prisión? ¿Quién obedecerá tus órdenes? ¿Crees que lo harán mis lanconianos? Si me haces daño no saldrás vivo de Escalon. Y no podrás llevar a cabo tu plan infantil para unir a las tribus.

Rowan apretó los puños. Nadie había logrado nunca irritarlo de esa manera. Había podido lidiar con los estúpidos hijos de William sin perder la calma. Y ninguna mujer le había encolerizado. Las mujeres eran seres dulces y amables que consolaban al hombre y lo escuchaban con expresión de embelesamiento. Si un hombre salía de caza, a su regreso hablaba con su mujer de los peligros pasados y ella suspiraba y alababa su coraje. Pero Jura era capaz de cazar un ciervo más grande que el que cazara él.

—¿No tienes ropa de mujer? —preguntó él—. ¿Debes siempre vestir con esos atuendos? —Señaló los pantalones holgados y sus altas botas.

—Eres un niño —dijo ella—. ¿Qué importa mi ropa? Me es útil para realizar mi trabajo y... —Se interrumpió porque Rowan la estaba estrechando entre sus brazos.

—Tu obligación es hacia mí —dijo con voz ronca—. No oprimes tu cuerpo contra el de otros hombres.

—¿Te refieres a cuando detuve la riña? —Su voz era más grave.

Cuando él la tocaba, no podía pensar con claridad.

—Jura, me has hecho algo. No me reconozco a mí mismo.

—Entonces, te diré quién eres: eres un inglés y estás en un país que no es el tuyo. Debes regresar a Inglaterra y entregar el trono a mi hermano.

Él la apartó de sí.

—Déjame. Ve y llena tu estómago y no vuelvas a inmiscuirte entre mis hombres y yo.

—Son lanconianos, no son *tus* hombres —dijo ella y salió apresuradamente de la habitación. Regresó al salón principal. Ya estaban retirando la vajilla pero logró tomar un pastel de venado que alguien había dejado sin terminar. Comenzó a comerlo mientras salía del castillo. Necesitaba respirar aire puro.

Se dirigía a los cuarteles de los hombres cuando Geralt fue hacia ella.

—No viniste a comer —dijo ella.

—¿Y sentarme junto al enemigo? —preguntó él desdeñosamente—. He oído decir que ahora vivirás con él.

—Y viajaré con él. El muy tonto piensa unir las tribus —dijo Jura, comiendo el último bocado de pastel. Geralt rió despectivamente.

—Cuando entre en el primer territorio de una tribu, lo matarán.

Jura percibió que su hermano la observaba atentamente.

—Se lo he dicho, pero no me presta atención. Pronto lo matarán; quizá sea mejor que lo hagan cuanto antes. Algunos hombres lo apoyan. Xante está siempre a su lado. Geralt se acercó más a ella y murmuró:

—Tú estás en condiciones de acelerar su muerte.

Ella escupió entre los pies de él.

—No soy una asesina. Él se matará a sí mismo.

—De modo que es verdad; estás de su lado. Cilean dijo que lo querías para ti y que por eso la golpeaste durante la prueba. Dime, ¿te importa más este extranjero pálido que tu propia gente?

Ella lo miró con furia.

—¿Piensas que tus insultos me impulsarán a asesinarlo? Si es así, no me conoces. Te he dicho que es un tonto y que él mismo apresurará su muerte. Tu serás rey y no necesitarás manchar tus manos con la sangre de tu hermano inglés.

—A menos que tenga un hijo contigo —dijo Geralt.

—Eso es improbable —dijo Jura.

—¿Acaso no es un hombre? —preguntó Geralt, sorprendido.

—No lo sé. Dice que ha jurado ante Dios no... —Se interrumpió—. No habrá niños; su vida será breve. Aguarda y sé paciente y serás rey. —Se volvió y pasó por las verjas de la ciudad. Hombres y animales descansaban. Todo era silencio.

«Unir las tribus», pensó Jura. Naturalmente era una idea imposible de llevar a cabo. Las tribus se odiaban demasiado y ese inglés estúpido jamás lo comprendería. Había que ser lanconiano para comprender la mente lanconiana.

Jura se encogió de hombros pensando que de todos modos no importaba. Ese tonto moriría pronto. Se detuvo un instante. Sería lamentable que muriera sin que ella se acostase con él. Después de todo, estaban casados.

Bostezando, regresó al castillo de Thal. Esta noche se encerraría con él en una habitación y quizá mañana ya no sería una doncella. Apuró el paso, sonriendo.

8

Jura supuso, y con razón, que su marido estaba utilizando la habitación que había sido de Thal como propia, pero cuando ella abrió la puerta, él la miró, sorprendido.

—¿Por qué has venido? —preguntó él con brusquedad.

—Porque ordenaste que lo hiciera —dijo ella pacientemente—. Tus hombres ingleses me sacaron insolentemente de los cuarteles femeninos junto con mis pertenencias y me trajeron hasta aquí. Imaginé que debía asumir las obligaciones de mi condición de reina... en tanto lo sea —añadió por lo bajo.

Él la miró detenidamente.

—Supongo que debo tenerte aquí —dijo él con resignación—. Ve a sentarte allá y permanece en silencio. —Él volvió a la mesa, ante la que había estado sentado y sobre la cual había gran cantidad de libros y papeles enrollados.

Jura se preguntó si habría traído los libros consigo o si pertenecían a la magra y poco usada biblioteca de Thal. No tenía intención de obedecerle, de modo que se colocó detrás de él, mirando por encima del hombro de Rowan.

Él se volvió

—¿Qué haces? —dijo.

—Miro —dijo ella y luego señaló con la cabeza el mapa que él sostenía entre sus manos—. Eso no es así. La frontera de los vatell se encuentra más al norte. Thal se apoderó de una buena parte de las tierras cuando yo era niña. Mi padre murió en la batalla. —Jura se dirigió luego hasta la cama, se sentó en el borde y comenzó a quitarse las ligas que sostenían sus botas.

Rowan la miró.

—¿Qué sabes tú de fronteras?

—Aparentemente, más que tú.

Él se puso de pie, tomó el mapa y lo colocó sobre la cama, detrás de ella.

—Dime de qué forma han cambiado las cosas. Este mapa fue trazado por Feilan hace más de veinte años. ¿A quién más mató mi padre para tomar sus tierras?

Jura se quitó las botas y movió los dedos de los pies.

—Thal hizo lo que debía hacer. La mitad de la tierra de los vatell se encuentra en las montañas, donde el suelo es árido y solían invadir a los iriales para robar su trigo.

—Y mi padre puso fin a las invasiones —dijo Rowan, pensativamente—. ¿Cómo se las arreglaron los vatell durante ese invierno?

—No muy bien —dijo Jura—. ¿Tu intención es odiar todo cuanto hacemos?

Rowan la miró, asombrado.

—¿Cómo puedo odiar a mi propio pueblo? Ten, muéstrame cuáles son las nuevas fronteras.

Ella se inclinó y señaló con el dedo los límites del pequeño territorio vatell.

—Son gente razonable —dijo ella—, no como los zernas o los ulten. Los vatell...

—Sí, lo sé —dijo él con impaciencia—. Ahora dime dónde se encuentran los campos sembrados de los iriales.

—Ya que lo sabes todo, ¿cómo es que no sabes eso?

Él señaló un punto en el mapa.

—Si no han cambiado de sitio, los sembradíos se hallan aquí. Están protegidos por tres ríos y custodiados a intervalos regulares por guardias iriales. Se siembra cebada, trigo y centeno. Sobre esta llanura se crían ovejas. Los caballos que poseen son descendientes de los que fueron robados a los fearen y, aún hoy, los jóvenes iriales invaden los campos fearen por las noches. Cruzan territorio vatell aquí, donde hay un espeso bosque y luego toman este sendero estrecho hasta llegar a...

—¿Cómo lo sabes? —preguntó Jura.

—Mientras los otros niños corrían detrás de una pelota en el jardín, yo me ocultaba con el anciano Feilan para aprender el idioma ulten.

—¿Ulten? —preguntó Jura—. Nadie habla ese incomprensible idioma gutural que ellos usan. No es un idioma; son gruñidos y gemidos.

Rowan se acostó sobre la cama, apoyando la cabeza sobre la mano.

—Puede que suene así, pero es una forma de lanconiano. Por ejemplo, para vosotros, la palabra mujer se dice *telna;* ellos dicen *te'na.* Es una manera más rápida de decir lo mismo.

Jura encogió las piernas, sentándose sobre ellas.

—Una manera más perezosa. Son personas holgazanas y viscosas. Todas las tribus odian a los ulten.

—Razón de más para cruzar las tribus. Los ulten permanecen en sus montañas y se reproducen entre ellos, hasta que sus cerebros se idiotizan.

—Otra razón para que tu plan no funcione —dijo Jura—. ¿Quién querría casarse con una mujer ulten?

Rowan la miró con expresión divertida.

—Un hombre zerna —dijo.

Jura rió y se estiró sobre la cama. El mapa estaba entre ambos.

—Durante el Honorium tuve pesadillas en las que vencía Mealla —dijo Rowan—. El problema que se me presenta cuando pienso en el casamiento de unas tribus con otras es ¿quién querrá casarse con las mujeres zerna? ¿Son *todas* como Mealla y como las otras mujeres que participaron en el Honorium?

Jura se incorporó, apoyándose sobre un codo.

—Quizás a los hombres fearen les agraden las mujeres zernas. Ellos son pequeños, bajos y delgados y Thal siempre decía que les molestaba ser así. Tal vez las mujeres zernas sean atractivas para los fearen. Sus hijos serían más corpulentos.

Rowan sonrió y también se apoyó sobre un codo.

—¿Y los poilen? ¿Quién se casará con ellos?

—Eso no es sencillo —dijo Jura, pensativamente—. Los poilen creen que el pensamiento es más importante que la comida o el placer.

—Entonces deberíamos darles algunas mujeres fearen. Ellas lograrían interesarlos en placeres más terrenales y menos literarios.

Jura lo observaba. Era muy apuesto y la luz de las velas que iluminaba la habitación hacía brillar sus cabellos dorados. Sintió el impulso de tocarlos y levantó su mano.

Pero Rowan se levantó abruptamente de la cama.

—Puedes dormir allí —dijo, señalando un asiento esculpido en el muro de piedra. Jura no cabría en él.

Jura comenzó a protestar, era absurdo que durmieran separados, pero luego pensó que quizá fuera mejor. No deseaba cobrarle afecto, pues él moriría pronto. Y sería mejor que no hubiese un hijo de él que reclamase el trono. Jura no sabía si podría negárselo a su hijo, pues tendría derecho a él. No, así era mejor. Continuaría siendo una doncella hasta que enviudase, luego Geralt sería rey y ella se casaría con Daire y tendría muchos niños.

Jura se incorporó.

—¿Dijiste que viajaríamos mañana?

Él estaba de espaldas a ella.

—Sí; saldremos rumbo a la tierra de los vatell, pero primero nos detendremos en los pueblos iriales para reunir hombres y mujeres.

—¿Para qué? —preguntó ella, quitándose los pantalones.

Él se volvió hacia ella.

—Para que se casen con... —se interrumpió al ver el cuerpo semidesnudo de Jura. Volvió a darle la espalda—. Vete a la cama —dijo con voz profunda—. Cúbrete.

Jura sonrió y se cubrió con las pieles de oveja que había sobre el asiento de piedra. Lo contempló mientras él se desvestía sin mirarla. Rowan se quitó las botas y ella vio sus pantorrillas grandes y cubiertas de vello rubio. Luego se quitó la túnica y Jura vio ese cuerpo grande y musculoso que le había hecho perder el sentido en varias ocasiones.

Jura tuvo la sensación de que sus propios músculos se ponían tensos y su respiración se tornaba lenta y profunda.

Sin mirarla, él apagó la vela que estaba junto a la cama y la habitación se sumió en tinieblas.

—Rowan —murmuró ella en la oscuridad, llamándolo por su nombre por primera vez.

—No me hables —dijo él en voz alta—. Y dime «inglés». No me llames por mi nombre.

Jura apretó las mandíbulas y maldijo al estúpido extranjero. Su mal carácter y su irracionalidad lo llevarían a una muerte segura en menos de una semana. Tanto mejor, pensó Jura. Lanconia estaría mucho mejor sin él.

Se acostó boca abajo y pensó en Daire. Sería agradable ser virgen en su noche de bodas con Daire.

—Levántate.

Jura se dio la vuelta lentamente en la cama. Aún no había amanecido. Rowan estaba de pie, a unos tres metros de distancia, ya vestido y mirándola con furia.

—¿Todos los iriales son tan perezosos como tú? —dijo él secamente—. Los carros ya se han reunido abajo.

—¿Son todos los ingleses tan malhumorados como tú? —respondió ella, estirándose.

Él la miró fijamente y pareció palidecer.

—Toma tus cosas y baja —dijo y salió de la habitación.

Jura reunió rápidamente sus escasas ropas y armas. En el patio del castillo había caballos corveteando y hombres que gritaban. Geralt, vestido de negro y montado sobre un caballo negro, daba órdenes a los hombres. Daire estaba a un lado sobre su caballo y junto a él se hallaba Cilean.

Jura sonrió al ver a su amiga, pero Cilean volvió la cabeza. La sonrisa de Jura se desvaneció. Luego tomó el pan y el vino aguado que le ofreció un criado.

Rowan estaba en medio de los hombres, montado sobre su caballo y listo para partir. Jura se vio obligada a reconocer que parecía capaz de organizar una expedición y, aparentemente, los hombres aceptaban su liderazgo.

Había carros llenos de alimentos. En uno de ellos, Jura vio a Lora y a Phillip, sentados junto al conductor.

—Jura —exclamó el niño. Sonriendo, ella fue hacia él.

—Buenos días —dijo ella, ofreciéndole un trozo de pan.

—¿Los guerreros lanconianos comen pan? —preguntó él solemnemente.

—Siempre —dijo ella, también solemnemente y se volvió hacia Lora para sonreírle, pero la inglesa levantó la nariz en el aire y miró hacia otro lado. Jura fue hacia donde estaba su caballo y cabalgó junto a Xante.

Tardaron un día en llegar a los pueblos iriales. Dispersos por la tierra de los iriales había otros más pequeños, pero estos estaban habitados por campesinos, la clase social más baja, integrada por personas que reñían entre sí y cuyas reyertas familiares databan de siglos atrás. Esa gente no sabía si eran iriales o vatell o ingleses.

Pero, a treinta kilómetros de la ciudad amurallada de Escalon vivía la población irial más importante. Los guardianes o guardianas escogían sus parejas entre esas personas. Los guardianes se escogían allí, y, después de su entrenamiento, eran enviados de regreso a su pueblo para custodiarlo y proteger a los iriales de las invasiones. En esos pocos kilómetros cuadrados existía la única paz que conocían los iriales. Allí los niños jugaban, las mujeres cantaban y se recolectaban las cosechas. Se hilaban telas, se bordaban vestimentas, y los enfermos y ancianos eran atendidos y consolados. Miles de guardianes iriales habían muerto para proteger ese sitio.

Durante la mayor parte del viaje Jura cabalgó junto a Xante, pero cuando oyó que el pequeño Phillip se quejaba, fue hacia el carro.

—¿Deseas galopar conmigo? —preguntó al niño, mirando a Lora para solicitar su permiso.

Lora parecía luchar consigo misma. Volvió la cabeza y asintió con un breve gesto.

Phillip prácticamente saltó en brazos de Jura y ella lo instaló en la montura, delante de ella. Durante el resto del viaje le contó historias de los antiguos dioses de Lanconia, dioses que luchaban y reñían, dioses que tenían más personalidad que el dios cristiano Jesús, que apenas hablaba con su madre.

—¿Por qué tienes contigo al niño? —le preguntó Geralt enfadado al acercarse a ella—. ¿Los ingleses te han conquistado?

—Es un niño —dijo Jura.

—Los niños se convierten en hombres.

Ella lo miró, fastidiada.

—No constituye una amenaza para ti. No pretende arrebatarte el trono.

Geralt miró al niño con hostilidad y se alejó.

—No me agrada —dijo Phillip en voz baja.

—Sí, te agrada. Será rey de Lanconia y será un rey excelente.

—Mi tío Rowan es el rey y es el *mejor.*

—Ya veremos.

Los viajeros llegaron al pueblo por la noche. Los carros debieron atravesar un río, junto con los caballos y pasajeros.

Los habitantes del pueblo salieron a recibirlos con antorchas. Deseaban conocer al inglés que decía ser rey.

Muchos parientes de Jura corrieron a saludarla. Su posición se había tomado muy importante desde que ganara el Honorium y se casara con el rey.

—¿Cómo es él? —murmuraron—. ¿Aún no han engendrado un niño? ¿Es tan apuesto como Daire? ¿Es tan fuerte como Thal?

Las preguntas se interrumpieron cuando Rowan apareció detrás de ella. Jura vio que algunas de sus primas lo miraban embelesadas. Hubo suspiros colectivos.

Jura les sonrió y hasta experimentó cierto orgullo. Luego sonrió a Rowan.

—¿Puedo presentarte a mi familia? —dijo cortésmente. Luego, la tía de Jura los condujo hasta una habitación de su casa. Era un dormitorio pequeño, en el que sólo había una cama. Rowan estaba muy callado.

—¿Estás fatigado a causa del viaje? —preguntó ella.

—No —dijo él en voz baja—. Te agradezco que te hayas ocupado de Phillip. Creo que el niño ha comenzado a adorarte.

—Es un niño agradable y está ansioso por aprender. Quizá sea más lanconiano de lo que creí. —Rowan se sentó en el borde de la cama y se desató las botas. Parecía preocupado. Ella deseaba preguntarle por qué, pero no lo hizo. Era mejor mantener las distancias respecto a ese hombre, que sólo era su marido temporalmente.

—Imagino que no dormiremos juntos —dijo ella.

—¿Qué? No, supongo que no. Hay unas pieles. Haré mi cama en el suelo. Ocupa tú la cama.

Jura frunció el ceño, se quitó las botas y los pantalones y se metió en la cama grande y vacía. Permaneció despierta mientras Rowan se instalaba en el suelo, sobre las pieles. La atmósfera era tensa y no podía dormir.

—La luna está muy brillante —murmuró ella.

Rowan no respondió y ella pensó que quizá se había dormido.

—Jura —dijo él suavemente.

—Sí —dijo ella, en el mismo tono de voz.

—¿Alguna vez tienes dudas acerca de ti misma? ¿Te sucede que *sabes* que estás en lo cierto, pero íntimamente abrigas una duda?

—Sí —dijo ella—. Me ha ocurrido.

Él no dijo nada más y, después de unos minutos, ella escuchó su respiración lenta y acompasada. Se había dormido. Durante largo rato, estuvo pensando intrigada qué habría querido decir, pero no halló la respuesta.

A la mañana siguiente, los iriales despertaron muy temprano. Deseaban ver a amigos y parientes a los que no habían visto en mucho tiempo y deseaban conocer a ese inglés que decía ser su rey.

Jura contempló a Rowan cuando pasaba entre la multitud, y vio cómo se iluminaban los rostros de la gente cuando él les hablaba en su propio idioma. No se parecía al hombre malhumorado que ella conocía, sino un hombre inteligente, sereno, que sabía imponer su presencia.

—Es endemoniadamente lisonjero —dijo Geralt a Jura—. Cuida de no perder la cabeza. Alguien deberá mantener la sensatez cuando este loco nos lleve a la guerra.

Jura bebía sidra caliente.

—No desea la guerra sino la paz.

—Una cosa es lo que se desea y otra la que se obtiene. Si entramos en territorio vatell, prepárate para luchar. Brita se alegrará de poder matarlo, ya que su padre mató a su esposo.

—Quizá también Brita esté harta de guerra —dijo Jura—. Quizá desee ver nuevamente a su hijo.

Geralt estaba estupefacto.

—¿Estás traicionando a tu país por ese inglés?

—No, por supuesto que no. Jamás podrá unir a las tribus, pero hay que dejarle que lo intente. ¿Quién lo apoyará? Quiere que los iriales y los vatell se casen entre ellos. ¿Qué irial consentirá? Lo detendrán antes de comenzar.

Xante, que estaba cerca de ellos y había oído la conversación, dijo a Jura:

—Míralo. La gente que lo rodea lo mira con adoración. Lo apoyarán. Silencio. Va a hablar.

Jura contempló a Rowan con interés cuando él trepó a una banqueta y comenzó a hablar. Durante toda la mañana había oído comentarios sobre las puertas de Saint Helen; sabían que Rowan las había abierto. Pero también vio expresiones escépticas en sus rostros. No aceptarían a este hombre sólo en virtud de una antigua leyenda.

La voz de Rowan y su lanconiano perfectamente pronunciado ejercieron un efecto hipnótico sobre la gente. Se hizo un gran silencio para escucharlo. Nadie tosía, ni se movía; hasta los niños callaban.

Rowan habló de un país en el que reinara la paz y la tranquilidad, donde hombres y mujeres pudiesen galopar grandes distancias sin temor a ser atacados por otras tribus. Habló de construir buenos caminos. Del intercambio entre las tribus. Los iriales podrían cambiar sus telas tejidas por las joyas de los vatell o los caballos de los fearen. Habló de poner fin a la muerte de hombres jóvenes, invasores que robaban a otras tribus. Describió elocuentemente a los iriales viajando seguros por los territorios de los vatell y los fearen, hasta llegar a las tierras de los poilen, que podrían transmitirles sus vastos conocimientos sobre hierbas y medicina. Algunas personas se emocionaron hasta las lágrimas cuando mencionó las muertes que hubieran podido evitarse si hubieran contado con las medicinas de los poilen.

—Nos *apoderaremos* de las medicinas de los poilen —dijo Geralt, pero calló al ver que la gente lo miraba con disgusto.

Rowan dijo que la única manera de llevar a cabo esos planes era logrando la unidad de las tribus.

—Lucharemos —dijo Geralt.

La gente lo siseó y miró luego a Rowan, que aguardaba a que se hiciera nuevamente el silencio.

—Los lanconianos deben unirse —dijo Rowan suavemente y todos se inclinaron hacia adelante para oír sus palabras.

Explicó sus planes de unir a las tribus a través de los matrimonios y, antes de que nadie pudiera hacer preguntas, pidió voluntarios: hombres y mujeres jóvenes y valientes, dispuestos no a morir sino a vivir por su tribu. Sonrió y preguntó quiénes eran las almas nobles, dispuestas a sacrificarlo todo para casarse con esos altos, hermosos, jóvenes y sanos vatell.

Jura y Geralt fueron prácticamente arrollados por la estampida de jóvenes que corrieron para ofrecerse. Jura estaba anonadada por el poder de persuasión de Rowan.

Geralt, en cambio, se adelantó para colocarse frente a la multitud.

—¿Enviarán a sus hijos a la muerte? —gritó—. Este inglés no conoce nuestros hábitos. Los conducirá a la muerte. Los vatell destruirán a los iriales.

Jura vio con horror cómo los tres caballeros de Rowan atacaban y hacían caer a Geralt al suelo. Jura reaccionó de inmediato, como Xante y otros dos guardianes.

Jura tomó a Neile de los cabellos y apuntó con su cuchillo a la garganta del joven.

—Suéltalo —dijo, apretando el cuchillo contra su piel hasta que un hilo de sangre corrió por su cuello. Neile soltó a Geralt y se incorporó. El otro caballero también soltó a Geralt.

La multitud los contemplaba.

Furioso, Rowan bajó de la banqueta y dijo a Jura. —Suéltalo.

—Atacó a mi hermano —dijo Jura—. Debería cortarle el cuello.

Neile, abatido por una mujer, estaba demasiado humillado y no dijo nada.

Watelin obligó a Xante a quitarle las manos de encima.

—Sus palabras fueron las de un traidor.

Rowan tomó el antebrazo de Jura y la obligó a liberar a Neile. Luego la llevó hacia un rincón donde pudieran hablar en privado.

—¿Por qué? —preguntó—. ¿Por qué arruinaste mi discurso? La gente me escuchaba. Eres mi mujer, deberías apoyarme, y sin embargo, me creas dificultades.

—¿Yo? —dijo ella—. *Tus* hombres atacaron a mi hermano. ¿Acaso podía yo permanecer indiferente y permitir que le hicieran daño?

—Soy tu rey. El que me ataca es un traidor —dijo él con paciencia.

—¿Traidor? —dijo ella, asombrada—. En Lanconia es necesario *ganarse* el derecho al trono. Thal te designó su sucesor, pero podemos destronarte. No somos como tus estúpidos ingleses que aceptan al hijo del rey aunque sea un idiota. Geralt tiene derecho a opinar, como *cualquier* otro hombre, pero más aún, ya que es tan hijo de Thal como tú. Además, estaba en lo cierto.

—Los iriales están dispuestos a seguirme —dijo Rowan—. ¿Es que tú y tu hermano no deseáis que tenga éxito? ¿Es eso? Si fracaso y no logro unir las tribus, tal vez el pueblo desee que tu belicoso hermano ocupe el trono. ¿Por eso labran mi ruina?

—Eres un tonto ostentoso y represor —gritó ella—. Todos desean que tengas éxito, pero quienes vivimos aquí sabemos que no puede hacerse. Los iriales te escuchan y tú pronuncias bellos discursos. Hasta yo hubiera deseado casarme con un vatell al oírte, pero si te presentas ante Brita con esos jóvenes, ella se frotará las manos y los matará a todos. Le encantaría debilitar a los iriales y quitarles sus tierras. Necesita nuestras cosechas.

—Entonces iré solo a verla —dijo Rowan—. Hablaré con Brita a solas.

—Y ella te convertirá en su rehén y deberemos pagar un rescate muy alto por ti.

Rowan se inclinó hacia adelante. Su rostros estaban muy juntos.

—Entonces no pagues el rescate. Si me toman cautivo, considera que no he ganado el derecho al trono.

—¡Y permitir que un vatell retenga a *nuestro* rey? —gritó Jura—. Los destruiremos por habernos ofendido. Les...

Se interrumpió porque Rowan la besó. No encontró mejor manera de hacerla callar, y ella le devolvió el beso con toda la pasión contenida en su ira.

Él la tomó de la nuca y la besó profunda y apasionadamente.

—No luches en contra de mí, Jura —dijo a su oído—. Sé mi esposa. Apóyame.

Ella se apartó de él.

—Si ser tu esposa significa contemplar pasivamente cómo llevas a mi gente a la muerte, prefiero morir.

Rowan se irguió.

—Mi padre me encomendó una tarea y debo llevarla a cabo. Puede que tú creas que la guerra es el único medio para resolver este problema, pero existen otros. Sólo ruego que estos iriales tengan un mejor matrimonio que el mío. —Se volvió para marcharse.

—No —dijo ella, tomándolo del brazo—. Te lo ruego, no lo hagas. La gente confía en ti. Vi cómo te miraban y sé que te seguirán. No los conduzcas a la muerte.

—Sólo deseo que me ruegues una cosa. Fuera de eso, eres mi mujer. Debes consolarme cuando vuelvo de las batallas, ocuparte de mi alimento y quizás, algún día, darme hijos. No gobernaré de acuerdo con el consejo de una mujer. —Se marchó.

Jura permaneció allí durante unos instantes y trató de serenarse. Alguien debía detener a ese hombre. Sabía que la gente lo seguiría, pues habían reaccionado ante él tal como lo hiciera ella, aquel primer día junto al río. Entonces, ella lo hubiera seguido si él se lo hubiese pedido, pero ahora estaba lúcida y no se dejaba cegar por su belleza.

Debía hacer algo para impedir que él siguiese adelante con sus planes. Se dispuso a marcharse pero alguien interceptó su paso.

—Cilean —dijo ella, incrédula.

—Sí —dijo Cilean—. ¿Podemos hablar?

Jura oyó el ruido de la multitud y deseó con impaciencia unirse a ella. Quizá pudiera impedir que siguieran a Rowan.

—¿Aún lo odias? —preguntó Cilean.

Jura estaba enfurecida.

—Creí que pensabas que lo deseaba para mí y que había traicionado a mi amiga para obtenerlo.

—Estaba equivocada —dijo Cilean—. Estaba celosa.

Su tono de voz tranquilizó a Jura.

—¿Celosa? ¿Lo amas?

—Sí —dijo Cilean—. Lo he amado desde que lo vi por primera vez. Tiene buen corazón, Jura. Es generoso y considerado y está dispuesto a arriesgarlo todo para unir a las tribus. Sabe que pueden matarlo.

—Y a permitir que maten a varios centenares de iriales —dijo Jura—. Cuando Brita los ataque, sus nobles propósitos no les salvarán la vida.

—Quizás ella no lo haga. Quizá Dios ayudará al rey Rowan como lo hizo cuando abrió las puertas de la ciudad.

—¿Qué? —dijo Jura—. Dios no protege a los malos gobernantes. Los mata y mata a sus seguidores. Cilean, no es posible que estés tan obnubilada. No puedes creer que Brita vaya a permitir que trescientos iriales crucen sus fronteras y que les dé la bienvenida... excepto con flechas.

—Iré con él —dijo Cilean—. Oí que te decía que iría solo. Iré con él. Sabes que fui cautiva de los vatell durante tres años y conozco la manera de llegar hasta la ciudad de Brita a través del bosque.

—Te matarán —murmuró Jura.

—Es un riesgo que debo correr, porque él está en lo cierto. Y además, tratará de hacerlo vaya yo con él o no. Deberías haberlo visto durante el viaje a Escalon. Se acercó a esos tres jóvenes zernas, como si Dios lo hubiera cubierto con una capa protectora. Y enfrentó a Brocain sin custodia y le exigió que le entregara a su hijo mayor. Y Brocain le *obedeció*. Jura, debiste verlo.

Jura meneó la cabeza.

—Lo veo a diario y veo que no trata de aprender nuestras costumbres, pero trata de imponernos las suyas.

—No es verdad. Sabe nuestro idioma, conoce nuestra historia. Se viste como nosotros y...

—Viste las ropas que mi madre cosió para Thal.

Cilean se acercó a Jura.

—Jura, por favor, escúchame. Dale una oportunidad. Quizás *pueda* unir a las tribus. Piénsalo. Piensa en lo hermoso que sería poder viajar sin custodia. Él sugiere que, en lugar de robar, establezcamos un intercambio comercial. —Bajó la voz—. Y piensa que podríamos comerciar con otros países. Podríamos vestir ropas de seda, como su hermana Lora.

—Esa...

—Jura, por favor —rogó Cilean.

—¿Qué puedo hacer para ayudarlo? Puede bailar con Brita si lo desea. Pero no quiero que lleve a mi gente a la muerte.

—Ven con nosotros.

—¿Qué? —gritó Jura—. ¿Deseas que me entrometa en asuntos ajenos y que sacrifique mi vida por el sueño de un inglés loco que ni siquiera me agrada?

—Sí —dijo Cilean—. Es nuestra única oportunidad. Si logramos que Brita hable a solas con él, creo que ella lo escuchará. Creo que él es capaz de persuadir a cualquiera.

Jura se apoyó contra el muro de piedra. Si lo acompañaba, seguramente moriría. Nadie podía ir a la ciudad de Brita para apresar a la reina vatell; sería capturado y torturado.

Pero, ¿y si tenían éxito? ¿Si el destino permitía que convencieran a Brita para que escuchase a ese rey tan persuasivo? ¿Podría Rowan convencerla para que enviase a sus jóvenes hombres y mujeres a casarse con los iriales?

—Piensa qué fuertes seríamos —dijo Cilean—. Si uniésemos tan sólo a los iriales y los vatell, seríamos mucho más fuertes que cualquier otra tribu.

—No se lo digas a Geralt —dijo Jura, con la sensación de que estaba siendo desleal a su hermano—. ¿Has hablado con el inglés? ¿Quiénes irían, además de nosotros tres?

—Daire, naturalmente —dijo Cilean—. Brita no ha visto a su hijo desde que era un niño. No le hará daño.

—A menos que considere que es más irial que vatell. ¿Quién más?

—Creo que es suficiente —dijo Cilean—. No queremos ser muchos. Si somos pocos, todo será más tranquilo. Bien, ¿se lo decimos a Rowan? Siempre que podamos alejarlo de las mujeres, claro está. Quizá sea mejor que no esté casada con él; los celos me enloquecerían.

Jura miró a Rowan. El sol hacía brillar sus cabellos. Estaba rodeado por jóvenes bonitas que, aparentemente, no podían resistir la tentación de tocar a ese rey rubio. Rowan tenía ese aspecto inocente que adoptan los hombres cuando desean parecer indefensos para lograr cuanto desean de una mujer.

—¿Celosa de un hato de chiquillas tontas? —murmuró Jura por lo bajo—. Hace falta más que eso para despertar mis celos. Ven, le diremos cuál es nuestro plan (nuestro último plan sobre la tierra) antes de que comience a hablar nuevamente y persuada a cientos de madres para que abandonen a sus hijos y lo acompañen.

La mirada de Rowan se tornó oscura.

—La tierra se abrirá y devolverá a los muertos —dijo en voz baja—. Lloverá sangre del cielo. Los árboles se secarán y se tornarán negros. Las piedras se convertirán en blandos panes antes de que yo entre a hurtadillas en el campamento de Brita, acompañado por dos mujeres y el ex amante de mi esposa.

Jura miró a Cilean como diciendo «Te lo advertí.»

—Rowan, por favor —dijo Cilean—, escúchame. Conozco el camino del bosque. Daire es el hijo de Brita y Jura es fuerte y ágil y...

—Una mujer —gritó él. Se hallaban en el interior de la casa de la tía de Jura, alejados de los curiosos—. ¿Es que vosotros los lanconianos no sabéis qué diferencia hay entre hombres y mujeres? Una *mujer* no puede combatir.

—Fui muy eficiente cuando combatí por ti —dijo Jura.

—Mide tus palabras —dijo él y luego miró nuevamente a Cilean—. Llevaré a mis propios hombres. Los conozco y sé que me obedecerán. Nos trazarás un mapa. Daire puede acompañarnos, siempre que no me ataque a traición.

—¿Acusas a Daire de...? —dijo Jura, pero Cilean la interrumpió.

—No trazaré ningún mapa. Lo que sé está en mi mente. La única oportunidad que tienes de que Brita te escuche es que se reúna contigo en secreto. Sólo yo puedo llevarte hasta ella. Daire irá porque ella es su madre.

—Pero mi mujer permanecerá aquí —dijo Rowan rotundamente.

—No —dijo Cilean—. Jura irá conmigo. Así como tú trabajas bien con tus hombres, Jura y yo trabajamos bien juntas.

Jura, que estaba sentada en una banqueta, apoyó la espalda contra el muro. Sabía quién ganaría la discusión. Cilean poseía algo que Rowan necesitaba y Cilean no estaba dispuesta a dárselo gratuitamente.

9

Jura durmió en la alcoba, pero su sueño fue inquieto, pues esperaba que se abriera la puerta y apareciera Rowan, pero no fue así. Una hora antes de que amaneciera se levantó y salió de la casa de puntillas. Ya estaba enfadada. El inglés podía no dormir con ella por las extrañas razones que adujera, pero lo mataría si la humillaba tocando a otra mujer.

Había gente durmiendo por todas partes, pero no halló a Rowan. Despertó a Cilean y ambas lo buscaron.

El sol ya había salido cuando las dos mujeres volvieron a reunirse. Cilean dijo que no lo había hallado. Jura frunció el ceño y fue en busca de Montgomery, el escudero de Rowan. El joven alto y de cabellos oscuros estaba trenzando las crines del caballo de Rowan.

—¿Dónde está? —preguntó Jura.

Montgomery la miró, sorprendido.

—¿El rey no está con vos?

Jura comenzó a sospechar.

—¿Cuándo lo viste por última vez?

—Antes de acostarme. Bostezó y dijo que debía hacer un largo viaje y creí... —El joven se interrumpió, avergonzado.

—¿Dónde está su caballo ruano?

—Está... —Montgomery calló.— Creí que estaba allá. —Miró a Jura—. Si alguien lo ha hecho prisionero, estoy dispuesto a pelear por mi señor.

Jura suspiró.

—El tonto se ha marchado solo, rumbo a la tierra de los vatell. Sé que es así.

Montgomery la miró con furia.
—Mi señor no es un tonto.
Jura no le prestó atención.
—Deberá demostrar lo contrario. Esto debe mantenerse en secreto. Si la gente se entera de que ha ido solo a territorio enemigo, irán tras él. Debemos decir que... fue a cazar. Sí, y debes ir con él. No iría sin su escudero.
—No puedo mentir —dijo Montgomery rígidamente.
Jura gruñó.
—No comiences nuevamente con tus exhibiciones de honor caballeresco. Maldición, puedes mentir cuando se trata de evitar una *guerra*. Necesito cuatro días. Si no regresa conmigo dentro de cuatro días, no será necesario enviar a nadie por nosotros. ¿Puedes hacerlo, muchacho? ¿Eres lo suficientemente hombre?
—¿Para mentir? —preguntó Montgomery.
—Para asumir una responsabilidad. Deberás luchar contra esos engreídos caballeros de él y no sé si podrás.
—Puedo hacer cuanto sea necesario.
—Bien —dijo Jura—. Nadie debe saber nada. Ensilla mi caballo. Yo iré a recoger una bolsa de comida. Aguarda. Di a los demás que he ido con Rowan para estar a solas con él. Que me puse celosa por todas las mujeres que lo asediaron ayer y que él me llevó consigo para tranquilizarme. Te servirá de excusa para permanecer aquí y para que nadie salga en su busca. —Jura era de la misma estatura que el joven y, aunque se sentía mucho mayor que él, sólo le llevaba dos años; él tenía esos rasgos morenos y atractivos que a ella le agradaban tanto. Tomó el mentón de él con sus dedos—. Y no será una mentira tan grande. Tu señor y yo estaremos juntos y no sabrás dónde.
Montgomery no tenía la sensación de que Jura era mayor que él y, ante el asombro de ella, tomó sus dedos y los besó.
—Mi señor es un hombre afortunado.
Jura, un tanto confundida, apartó su mano.
—Debes comportarte bien con mis iriales —dijo—. No deseo que dentro de nueve meses haya por aquí niños medio ingleses. Ahora ve y ensilla mi caballo.
Montgomery le sonrió y Jura se alejó de las caballerizas.

—¡Muchacho insolente! —murmuró.

El primer problema que debió afrontar Jura fue la discusión con Cilean, que deseaba acompañarla. Jura perdió minutos valiosos explicándole que la ausencia de Cilean no se podría justificar.

—Debo ir sola. Trázame un mapa lo antes posible para que pueda marcharme de inmediato.

Cilean lo hizo, protestando constantemente.

—¿Cómo lograrás encontrarlo? Ha salido varias horas antes que tú.

—Pensaré como lo haría un inglés rubio. ¿Crees que llevará su cota de malla y portará un estandarte inglés? Oh, Cilean, ruega por mí. Si lo matan, estallará la guerra. Después de su meloso discurso de ayer, los iriales honrarán su memoria.

—He aquí el mapa —dijo Cilean y dio un fuerte abrazo a Jura—. Lamento haber dudado de ti. Ve y encuentra a este errante rey nuestro y tráelo contigo de regreso. —Se apartó de Jura—. ¿Cómo te vestirás?

Jura sonrió.

—Como una ulten. Eso mantendrá alejada a la gente. Mi tía posee ropas de los ulten; las tomaré.

Cilean besó la mejilla de su amiga.

—Ve con Dios y regresa pronto.

Jura se introdujo cautelosamente en territorio vatell. El atuendo viejo y gastado de los ulten que llevaba hedía de tal forma que su caballo se había espantado al olerlo. Jura no lo culpaba, porque ella apenas podía soportarlo. Había tomado un vestido desteñido de la casa de su tía; luego lo había sumergido en el estiércol de los cerdos y espolvoreado con cenizas para que adquiriese el aroma y el color propios de un vestido ulten. Jura comprendió por qué los ulten constituían la única tribu a la que se permitía vagar libremente. Nadie codiciaba nada que perteneciera a un ulten, aunque a menudo se los ajusticiaba por minucias.

Debajo de la sucia prenda de vestir, Jura llevaba el uniforme verde de los guardianes y un arsenal de armas.

Galopó hacia el oeste, tomando los senderos angostos, no frecuentados por los carromatos ni por grandes grupos de personas. Cuando llegaba a las míseras chozas y las paupérrimas huertas, mendigaba comida y agua. Después de un día de viaje, comprendió por qué Brita atacaba las tierras más fértiles del sur, pertenecientes a los iriales.

Por la noche llegó a una casa pública. En el interior de la casucha ardían las velas; y Jura oyó risas roncas y espadas que se entrechocaban. Si había una riña, seguramente allí estaría su marido inglés. Sólo rogaba haber llegado a tiempo para salvarlo.

Entró, pero nadie le prestó atención, pues todos observaban a dos guardianes vatell que simulaban atacarse con espadones. Jura se sintió algo tonta, pero se cubrió el rostro con la sucia capucha y se sentó en una silla vacía. Todos los que estaban sentados a la mesa la miraron de inmediato, horrorizados por el olor que despedía. Luego se alejaron de ella. Una mujer muy delgada le preguntó qué deseaba beber, pidiéndole a cambio una cuenta de cobre.

Jura miró a su alrededor, pero no vio al inglés rubio. Contra los muros se hallaban varios vatell, casi tan sucios como ella.

Jura bebió la cerveza. Cuando concluyó la riña, los hombres intercambiaron mercancías, ropas y animales para pagar o cobrar sus apuestas.

—¿Qué olor es ese? —preguntó un hombre ebrio.

Jura dejó su jarro de cerveza y se apresuró a salir de allí cuanto antes, pero alguien puso una pesada mano sobre su hombro.

—Es un joven ulten —gritó otra voz—. Le daremos una lección.

Cuando Jura trató de marcharse, una mano tomó su capucha y su rostro quedó descubierto.

—Oh, —dijo uno—. Una muchacha.

—Y muy hermosa.

—Le daremos otra clase de lección —dijo un hombre, riendo.

Debajo de sus ropas, Jura tenía un cuchillo en cada mano. Los hombres, que eran alrededor de veinte, se acercaron a ella.

—Bueno, bueno —dijo una profunda voz que provenía del fondo de la taberna. Hablaba lanconiano con un acento que Jura no conocía y que sonaba muy campesino. Un hombre encorvado y fornido, de cabellos negros y grasientos y un parche sobre un ojo, vestido con harapos, se adelantó—. No hagáis daño a mi hija —dijo, acercándose a Jura.

Instintivamente, ella se apartó de él.

—Sígueme o te matarán —dijo el hombre a su oído y Jura reconoció la voz de Rowan.

Estaba tan perpleja que lo siguió sin vacilar y los hombres, ebrios y saciados de diversión, permitieron que Jura fuera detrás del anciano. Ambos salieron de la taberna.

—¡Tú! —exclamó Jura cuando estuvieron fuera—. He venido para llevarte de regreso sano y salvo.

—¡Sano y salvo! —replicó Rowan despectivamente—. ¿Qué sabes tú de eso? Acabo de poner a salvo tu virtud y quizá tu vida.

—Pude haberme protegido a mí misma.

Rowan dijo:

—¿Tienes un caballo? Debemos alejarnos de aquí lo antes posible. ¿O lo dejaste donde estos vándalos pudieran verlo? Dios mío, qué mal hueles.

—Mi caballo está oculto.

—Bien, entonces móntate y galopa durante una hora hacia el noroeste. Luego detente. Me reuniré allí contigo.

—No puedes volver a entrar allí. Debes regresar a la tierra de los iriales y...

—Vete —ordenó él—. Alguien se acerca y aún no he concluido lo que debo hacer allí.

Jura se deslizó en la oscuridad, montó sobre su caballo y comenzó a galopar. No hubiera deseado dejar a Rowan allí, pero íntimamente sabía que había experimentado mucho temor cuando los hombres la tocaron. También estaba sorprendida ante el disfraz de Rowan y la forma en que se había confundido con la multitud. Después de una hora llegó a un recodo del río y supo que ese era el lugar en que se reuniría con Rowan.

Dio de comer a su caballo y lo ató a un arbusto. Luego se quitó el maloliente atuendo ulten, trepó a un árbol y aguardó a

Rowan. No tardó en llegar. Ella vio cómo se apeaba del caballo. Luego, inmóvil, miró a su alrededor. Se volvió y miró hacia la copa del árbol, pero Jura sabía que no podía verla.

—Baja —dijo él.

Jura descendió por una rama y cayó frente a él.

El parche que había llevado sobre el ojo estaba sobre su frente.

—Y bien, ¿qué haces aquí?

—Te lo he dicho. He venido para llevarte de regreso.

—¿Tú? ¿Llevarme a mí? Mañana por la mañana regresarás a la tierra de los iriales.

—¿Y qué planeas hacer tú?

—Hallar a Brita y hablar con ella.

—¿Y cómo piensas hallarla? —preguntó Jura.

—Si esta noche no te hubieras entrometido, quizás hubiera averiguado dónde está. Esos dos guardianes estaban muy ebrios y hubiera podido convencerlos para que me lo dijeran, pero debí marcharme para salvarte. Aún hueles mal, a pesar de no llevar esa ropa que tenías puesta.

Jura se apoyó contra el árbol y comenzó a quitarse las botas.

—Si los iriales supieran que has venido solo a la tierra de los vatell, hubieran atacado.

—¿Qué haces?

—Me desvisto. Tomaré un baño. Tu misión solitaria pudo haber desencadenado una guerra. —Se quitó los pantalones.

Rowan la miró, atónito.

—No deseaba discutir —dijo con voz tensa—. Hice lo que debía hacer. Oh, Dios —añadió cuando Jura concluyó de desvestirse y permaneció desnuda a la luz de la luna. Parecía una escultura—. Jura, me haces sufrir —murmuró él, apoyándose contra el árbol.

—Soy tu mujer —dijo ella suavemente. Luego levantó la cabeza—. Alguien viene hacia aquí —dijo, refugiándose en los brazos de Rowan—. Ocúltame.

Rowan, embelesado, no la envolvió en su capa como debió hacerlo. Permaneció allí de pie, con su cuerpo apretado contra el de Jura, apoyando sus manos sobre la espalda de ella.

Ella esperó que él la besara, pero no lo hizo. Jura rozó sus labios contra los de él. Fue suficiente. Las manos de Rowan comenzaron a acariciar todo su cuerpo febrilmente y sus labios la besaron con pasión. La besó, la acarició y a Jura le pareció maravilloso. Era hermoso sentirse femenina, deseada, adorada, perseguida. Ella devolvió sus besos apasionadamente.

—Ruégame, Jura —dijo él, implorante.

Ella no lo oyó.

—Por favor, ruégame —repitió él.

Jura lo apartó de sí. Rowan estaba loco de deseo.

—Una irial no ruega jamás —dijo y lo escupió. Se volvió y fue hacia el río. El agua refrescó su piel ardiente. Lo maldijo. ¿Qué clase de animal era para regodearse con los ruegos de una mujer? Deberían encerrarlo... y ¡Thal había creído que era apto para reinar!

Cuando salió del río, se secó y se vistió. Rowan había encendido un pequeño fuego y, sobre él, se asaban dos liebres.

—Cenaré —dijo él.

—¿Y qué debo hacer para ganarme mi cena? ¿Ponerme de rodillas y rogar? ¿O sólo se ruega en la cama? Quizá para recibir alimento deba rebuznar como un asno. Perdóname, pero desconozco las reglas inglesas que rigen el comportamiento matrimonial.

—Jura —dijo él—, por favor, no seas mordaz. Soy un caballero. Hice un juramento, un juramento estúpido que se ha convertido en mi castigo, pero juré ante Dios y debo cumplirlo. Si tan sólo...

—¿A dónde piensas ir mañana? —preguntó ella. No deseaba hablar sobre lo mal que la hacía sentir: durante momentos deseable y luego rechazada desdeñosamente.

—*Tú* regresarás junto a los iriales. *Yo* iré en busca de Brita.

Ella sonrió maliciosamente.

—Yo tengo el mapa. No, aunque te atrevas a registrarme, no lo encontrarás. Lo he aprendido de memoria. Iré contigo. *Ambos* hallaremos a Brita y *ambos* hablaremos con ella.

—¿Por qué no me casé con una dulce y tierna mujer inglesa? —farfulló Rowan—. Toma. —Le arrojó una pata de liebre.

—¿No has hecho juramentos sagrados respecto a las patas de liebre?

—Sólo respecto a las arpías —dijo él—. Ahora, come. Luego dormiremos y mañana partiremos temprano. Debemos recorrer muchos kilómetros.

—Quizá —dijo Jura y sonrió dulcemente. Rowan la miraba con furia.

Ella durmió bien esa noche, pero Rowan se levantó en dos ocasiones, despertándola.

—Despierta antes del amanecer —dijo él y le arrojó el hediondo vestido ulten—. Eso hará disminuir mi interés por ti. —Le dio pan y queso—. Prepárate para cabalgar.

—Sí, señor mío —dijo ella burlonamente.

Marcharon durante dos horas, hasta que Jura dijo que se detuvieran y tomaran un estrecho sendero que penetraba en el bosque. Era un camino para peatones por lo que en dos ocasiones, Rowan debió cortar ramas de árboles para que pasaran los caballos.

Al mediodía hicieron un alto para comer pasteles de carne fría que había llevado Jura.

—Deberíamos cambiarnos de ropa —dijo ella. Miró el cabello grasiento de Rowan—. Una ulten y un... sea lo que fueres, son aceptables individualmente, pero hacemos una pareja poco atractiva. No debemos acercarnos a la ciudad de Brita con estas ropas.

—¿Qué sugieres?

—A dieciséis kilómetros de aquí está la mansión de un pariente de Brita muy acaudalado. Quizá podamos tomar algunas ropas de ese hombre y su esposa.

Jura miró a Rowan y se sorprendió a sí misma pensando que parecía menos atractivo con sus cabellos artificialmente oscuros. Rowan tenía el ceño fruncido y Jura se preguntó si estaría molesto por verse obligado a seguir los planes urdidos por una mujer.

—Sería necesario saber dónde se encuentran las ropas y no creo que sea fácil entrar y salir de la casa. Debes jurarme que luego regresarás de inmediato a tierra irial.

—No formulo juramentos con la misma facilidad que tú. Cilean visitó esta casa en varias oportunidades cuando fue cautiva de los vatell y sé cómo es. Me seguirás y...

—No te seguiré —dijo él—. Tú permanecerás oculta en el bosque hasta que yo regrese.

—Ya veremos —dijo Jura, sonriendo.

La gran mansión de piedra se perfilaba a la luz de la luna y sólo se oían los movimientos de los caballos y el sonido metálico de la espada de un guardián vatell.

Rowan y Jura se apoyaron contra el muro y aguardaron. Cuando el guardián se alejó, Jura hizo una señal a Rowan para que fuera detrás de ella, hacia una puerta de madera, por la que se entraba en la despensa. Colgados, se veían patos, gansos y trozos de carne de venado. Además, había pasteles de pollo y carne, preparados para la comida del día siguiente. Jura abrió cautelosamente la puerta y se introdujo en un estrecho vestíbulo, en cuyo extremo había luz y se oían voces. Jura fue hacia allí, pero Rowan la hizo retroceder. Señaló una empinada y oscura escalera circular de piedra que había a pocos metros. Rowan desenvainó su espada y se dirigió hacia ella.

En la planta alta hallaron fácilmente la alcoba de los dueños de casa. Cuando pasó junto a ellos una criada, se ocultaron entre las sombras. Luego se introdujeron en la habitación y fueron hacia una gran cómoda adosada al muro.

Los vatell se vestían de forma similar a los iriales, con botas atadas con lazos y una pesada túnica que llegaba hasta las rodillas. Rowan sacó de la cómoda una túnica azul de lana liviana.

—No —murmuró Jura—. Hará resaltar el azul de tus ojos. De por sí son muy llamativos.

—Oh —dijo Rowan con interés, volviéndose para mirarla. Estaban muy juntos—. No sabía que te habías fijado en el color de mis ojos.

—Lo he hecho, ocasionalmente —murmuró ella.

Parecía a punto de besarla, pero en ese momento se abrió la puerta. Rápida como un rayo, Jura saltó dentro de la gran cómoda y Rowan la siguió, cerrando la tapa sobre sus cabezas. Estaban comprimidos uno junto a otro, transmitiéndose mutuamente el calor de sus cuerpos y también, lamentablemente, sintiendo el roce metálico de sus armas. Algo presionaba las costillas de Jura; estaba segura de que se trataba del hacha de Rowan. No se atrevió a moverse por temor a ser descubierta.

Permaneció inmóvil escuchando los pasos que se oían en la habitación. Pensó que debía tratarse de una criada. Cuando esta se acercó, Jura se preparó para atacar.

Cuando la criada levantó la tapa de la enorme cómoda de roble salieron dos personas de aspecto feroz que se abalanzaron sobre ella.

Muy sosegadamente, la mujer se desmayó.

Rowan y Jura, que estaban dispuestos a la lucha, miraron a la pequeña mujer tendida a sus pies y se echaron a reír. Era la primera vez que reían juntos.

Sonriendo, Jura comenzó a tomar ropa de la cómoda.

—Ten, llevaremos estas y será mejor que la atemos y la pongamos en el interior de la cómoda. Eso nos dará tiempo para huir.

Envolvieron a la criada en uno de los vestidos de la dueña de la casa, colocaron una media dentro de su boca y Rowan la colocó cuidadosamente dentro de la cómoda. En ese momento, la criada abrió los ojos y lo miró, asustada.

—No te preocupes, encanto —dijo él—. Hay bastante aire allí dentro y pronto vendrán a rescatarte. Seguramente extrañarán a una mujer tan bonita como tú. Descansa; estarás bien. —Se inclinó y besó su frente... Jura estuvo a punto de dejar caer la tapa sobre su cabeza. Rowan sacó los dedos a tiempo.

—Lo lamento —dijo ella—. Se resbaló. ¿Estás listo para marcharte o intentas permanecer aquí y convertirte en criado?

—Estoy listo —dijo él, sonriendo—. Seguramente, tú me conducirás.

—Debe hacerlo el más capaz —dijo ella dirigiéndose hacia la puerta.

Llegaron a la despensa sin inconvenientes; Rowan se apoderó de dos pasteles antes de salir. Estaba eufórico después del pequeño ataque de celos de Jura. Casi había perdido la esperanza de que alguna vez se interesara por él.

Pasaron junto a los guardianes sin ser vistos y corrieron, agazapados, hasta el bosque. Montaron sobre sus caballos y salieron al galope. Después de una hora de marcha, Rowan se internó en el bosque, conduciendo su caballo hasta una espesura. Se ocultaron allí y aguardaron en silencio. Poco después oyeron que pasaban muchos hombres a caballo.

Cuando desaparecieron, Rowan hizo una señal a Jura para que lo siguiera y treparon por el empinado terraplén hacia la cima de la colina.

—Podemos dormir aquí —dijo Rowan, extendiendo las mantas que llevaba sobre su caballo.

Antes de acostarse, se pusieron las ropas de los vatell, puesto que los jinetes estarían buscando a una ulten y a un mendigo.

—Mañana deberás lavarte —dijo Rowan, mirando las estrellas— o pensarán que eres ulten por el olor.

—Quizá debiste traer contigo a esa criada y dejarme a mí. *Ella* era bonita y olía bien.

Rowan sonrió en la oscuridad.

—Jura, no existe mujer más bonita que tú y, aunque huelas mal, eres más dulce que cien princesas juntas.

Jura abrió los ojos, atónita. No sabía por qué se había enfurecido tanto cuando Rowan elogió a la atemorizada criada, ni por qué había reaccionado como una chiquilla, pero era sorprendente que las palabras de él le resultaran tan agradables. Daire la elogiaba cuando ella arrojaba doce flechas y daba en el blanco. Geralt y Thal jamás le habían dicho un piropo. Muchos hombres le habían dicho que era bonita, pero no lo habían hecho de esa manera. Si lo hubieran hecho, ella los habría amenazado con su cuchillo. Pero esa noche las palabras de Rowan le agradaron. Deseaba continuar oyéndolas.

—Lo... lo hiciste muy bien esta noche —dijo ella con vacilación—. Y lograste entrar en territorio vatell sin ser reconocido. Fue una buena idea teñirte los cabellos.

—¿Creíste que no podría hacerlo? —dijo él secamente. Muy femenino, pensó, uno la elogia y ella te insulta. Se volvió de espaldas a ella. Ya estaba harto de que ella insinuara que era un incompetente. Era una mujer frustrante—. Mañana regresarás con los iriales.

Jura hizo una mueca y no respondió. Este inglés era muy extraño.

Pero a la mañana siguiente no tuvieron tiempo para discutir. Jura despertó en alerta. Sus sentidos le decían que algo andaba mal. Lentamente, extendió su mano para tocar a Rowan, que dormía a pocos centímetros de ella. Él despertó al instante y vio la alarma en los ojos de Jura.

Ante la consternación de Jura, Rowan se puso de pie y comenzó a gritar.

—Maldita seas, mujer, siempre estás persiguiéndome. No puedo dormir.

Jura vio que, al mismo tiempo, tomaba su espada. Ella tomó también la suya y la apuntó hacia la garganta de él.

—¿Perseguirte? —gritó a su vez—. No vales la pena. He tenido amantes mayores que tú y mucho mejores.

—Te demostraré quién es el mejor —dijo él, abalanzándose sobre ella—. Rueda hacia mi derecha —le dijo Rowan al oído—. Ocúltate en el bosque y aguarda. Sonidos.

Jura rodó hacia su derecha y luego se puso de pie, empuñando la espada firmemente con ambas manos y colocándose detrás de Rowan, tal como le habían enseñado en los entrenamientos.

Dos hombres con aspecto de ladrones se acercaron a Rowan, con cuchillos en las manos. Parecían hambrientos y dispuestos a cometer un crimen para quitarles lo poco que llevaban.

—Soy vuestro rey —dijo Rowan—, dejad caer las armas. Compartiré cuanto tengo con vosotros.

—No les darás *mi* caballo —dijo Jura, mirando a su alrededor por si aparecían más asaltantes.

—¿Rey? —dijo uno de los hombres y luego rió despectivamente antes de atacar a Rowan.

Jura, de espaldas a Rowan oyó el ruido de la lucha y volvió levemente la cabeza para saber cuándo debía intervenir, pero Rowan era muy buen luchador. Jura se sorprendió al comprobar que peleaba como un lanconiano.

Uno de los ladrones cayó al suelo y Rowan avanzó hacia el otro, mientras Jura se mantenía cerca de su espalda. Estaba bien adiestrada y combinaba sus movimientos como si ambos estuvieran danzando. Cuando él se movía, ella también.

Jura oyó que el segundo ladrón se quejaba de dolor pero no volvió la cabeza porque, tal como lo había previsto, apareció un tercer ladrón. Empuñaba una espada y se dirigía hacia ella. Ella rechazó el ataque y comenzó la lucha.

—Corre, Jura, corre —le ordenó Rowan. Ella lo maldijo por tratar de confundirla. Estaba entrenada para obedecer órdenes pero esa orden era equivocada.

Jura peleó con todas sus fuerzas. Ni siquiera vaciló cuando fue herida en el brazo. El hombre, frenético, subía y bajaba su espada y Jura atajaba los golpes con la suya. Luego contraatacó y le obligó a replegarse hacia el bosque, lanzando contra él fuertes estocadas.

Por el rabillo del ojo vio que Rowan, que ya había concluido su propia pelea, se dirigía hacia ella. Luego se detuvo para observar.

Jura acorraló al hombre contra un árbol, lista para atravesarlo con su espada.

—No —dijo Rowan—. Es un lanconiano.

—Es un vatell —dijo Jura, pero vaciló y no lo mató.

—Toma —dijo Rowan, ofreciendo un pastel de carne al hombre—. Toma esto y llévate a tus amigos. Sólo están heridos. Recordad que debéis vuestras vidas al rey. Al rey de todos los lanconianos.

El ladrón miró a Rowan, pensando, como Jura, que estaba loco y que sería mejor alejarse de él lo antes posible. Tomó el pastel y corrió hacia el bosque. Los otros dos hombres se alejaron, gruñendo y cojeando.

El sol comenzaba a asomar. Rowan vio el brazo sangrante de Jura y la llevó hasta una roca. Luego trajo lienzos y agua fresca de sus alforjas. Suavemente, lavó y vendó su brazo. Era una herida superficial.

—Nunca había visto nada igual —dijo él—. Me refiero a la forma en que te mantuviste a mis espaldas. Feilan no me dijo nada sobre las mujeres que protegen la espalda de un hombre.

—Quizá lo dio por sabido. ¿Qué hace una inglesa en ese caso? Si hubieras estado aquí con tu hermana, ¿qué hubiera hecho ella?

—Lora se hubiera ocultado en el bosque, tal como te dije que lo hicieras tú.

—Y el tercer ladrón la hubiera atacado y te hubiera matado por la espalda. Juntos, formamos una columna impenetrable, con ojos que veían hacia todos lados.

Rowan frunció el ceño.

—Lo sé, pero no me agrada. Deberían adiestrar a los hombres para que se protegieran entre sí.

—Los hombres son más fuertes, y a menudo la mujer sólo lo custodia y no pelea. No estaría bien desperdiciar un brazo fuerte sólo para ofrecer protección.

Rowan terminó de vendarla, pero aún tenía el ceño fruncido.

—Te agradezco la protección, pero la próxima vez debes...

Jura lo besó. Su gesto sorprendió a ambos. Él la miró con ansiedad.

—Jura —murmuró.

Ella sabía que él le iba a pedir que le rogara. Enfadada, se puso de pie y fue hacia su caballo.

—Si deseamos llegar hasta donde se encuentra Brita, debemos proseguir el viaje. —Su voz y sus gestos delataban su furia. Enfadada, montó sobre su caballo y emprendió la marcha, sin volverse para comprobar si él la seguía.

Habían llegado a un terreno más elevado. Trepaban las montañas que formaban la frontera norte del territorio lanconiano y el aire era más liviano y fresco. Estaban lejos del sendero indicado por Cilean y tardarían más tiempo en llegar a la ciudad fortificada de Brita.

Rowan galopaba a su lado, pero Jura no lo miraba.

—¿Qué aspecto tiene Brita? —preguntó él.

Jura, levantando el mentón, respondió:

—Nunca la he visto ni he preguntado cómo es su aspecto. Es la madre de Daire, de modo que debe ser vieja. Ha conducido sus ejércitos contra Thal y contra los fearen. Cuando yo era niña, oí decir que incluso atacó a los zernas, de modo que debe estar llena de cicatrices. No creo que sea una belleza, si es eso lo que deseas saber.

—Jura, ¿no podemos...? —comenzó a decir Rowan, pero Jura azuzó su caballo y se apartó de él.

Podía perdonarle muchas actitudes extrañas, porque era inglés, pero no podía perdonarle que hubiera flirteado con una criada y que luego la rechazara a ella. Al mediodía se detuvieron junto a un arroyo y Jura se contempló en las aguas quietas. Nunca se había preocupado por su aspecto; sólo la había preocupado su destreza con las armas, pero había observado las miradas de los hombres y sabía que los atraía. Entonces, ¿por qué su marido inglés la rechazaba? ¿Porque no era rubia como la hermana de él? ¿Sólo le agradaban las mujeres pálidas?

Acamparon al atardecer. No encendieron fuego porque estaban cerca de la ciudad amurallada de Brita.

—Imagino que sería pedirte demasiado que no fueras conmigo mañana —dijo Rowan, arqueando las cejas y mirando a Jura.

—Alguien debe cuidar tus espaldas —dijo ella—. Supuse que mañana entraríamos en la ciudad. Creo que podemos hacerlo sin problemas. Es ventajoso que hables nuestro idioma. Identificaremos a Brita y, cuando salga, la prenderemos. Hay una choza campesina a un día de viaje de aquí. Podremos retenerla allí para que hables con ella. Pero deberemos cercioramos de que los campesinos no nos delaten.

—¿Son esas *todas* las decisiones que has tomado? —preguntó Rowan en voz baja—. ¿No has decidido que yo no debo participar? Quizá sería un estorbo para ti.

—Tú eres quien me ordena permanecer en el bosque —dijo ella sin comprender qué había hecho ahora para irritarlo—. ¿Tienes un plan mejor que el mío?

—No —dijo él entre dientes—. Es el mismo que yo tenía, excepto que pensaba entrar solo en la ciudad, pero... —se interrumpió.

—¿Qué diferencia hay en que yo exponga el plan o lo hagas tú? Creo que es positivo que estemos de acuerdo respecto a algo.

Rowan dio un puntapié a una roca.

—Eres una mujer —murmuró.

—Y no es suficiente —dijo ella por lo bajo, dándose la vuelta. Ganar a un hombre parecía sencillo. Sólo debía vencer a cincuenta o más mujeres y ser mejor que ellas en la lucha, el tiro al blanco, las carreras y los saltos. Pero, ¿cómo se hacía para complacer a un hombre después de haberlo ganado?

Durmieron a escasa distancia el uno del otro y, durante la noche, los movimientos de Rowan la despertaron. Instintivamente, se acercó a él. Semidormido, él la acercó a su cuerpo, abrazándola con fuerza. Ella se sintió tan bien, tan fuerte, tan abrigada. Se acurrucó junto a él y durmió.

Por la mañana despertó antes que él y se apartó rápidamente de Rowan. No deseaba soportar otra discusión acerca de «ruegos».

Cuando se abrieron las puertas de la ciudad, entraron en ella. No era una ciudad rica, y era muy distinta de Escalon. Había casas y pequeñas tiendas. Los hombres y las mujeres iban y venían. Pero el lugar reflejaba una gran pobreza. La ciudad olía a excrementos y a cadáveres de animales. Los campesinos, vestidos con harapos, miraban a Jura y Rowan, espléndidamente ataviados.

Se detuvieron a comprar jarros de suero de manteca que les ofreció un vendedor ambulante.

—¿Dónde vive Brita? —preguntó Rowan.

—La *reina* Brita —dijo Jura, sonriendo al vendedor—. Debemos hablar con ella de negocios.

—Allá —dijo el hombre, señalando una casa de piedra enclavada en el lado norte de la muralla de piedra que rodeaba la ciudad. Era una casa grande pero común; no se parecía a la casa grande y suntuosa en la que Rowan y Jura habían robado las ropas que llevaban.

—Hoy saldrá de caza —dijo el vendedor—. Podrán verla pasar con su custodia. Allí está. La puerta se está abriendo y salen los guardianes.

Rowan y Jura le dieron las gracias y se ocultaron a la sombra de un edificio, aguardando que pasara la reina.

Aunque la tribu vatell no poseía tierras de pastoreo ni de cultivo, la guardia de la reina vestía magníficamente. Los veinte hombres que cabalgaban junto a ella estaban ricamente vestidos con lana azul de buena calidad y sus armas eran de acero fino. Jura sabía que no provenían de Lanconia. Los caballos eran altos, briosos y bellos. Parecían bien alimentados y cuidados.

Pero Brita era mejor que todos ellos. Cabalgando en medio de esos hombres apuestos y erguidos, parecía un sol rodeado de veinte lunas. Era alta, delgada y decididamente hermosa. Llevaba un vestido largo de estilo inglés, muy ceñido en la cintura y hecho con una fina lana de color blanco, que hacía resaltar sus ojos y cabellos oscuros.

Cuando ella pasó, toda la ciudad pareció detenerse: cada hombre, mujer, niño, e incluso cada animal, hizo un alto para contemplarla. Cuando salió por las puertas de la ciudad se escuchó un murmullo.

—¿Vieja, verdad? —dijo Rowan a Jura—. No es extraño que los hombres la persigan. Quizá yo haga lo mismo.

Jura lo miró encolerizada, pero él sonreía tontamente y tenía la mirada fija en las puertas que Brita acababa de atravesar.

—¿Iremos tras ella o no? —dijo con furia.

—Eso me encantará —dijo él, sonriendo estúpidamente, indiferente a la mirada colérica de Jura.

Montaron sobre sus caballos y salieron de la ciudad hasta llegar a una loma, desde la que podían ver toda la ciudad y la planicie que se extendía más allá. Brita y sus hombres no se alejaron mucho de la muralla de la ciudad, pues entraron en el bosque cercano, para cazar.

—La seguiré y...

—La seguiremos —dijo Jura—. La apartaremos de sus hombres y luego la capturaremos. Puedo arrojar mi capa sobre ella y...

—Me seguirás y harás lo que yo diga. En marcha. Iremos por el este y la vigilaremos. Cuando podamos, nos apoderaremos de ella.

Finalmente, fue Jura quien posibilitó la captura de Brita. La reina se había alejado de la mayoría de sus hombres. Sólo dos de ellos estaban cerca y ella perseguía un gran jabalí. Jura pensó que se veía ridícula con ese vestido blanco en una partida de caza, pero Rowan la miró, embelesado.

—Distrae a los hombres —dijo Jura—. Yo espantaré al jabalí y Brita irá tras él.

Jura vio la expresión exultante y ansiosa de Brita mientras perseguía al animal. Sus hombres permanecieron alejados de ella, vigilantes y atentos. Cuando oyeron el grito angustiado de un hombre, todos, menos uno, corrieron para averiguar qué ocurría.

Brita ensimismada en la persecución del jabalí, no había oído nada. Jura tomó su lanza y avanzó. Aunque Brita no aparentaba los cuarenta años, o más, que tenía, Jura supo que estaba envejeciendo pues tardaba mucho en capturar al animal. El animal, enloquecido de dolor, se volvió y embistió contra Jura, que lo había previsto.

Jura se agarró a la rama baja de un árbol y se elevó en el aire, mientras el animal sangrante pasó corriendo debajo. Cerca de él venía Brita, con su inmaculado vestido blanco.

Jura saltó sobre su caballo y logró que el guardián corriera hacia ella. Sonriendo, Jura logró despistarlo y luego tomó el camino seguido por Brita. Un guardián irial no se desorientaría tan fácilmente.

Luego vio a Rowan galopando hacia el sur, donde habían acampado la noche anterior. Sobre su montura llevaba a Brita. Brita no parecía ofrecer mayor resistencia y, aparentemente, Rowan no la había atado ni amordazado.

Frunciendo el ceño, Jura galopó hacia ellos. Poco después, dos hombres de Brita la vieron y Jura debió galopar bastante para huir de ellos. Atardecía cuando llegó a la choza campesina. Estaba debilitada por la fatiga y el hambre y preocupada por Rowan, a quien la astuta Brita pudo haber herido.

Vio velas que ardían en el interior de la choza y a Jura la asaltó el temor. Imaginó hallar a Rowan colgando del techo, torturado por Brita y sus hombres. Cautelosamente, se deslizó por un lateral de la choza, con su espada entre las manos y un cuchillo entre los dientes. Miró por una ventana lateral.

No pudo dar crédito a sus ojos.

Rowan estaba sentado en una banqueta, con un antiguo laúd sobre el regazo. Sus cabellos eran nuevamente rubios. La deslumbrante Brita estaba sentada en el suelo, a sus pies, con las piernas encogidas y mirándolo embelesada. Frente a ellos había una pareja de campesinos y tres niños. Miraban a la pareja como si se tratara de un par de ángeles.

—Toca otra pieza —dijo Brita a Rowan con voz ronca.

Él le sonrió.

—Sí, mi reina, lo que tú digas.

Jura estaba tan estupefacta que el cuchillo que llevaba entre los dientes cayó al suelo, golpeando contra las piedras.

Rowan se puso inmediatamente de pie, tomó la espada que había apoyado contra el muro y salió. Tomó a Jura antes de que ella pudiese llegar hasta su caballo.

—¿Dónde has estado? —preguntó.

—¿Dónde he estado yo? —gritó ella—. He estado ahuyentando a dos guardianes para que no te persiguieran. He estado protegiéndote, a ti y a tu... tu... —Estaba demasiado enfadada y no podía terminar la frase.

—Brita envió un mensaje a sus hombres. Creí que todos sabían que ella deseaba permanecer conmigo. Pensé que estarías bañándote antes de presentarte ante la reina. —La miró de arriba a abajo—. No sería una mala idea, Jura. Estás muy sudada.

Jura levantó su espada con la intención de mutilarlo; preferentemente, decapitarlo.

Él tomó sus brazos.

—Jura, ¿qué te ocurre? Si hubiera sabido que estabas en peligro, hubiera ido a rescatarte, pero no lo sospeché. Brita envió a sus hombres de regreso. Vamos, no te enfades. Brita ha aceptado permanecer conmigo y hablaremos de la unión de las tribus. Es lo que deseamos. No hay motivo para que te enojes. Ven a conocerla. Es inteligente y educada y su compañía es sumamente placentera. Te agradará.

—Es obvio que te gusta —dijo ella secamente.

—No es momento para estar celosa. Una cosa es que estés celosa de una criada, pero no puedes estarlo de una reina como Brita. Ven. No, quizá debas bañarte antes.

Ella se apartó bruscamente de él.

—De modo que mi olor te desagrada —dijo—. Huelo así porque traté de protegerte, pero no necesitas protección, por lo menos respecto de flechas y espadas. Dime, ¿deberé hacer una reverencia ante esta vieja reina? ¿Deberé rogarle como a ti?

—Jura, no te comprendo. Si deseas reunirte con ella oliendo como hueles, no tengo inconveniente. Sólo pensé que...

—Jamás piensas —gritó ella y corrió hacia el bosque.

Se odió a sí misma por reaccionar de esa manera y odió los sentimientos que bullían en su interior. Hasta que ese inglés de modales extraños llegara a Lanconia, siempre se había comprendido a sí misma. Había sabido dónde estaba y hacia dónde iba. Y también había comprendido a los hombres. Los hombres lanconianos apreciaban a las mujeres fuertes y sensatas. Thal le mostraba mapas y requería su opinión sobre las campañas que pensaba emprender y cuando pensaba que sus respuestas eran infantiles se lo decía; por lo general, a voz en grito. Daire esperaba que ella fuese fuerte y valiente y, cuando ambos intervinieron en batallas, él había pensado que era natural que ella protegiese sus espaldas.

Pero, ¿qué deseaba de ella este inglés? Se enfadaba si lo protegía y se enfadaba si lo besaba. No quería que cabalgase a su lado. No deseaba escuchar sus planes para capturar a Brita. Decía que quería que se ocultara en el bosque, y, sin embargo allí estaba, adulando a una mujer que había aterrorizado a dos generaciones de hombres. Jura creyó haber sembrado su cuota de terror ese día, pero él sólo sabía decirle que olía mal.

Hizo una mueca al pensar en Brita y su vestido blanco. El estúpido inglés estaba embobado con ella, pero Jura conocía la historia de esa mujer. Quizá le dijo que había enviado a sus hombres de regreso, pero dos de ellos habían perseguido a Jura durante horas. ¿Qué otras mentiras le habría dicho?

Sin duda había ordenado a sus hombres que reunieran un ejército y atacaran y mataran al rey irial.

Jura salió del bosque y regresó a la choza. Esa noche permanecería allí, fuera de la casa, vigilando la casa de los campesinos. De ese modo podría advertir al «estúpido» que los vatell se disponían a atacar.

10

Jura despertó sobresaltada cuando su cuerpo cayó hacia adelante. Estaba apoyada contra un árbol y había logrado mantenerse despierta durante casi toda la noche, pero pocas horas antes del amanecer, la fatiga la había vencido.

—Estás a salvo —dijo una voz cerca de ella.

Sorprendida, se volvió y vio a Rowan. Estaba tendido en el suelo cerca de ella. Parecía haber dormido allí.

—¿Cuánto hace que estás aquí? —preguntó ella secamente, frotándose los ojos.

—Cuando te dormiste me acerqué a tu lado.

Ella se irguió, tratando de ignorar el dolor que sentía en la espalda.

—Mira —dijo él, señalando la campesina que en ese momento salía de la choza—. Ellos están despiertos y nosotros estamos a salvo. Te dije que confiaras en mí. Brita está interesada en mi plan para unir a las tribus. Anoche hablamos durante horas.

Ella lo miró. La luz del amanecer iluminaba sus cabellos dorados. Sus ojos eran tan azules como las aguas de un lago.

—¿Te has quitado la grasa del cabello para convencerla? ¿Has descubierto qué desea y has logrado que no mate a dos iriales?

Rowan hizo una mueca.

—Jura, por favor, habla con ella. Es una mujer inteligente y creo que te agradará.

Jura comprendió que su reacción era infantil; después de todo, esa mujer era la madre de Daire, y siempre había amado a su hijo. Era probable que le agradara. Se puso de pie.

—Estoy dispuesta a conocerla.

Rowan también se puso de pie y le sonrió.

—No lo lamentarás —dijo.

Jura, muy erguida, entró en la choza. Brita estaba sentada sobre una pequeña banqueta frente al brasero. Miró a Jura.

Jura tuvo la sensación de conocerla. Brita siempre había vivido en un mundo de hombres. Jura conocía su historia y, a menudo, se preguntaba cómo una mujer podía controlar una tribu y, sobre todo, mantener ese control..., pero cuando vio los brillantes ojos negros de Brita lo comprendió. En esos ojos vio fuerza y ambición. En una ocasión, Jura había preguntado a Daire por qué su madre no luchaba contra Thal para recuperar a su hijo mayor, pero ahora Jura captó que Brita no pondría en peligro su trono por nadie, ni siquiera por su hijo.

Y Jura también percibió que Brita la consideraba su enemiga. Cuando miró a esa hermosa mujer se estremeció y se preguntó qué poseía ella que Brita pudiese desear.

—Bien —dijo Brita con su voz ronca—, tú eres la mujer que dejó a mi hijo en el altar y traicionó a su mejor amiga para obtener al rey inglés.

Jura tuvo el impulso de explicar y defenderse, pero no lo hizo.

—Sí —respondió—. Es mejor ser la reina de los iriales que de los vatell, que mueren de hambre.

Detrás de ella oyó el gruñido de Rowan, pero no dejó de mirar a Brita. Se comprendían y la guerra ya estaba declarada.

—Según dicen, una reina virgen —dijo Brita, mirando a Jura de arriba a abajo y sonriendo al ver que Jura llevaba la túnica y los pantalones azules de las guardianas vatell y un arco y flechas sobre su espalda. Contrastaba con el bello vestido blanco de Brita, y su collar de oro y esmeraldas, cayendo sobre sus senos opulentos—. Tal vez a tu marido no le agrade una mujer tan masculina. Quizá desearía una verdadera mujer.

«De modo que es eso», pensó Jura, «quiere a Rowan».

—Lo gané y perdí con facilidad —dijo girando para marcharse. Rowan bloqueaba la entrada y ella debió empujarlo para pasar.

Caminó un kilómetro y medio por el bosque, hasta llegar a un pequeño arroyo, luego se quitó las odiosas ropas de los vatell y se sumergió en el agua fría, para quitarse el mal olor. Nunca había sido tan desdichada en su vida. No se había sentido tan perdida; ni siquiera cuando murieron sus padres. Daire había estado a su lado para cuidarla... hasta ahora. Ahora ese inglés había entrado en su vida para hacerla desgraciada. Se quejaba de todo cuanto ella hacía. Si ella salvaba su vida, le decía que debía haberse ocultado en el bosque.

La hacía sentirse indeseable.

Salió del agua y, sin secarse, volvió a ponerse la ropa de los vatell.

—Aquí estás —dijo Rowan, pero ella no lo miró y continuó atándose las botas.

—He hablado con ella —dijo con voz abatida—. Estabas en lo cierto. La mujer desea una alianza entre los iriales y los vatell, pero no como la que yo planeaba. Desea casarse conmigo. Quiere que te repudie y me case con ella. Si lo hago, permitirá que los vatell se casen con los iriales. —Frunció el ceño, mirando a Jura—. No debiste alejarte tanto de la choza. Estos bosques son peligrosos.

—¿Y la choza es segura? —preguntó ella—. He estado pensando que también tú estabas en lo cierto: mi lugar no está aquí, en la tierra de los vatell. No debí venir. Después de comer, me marcharé. —Quiso encaminarse hacia la choza, pero Rowan la tomó de un brazo.

—No puedes viajar sola en este territorio. El hombre que te vea, te atacará.

—¿Por qué? —gritó ella—. ¿Por qué habría de atacarme un hombre? Soy una doncella, ¿no lo recuerdas? Todos saben que nadie me desea. —Tiró de su brazo hasta soltarse—. Ve con ella. Dile que la desposarás. Te daré tu libertad y los iriales se alegrarán por la unión de las tribus a través de una boda real. Dijiste que el matrimonio era la forma de unir a las tribus. Puedes dar el ejemplo.

Él se puso rígido.

—Y tú tendrás a Daire —dijo Rowan secamente—. Es el hombre que siempre has deseado.

—Sí, Daire —dijo Jura y sus ojos se humedecieron por la emoción que le producía su recuerdo. Volvió la cabeza—. Ve con ella. Dile que obtendrá lo que desea. Tendrá a su rubio rey irial y tú comenzarás a unir las tribus.

—Lloras por él —murmuró Rowan—. Derramas lágrimas por Daire.

—¿Por qué no? —gritó ella—. Siempre lo he amado. Nunca podré amarte a ti, que me hablas de juramentos y ruegos, que no comprendes para qué se adiestra una guardiana. Ve con ella. Puede que te convierta en un hombre.

La mandíbula de Rowan se tomó tensa.

—Tal vez pueda hacerlo. Sí, tienes razón, este matrimonio será bueno para Lanconia. Debí pensar en ello, antes de convocar el Honorium con la esperanza de... —Hizo una pausa y la miró—. Hasta ahora, me he dejado llevar por los impulsos de mi corazón, pero ya no será así. El rey de los iriales se casará con la reina de los vatell. —Entrecerró los ojos—. Me pregunto si el príncipe de los vatell no debería casarse con la princesa de otra tribu, en lugar de hacerlo con la hija adoptiva del viejo rey.

Jura lo abofeteó. Rowan no trató de impedírselo. La bofetada resonó a través del bosque, pero Rowan ni siquiera movió la cabeza. Se miraron detenidamente.

—Partiremos mañana —dijo él—. Brita reunirá a hombres y mujeres jóvenes de su tribu y traeremos a los iriales hasta la frontera. Allí se llevarán a cabo las bodas.

—Y yo tomaré a Daire, casado o no —dijo ella—. Y ya no seré una doncella.

Él la miró fijamente. Su mejilla izquierda tenía la marca de la mano de Jura. Luego se volvió y se dirigió hacia la choza.

—No te marches sola —dijo Rowan por encima del hombro— o te perseguiré. —Se alejó.

Rowan se alejó lo suficiente como para que ella no lo viera. Luego se apoyó contra un árbol y se frotó la mejilla dolorida. Tenía deseos de llorar.

Aparentemente, desde el día en que nació supo que su destino era ser rey y lo había sacrificado todo por ese reinado. Pero había un aspecto que nunca había discutido con Feilan; su facultad de escoger esposa. Rowan sabía que el consuelo de una esposa podía compensar muchas de las vicisitudes de su vida y había decidido casarse por amor. Por eso había corrido el riesgo del Honorium. No había deseado ofender a los lanconianos, pero, por encima de todo, había deseado a Jura. Excepto por unos momentos en los que pareció que Mealla sería la vencedora, Rowan había tenido la certeza de que Jura ganaría... porque lo deseaba tanto como él a ella.

Pero no había sido así. No lo había deseado en absoluto y la noche en que lo descubrió, hubiera deseado morir.

Desde entonces, las cosas habían ido de mal en peor. Él no podía comprenderla. Cada vez que trataba de protegerla, ella se enfurecía. ¿Debía demostrarle su amor entregándole una espada y pidiéndole que arriesgara su vida y luchase para ayudarlo? No tenía sentido. Ella salía de un peligro y se metía en otro, sin darse cuenta de que Rowan estaba tan preocupado por ella que apenas podía concentrarse en la tarea que tenía entre manos. Ella le gritaba cada vez que él trataba de procurar su seguridad. Nada de cuanto hacía le agradaba.

Estaba muy enfadado con Jura por su actitud ante Brita. Brita era encantadora y había ordenado a sus hombres que se marcharan, confiando su vida a Rowan. Él se había sentido muy halagado por su confianza y estaba dispuesto a honrar esa confianza con su vida.

Luego había llegado Jura, diciendo nuevamente que él era un tonto y negándose a conocer a Brita. Había salido furiosa en medio de la noche, como si nadie pudiera atacarla y como si pudiese defenderse contra un ejército entero. Él había tenido que disculparse con Brita para proteger a Jura.

La pequeña gata empecinada había permanecido toda la noche sentada, vigilando la choza. Él no había sabido si agradecérselo o haber pensado que era una idiota. Quizás estuviera en lo cierto y la conformidad de Brita había sido una farsa y sus hombres atacarían durante la noche. Cuando amaneció y Jura comenzó a dormitar, Rowan supo que su instinto no lo había traicionado. Brita deseaba la paz tanto como él y le disgustó que Jura insinuara que Brita no era digna de confianza. Se había enojado con Jura por no confiar en él, por dudar siempre de cuanto hacía, por creer que era inglés y no lanconiano.

Luego se había producido esa terrible escena en la choza, donde ambas mujeres se habían trenzado en una batalla verbal que podría arruinar las negociaciones entre las tribus para siempre. Cuando Jura salió corriendo hacia el bosque, él no la había seguido. Había permanecido junto a Brita para rogarle que comprendiera y perdonara. Pensaba decirle que Jura era joven e impulsiva, pero, antes de que pudiera hacerlo, Brita ordenó a los campesinos que los dejaran a solas... y luego acarició la pierna de Rowan.

Rowan había logrado apaciguar su enojo. Brita era muy hermosa y poseía sin duda una gran experiencia sexual, pero él no la deseaba. Lo mismo le había ocurrido en Inglaterra cuando las mujeres se le ofrecían. Le había complacido y halagado, pero nunca había experimentado el impulso de hacerles el amor.

Sólo Jura había logrado estimular sus sentidos y llevarlo al éxtasis. Sólo Jura le había enloquecido de deseo.

En voz baja y seductora, Brita le había dicho que se casaría con él. Unirían las tribus y reinarían juntos en Lanconia y disfrutarían de ardorosas noches de placer. Incluso mencionó cosas que Rowan ignoraba.

Pero no logró tentarlo. Rowan sólo pensaba en Jura, que no estaba a su lado, que no lo reprendía. Miró a Brita, pero su belleza no lo conmovió y se preguntó si podría hacer el amor con ella. Probablemente, no. Y mucho menos, pasar toda una noche tratando de complacerla.

Había dejado a Brita y había buscado a Jura para decirle que estaba en lo cierto respecto de la reina vatell, pero Jura le había dicho que no deseaba seguir casada con él. Jura, su Jura, que gritaba y peleaba, había llorado ante la sola mención del nombre de la persona que amaba. Rowan recordó claramente cómo se había sentido la noche en que le oyó decir que esperaba que nunca la tocara. Entonces, había formulado un juramento ante Dios y durante semanas había estado abatido.

Pero cuando la vio nuevamente, el poder que ella tenía sobre él lo había anonadado. Hubiera deseado tocarla, besarla, abrazarla, acariciarla. Pero ella había reaccionado con frialdad, había desconfiado de él. Siempre estaba en contra de él, mientras él permanecía despierto de noche para contemplarla.

Y ahora ella quería poner fin a su frágil matrimonio. Deseaba alejarse de él definitivamente.

Sea, pensó él, irritado. No la obligaría a permanecer a su lado y, si ella deseaba volver junto a otro hombre, no se lo impediría. Se casaría con Brita y trataría de ser feliz.

Se apartó del árbol y se encaminó hacia la choza. Debía decir a Brita que se casaría con ella.

—Eres un inglés tonto —dijo Jura con furia—. No conoces nuestras costumbres.

—¿Es todo cuanto puedes decir? —dijo Rowan, mirándola indignado.

Estaban en el bosque, frente a la choza, ensillando sus caballos y preparándose para regresar a la frontera irial. Detrás de ellos había cien guardianes vatell que los miraban con ojos asesinos. Y detrás de ellos, había ciento cincuenta hombres y mujeres jóvenes. Brita no había hablado a su pueblo persuasivamente. Simplemente, había ordenado a sus guardias que reunieran a hombres y mujeres adecuados. Muchos de ellos tenían magullones en el cuerpo y las mujeres tenían los rostros manchados de lágrimas.

—Brita no te ayudará a unir las tribus —dijo Jura—. Su plan es el de unirse a los iriales para conquistar toda Lanconia y, cuando lo haya hecho, se volverá contra los iriales. Te aseguro que los odia. Thal mató a su marido.

—Ahora tendrá un nuevo marido —dijo Rowan serenamente—, un marido fogoso, que borrará los recuerdos del que murió.

—Siempre que no te irrite y que tú no formules juramentos ante Dios —dijo Jura—. Alardeas de tu vigor, pero yo no he comprobado su existencia. Quizá debería compadecerme de Brita, pero más me preocupa el daño que puedas hacer a mi país. Son muchos los que confían en ti. Y tú eres tan tonto como para confiar en ella.

—Quizá dices eso porque estás celosa —dijo él.

—¿De qué? He estado casada contigo y ese matrimonio me ha hecho sentir muy sola. Tal vez debería advertir a Brita que no posees fibra. —Montó sobre su caballo y lo miró—. Ahora le eres útil de modo que estás a salvo, pero cuando ella piense que ya no lo eres cuida tus espaldas. Es posible que te ataque a traición.

Jura galopó un trecho y se volvió para mirar a los vatell, que a su vez la observaban. Brita salió de la choza y montó sobre su caballo. Llevaba un vestido de lana amarilla y una corona con rubíes. Rowan se acercó a ella y Brita lanzó a Jura una mirada victoriosa. Luego extendió su mano y Rowan la besó.

Jura se volvió y emprendió la marcha. Temía el largo viaje de regreso y temía la expresión que aparecería en los rostros de la gente cuando Rowan anunciara que la repudiaba. No le resultaría difícil. Sólo debía decir que ella no le agradaba y si Jura era sometida a un examen y se descubría que era virgen, no tendría problemas para anular el matrimonio.

Pero Jura sabía que si Rowan la repudiaba, Daire no podría casarse con ella. Podría casarse con un hombre común, pero no con un príncipe, como Daire, pues la considerarían mercancía defectuosa. Pero no se lo diría a Rowan. Su orgullo se lo impedía. Si él no la deseaba, era mejor que pensara que otro hombre no opinaba lo mismo.

Rowan galopaba junto a Brita. Jura iba detrás de ellos, rodeada por guardianes vatell. Más atrás, marchaban los sometidos súbditos.

Brita miraba a Rowan con la avidez de un hambriento frente a un banquete. Jura experimentó una sensación de desaliento.

—¿Cómo pudo el viejo y horrible Thal tener un hijo como tú? —dijo ella seductoramente, mirando sus cabellos rubios embelesada.

—La familia de mi madre era muy rubia —dijo él rápidamente—. Tu hijo, Daire, asistirá sin duda a la celebración de la boda. Debes estar ansiosa por verlo.

—Estoy ansiosa por verlos a todos. Será nuestra noche de bodas.

—Y la de Jura y Daire —dijo Rowan por lo bajo.

Brita rió.

—No se le permitirá casarse con mi hijo. Mi hijo es un príncipe. Si es fuerte, me sucederá. No tomará por esposa a una mujer que ha sido repudiada por un rey. Esa joven es tan poco deseable que no podría seducir a un hombre como tú. Es una mujer inútil.

Rowan abrió la boca para defender a Jura, pero se reprimió. Sonriendo, dijo:

—Pero Daire la ama y ella a él. Crecieron juntos y creo que se pertenecen el uno al otro. —Trató de que su voz no delatara su resentimiento.

Brita lo miró con desconfianza.

—¿Amas a esa mujer a quien no deseas llevar a tu lecho? La ley irial establece que si una mujer es repudiada por su marido porque no lo complace, no podrá casarse con un hombre noble. Mi hijo es un príncipe y nunca se ha casado. Jura no podrá ser su esposa.

—Jura no lo sabe —dijo Rowan.

Brita rió.

—Por supuesto que lo sabe. —Su expresión cambió—. ¿Piensas anular nuestro convenio? —Detuvo su caballo. Los que marchaban detrás también se detuvieron, en medio de un gran ruido y confusión—. Si tu intención es retener a esta mujer, dímelo ahora —dijo con ojos llenos de odio—. No entregaré a mi gente a un rey inglés y a su esposa irial. Seré reina de toda Lanconia o regresaré a mi ciudad.

En ese momento, Rowan supo que Jura estaba en lo cierto: Brita quería gobernar toda Lanconia, y pensaba hacerlo sola. Una mujer que dejaba a su hijo en manos del enemigo, no tendría escrúpulos para matar a un marido que se interponía en sus planes.

Él le sonrió, tomó su mano y la besó. La miró seductoramente y dijo en voz baja:

—¿Para qué quiero una niña si puedo tener una mujer? —Brita se tranquilizó y él percibió qué grande era su vanidad. Jura era mucho más joven que Brita y, para Rowan, mucho más hermosa, pero Brita estaba segura de que cualquier hombre la preferiría a ella. Quizás el poder y la experiencia de Brita resultaran atractivos para algunos hombres, pero Rowan no deseaba competir con su mujer.

Brita sonrió y azuzó su caballo.

—Tú y yo haremos una buena pareja. Quizá no aguardemos hasta la noche de bodas para conocernos mejor.

Rowan sonrió mecánicamente.

—Dime, ¿cómo fue que una mujer tan hermosa como tú se convirtió en reina de los vatell? —Rowan pensó, con razón, que la mujer estaría encantada de hablar de sí misma. Repetía reiteradamente la frase «y entonces yo». Mientras tanto, Rowan cavilaba.

De modo que Jura no podía casarse con Daire y lo sabía.

—Magnífico —dijo a Brita.

Si Jura no podía casarse con Daire, deseaba anular su matrimonio con Rowan por otro motivo; ya fuera porque deseaba dar a Rowan su libertad o porque realmente lo odiaba. Pero Rowan no podía creer que lo odiase. No reaccionaría ante sus caricias como lo hacía si así fuera.

—Eres tan inteligente como hermosa —dijo a Brita.

¿Sería a causa de su juramento ante Dios?, se preguntó Rowan. Ella sin duda comprendía que los caballeros debían mantener sus juramentos. Todas las mujeres inglesas los comprendían. Las mujeres inglesas deseaban que los caballeros les hiciesen juramentos.

Pero Jura no era inglesa.

Cuando Rowan pensó en ello, estuvo a punto de detener su caballo. Si Jura no comprendía la naturaleza de sus juramentos, ¿a qué causa atribuía que él no se acostara con ella?

Brita apoyó su mano sobre el brazo de Rowan.

—Qué fuerte eres —murmuró—. Nos llevaremos bien en la cama. No te sucede nada... ¿verdad? Eres capaz de proporcionar placer a una mujer en la cama, ¿no? ¿Es sólo tu esposa la que no te complace o no te complace ninguna mujer?

Rowan miró a Brita y parpadeó.

—Puedo acostarme con una mujer —respondió.

—¿No has sido herido? ¿Ni siquiera en los torneos ingleses?

—No —dijo Rowan—. No he sido herido. —Deseaba decirle, como lo hacía siempre, que era lanconiano, pero de pronto se sintió más inglés que lanconiano. Había hecho un juramento inglés a una mujer lanconiana.

Brita continuó hablando, pero Rowan no la escuchaba. Estaba ansioso por ir junto a Jura, pero no se atrevía a ofender a Brita. Él y Jura eran sólo dos iriales en medio de cientos de vatell y hubiera sido muy tonto si irritaba a su reina.

Al mediodía hicieron un alto para comer y descansar. Los hombres y mujeres vatell, algunas de las cuales aún lloraban, recibieron pan y agua, en tanto Brita y Rowan disfrutaron de un festín sobre un blanco mantel. Rowan apenas pudo comer. Trató de hallar a Jura, pero no la vio.

Después del almuerzo se disculpó, fingiendo que haría una exploración privada en el bosque, pero cuando llegó al bosque, cayó de rodillas y comenzó a rezar.

—Dios, me has ayudado —dijo en voz muy baja— y ahora necesito nuevamente tu ayuda. Perdóname, Señor, soy tan sólo un hombre tonto que comete errores tontos y he cometido uno. Te he jurado que no tocaría a mi mujer a menos que ella me lo rogase. Pero también he jurado amarla, honrarla y venerarla hasta el día de mi muerte. No puedo cumplir ambos juramentos, Señor, te pido que me liberes del primero de ellos, hecho por un niño enfadado, no por un hombre que será rey. Señor, me humillo ante Ti. Haré penitencia. Gobernaré lo mejor posible y convertiré a los ulten al cristianismo, pero te ruego me liberes de ese juramento infantil.

Cuando Rowan concluyó su oración y abrió los ojos, el bosque estaba inusitadamente tranquilo; parecía estar solo en el mundo. Luego oyó un ruido a su derecha; era el ruido de una rama que se quebraba. Fue hacia allí.

Era Jura, que lo aguardaba, empuñando su cuchillo.

—Oh, eres tú —dijo ella, limpiando su cuchillo ensangrentado en la hierba.

—¿Qué haces? —preguntó él, sonriendo. Se alegraba mucho de verla. Su cuchillo lleno de sangre le pareció menos peligroso que las miradas de Brita y sus interminables historias sobre sí misma.

—He matado seis conejos para entregarlos a esos granjeros. —Se incorporó y lo miró—. ¿Piensas decir a Brita que estoy haciendo esto? Estos bosques le pertenecen y ella manda ahorcar a los cazadores furtivos.

—No se lo diré —dijo él sonriendo, mientras Jura guardaba los conejos en una bolsa.

—¿Por qué sonríes? ¿Piensas en tu boda?

Rowan la tomó entre sus brazos. Hacía mucho que no la abrazaba. Ella era muy tentadora y Rowan sabía que si la tocaba olvidaría su juramento.

—Tú eres la respuesta de Dios —dijo—. Le pedí que me liberara de mi juramento y de pronto estás aquí, a mi lado. Es la respuesta a mi ruego.

Ella lo apartó de sí.

—Estás loco. Por lo visto tienes una relación muy íntima con Dios. ¿Acaso te habla por las noches? ¿No oyes voces? ¿No lo ves de tanto en tanto?

Rowan rió y la sostuvo junto a él.

—Estoy liberado de mi juramento, Jura. Podemos ser marido y mujer.

Ella dejó de resistirse y lo miró.

—Te casarás con Brita y yo con Daire.

—No puedes casarte con él y conoces la ley tan bien como yo la conozco ahora. ¿Esperabas ayudar a Lanconia deshaciéndote de mí o sólo deseabas deshacer nuestro matrimonio? —Le besó el cuello.

—Suéltame. Cuando me tocas no puedo pensar...

—¿No? ¿Y cuando te hago el amor? —Sus manos acariciaban el cuerpo de Jura, ese hermoso cuerpo con el que tanto había soñado. Durante el Honorium sólo había pensado en acariciarla y sostenerla entre sus brazos. Quería curar sus magulladuras con besos.

Jura echó la cabeza hacia atrás y cerró los ojos.

—Déjame y ve junto a Brita —murmuró con voz ronca.

—No quiero a Brita. Nunca la quise. Siempre te he querido a ti, solamente a ti. Esta noche, Jura. Esta noche iré junto a ti. Acamparemos y una hora después me reuniré contigo. Después de esta noche, ya no serás una doncella. Y lo que es más importante, seguirás casada conmigo. —Hizo un gran esfuerzo para apartarse de ella. Su cuerpo la deseaba ávidamente. Los labios de Jura eran tiernos, su mirada era tierna.

—¿Juegas conmigo, inglés? —preguntó ella suavemente—. Si vienes a mí, perderás a Brita.

—Jamás la quise. Jura, créeme; sólo te quiero a ti.

—No sé si puedo confiar en ti.

—Puedes. Te juro que puedes. Ahora ve y entrega los conejos. No deseo irritar a los guerreros de Brita; nos matarían. Ve, mi amor.

Jura lo miró con expresión confundida, pero lo obedeció. Tomó los conejos y se alejó.

Rowan permaneció sonriendo y pensando en la noche. En ese momento oyó pasos. Se ocultó detrás de un árbol. Sólo alcanzó a ver algo amarillo.

Se apoyó contra el árbol. Era Brita. Le había seguido y seguramente le había visto con Jura. Mientras acariciaba a Jura no había estado alerta y no había percibido que Brita los espiaba. Ella había estado muy lejos y no habría podido escuchar sus palabras, pero les había visto.

De pronto, Rowan tuvo miedo. ¿Qué haría la ambiciosa Brita si una niña como Jura se interponía en su camino?

Comenzó a seguir silenciosamente a Brita. Súbitamente se detuvo y se ocultó detrás de un árbol. Brita hablaba en secreto con uno de sus guardianes. El hombre hizo un gesto afirmativo con la cabeza y desapareció entre los árboles; Brita regresó al campamento.

Rowan fue tras el hombre. Este se deslizó entre los árboles y observó a la gente del campamento. Se detuvo y se puso en cuclillas. Rowan avanzó para ver qué observaba el hombre. Jura se movía entre los vatell.

Horrorizado, Rowan vio que el hombre tomaba el arco y la flecha y apuntaba hacia Jura. Sin pensar en las consecuencias de sus actos, Rowan tomó su cuchillo y lo arrojó. Se hundió en la nuca del guardián.

El hombre cayó muerto sin un quejido.

Rowan sabía que debía deshacerse inmediatamente del cadáver. Quitó su cuchillo del cuerpo del hombre, levantó al muerto, cargándolo sobre su espalda y corrió hacia un pequeño arroyo. Ocultó el cuerpo debajo de un tronco en descomposición. Se cercioró de que no pudiera verse y regresó al campamento.

Brita lo aguardaba y, si bien le sonrió, sus ojos brillaban, furiosos.

—Desapareciste durante un rato muy largo.

Él sonrió inocentemente.

—Vi a mi mujer —dijo, tratando de confundirla con la verdad—. Debía consolarla.

—¿Y *cómo* lo hiciste?

Rowan se acercó a Brita.

—Como siempre lo hago con las mujeres. Con mis brazos y mis labios. ¿Acaso no te agrada que te consuelen de esa manera? Dímelo, debo saberlo ya que habremos de casarnos.

—¿*Habremos* de casarnos? Si dedicas tu tiempo a tu mujer, quizá...

Rowan se inclinó y la besó. Percibió la perturbación de ella y eso le hubiera halagado, de no saber que lo deseaba como rey y no como hombre.

—Jura es la hermana del hombre que algunos dicen debería ser rey. Si se enfada, o peor aún, si alguien la daña, Geralt organizaría un ejército para defenderla. No deseo que nos maten antes de hacer lo posible para unir a las tribus.

Brita frunció el ceño.

—Tal vez —dijo—. Pero no me agrada compartir lo que es mío. —Levantó la cabeza—. Debo atender un asunto —dijo, y se alejó apresuradamente.

Rowan cerró los ojos. Sin duda, se dirigía a comprobar si el guardián había matado a Jura, tal como ella se lo ordenara. Se preguntó qué pensaría cuando descubriera que Jura estaba viva y que el guardián había desaparecido. Seguramente sospecharía la verdad.

Jura no se había equivocado. Desde el primer momento, ella le había advertido que Brita era una traidora, pero él había estado tan seguro de saber lo que hacía, que se había aventurado solo en la tierra de los vatell. Ahora su vida y la de Jura estaban en peligro. Se hallaban rodeados de enemigos, a quienes conducían hacia los confiados iriales.

Jura tenía razón: Rowan los había involucrado en este problema a causa de su arrogancia y sentido de superioridad.

Ahora, debería solucionar el problema. Debía acallar las sospechas de Brita hasta que estuvieran cerca de las tierras iriales. Luego, él y Jura podrían huir. O quizá podría engañar a Brita hasta que los iriales y los vatell se casaran, pero para ello, debía hacer creer a Brita que deseaba casarse con ella. Era la única manera de que Jura estuviese a salvo.

Eso significaba que esa noche no podría reunirse con Jura. Debía estar cerca de Brita. De lo contrario, ella enviaría a otra persona a matar a Jura.

Abatido, Rowan montó sobre su caballo. Era hora de ponerse en marcha.

11

Jura se aseguró de que Rowan la viera alejarse del campamento, pero él no apareció. Entonces, se instaló en el lugar desde el que podía ver la tienda de Brita. Rowan había entrado en ella pero no había salido.

Trató de reprimir su ira, diciéndose a sí misma que en realidad no había creído en su promesa, pero no le fue muy útil. Al amanecer sus ojos estaban enrojecidos y su corazón le pesaba como una piedra.

Montó sobre su caballo y galopó, y en dos ocasiones tuvo la sensación de que Rowan la miraba, pero él no se volvió.

Al mediodía vio que Rowan atendía cariñosamente a Brita, dándole de comer en la boca. Cuando Rowan miró a Jura, ella desvió la mirada.

Esa noche era la última antes de llegar a tierra irial. Jura trató de no pensar y se dispuso a dormir. En medio de la noche despertó. Alguien había apoyado la mano sobre su boca y con la otra sujetaba su mano derecha, con la que ella sostenía su cuchillo.

—Soy yo —dijo Rowan a su oído.

Jura luchó contra él, complacida cuando lo oyó gemir de dolor, pero luego perdió el conocimiento. Rowan había golpeado su mandíbula con el puño.

Cuando despertó, estaba tendida en la orilla del arroyo. Rowan había colocado una compresa fría sobre su rostro. Ella trató de incorporarse pero él se lo impidió.

—Jura, por favor no te muevas. ¿Te duele la cabeza?

—¿A causa del golpe que me diste? —preguntó ella—. ¿Qué piensas hacer ahora? ¿Deshacerte de mí definitivamente? Quizá tu amada Brita ha decidido que soy un peligro.

—Sí, así es —dijo Rowan seriamente—. Nos vio juntos ayer y envió a uno de sus guardias para que te matara. Estaba apuntando una flecha hacia ti cuando le hundí un cuchillo en la nuca.

Jura parpadeó, mirándolo en la oscuridad.

—No pude reunirme contigo anoche —prosiguió diciendo él—. Ella me hizo vigilar.

—De modo que te quedaste, le diste de comer, la besaste y... —Rowan la besó para interrumpirla y luego acarició sus senos—. Tengo un plan —murmuró, con sus labios junto al cuello de Jura—. Llevaré a Brita junto a Brocain. Quizá se agraden mutuamente.

Había aflojado el cinturón de Jura y le había quitado la túnica.

—En una ocasión el ejército de Brita atacó al de Brocain y lo venció —dijo Jura, pero no pensaba en lo que estaba diciendo—. No me hagas esto —murmuró.

—Jura —murmuró él—, ¿no comprendes que te amo?

—¿Amarme? —dijo ella en voz baja—. Si este sufrimiento es amor, prefiero que me odies.

Rowan comenzó a besar sus senos. Sabía que, en cualquier momento, notarían su ausencia; que Brita podía despertar y ver que el catre que estaba junto al de ella estaba vacío. Entonces enviaría a sus guardianes a buscarlo. Pero el deseo de hacer el amor con Jura era más fuerte que su temor.

Cuando la penetró, Jura gritó de dolor. Era virgen y estaba tensa a causa de su enojo. Además, los pantalones le impedían abrir las piernas. Trató de empujar a Rowan para apartarlo de ella, pero él la ignoró.

Cuando él cayó sobre su cuerpo, los ojos de Jura estaban llenos de lágrimas.

—Vete —dijo ella, empujando los hombros de Rowan.

Él se apartó y abrochó sus ropas, mientras Jura, irritada, se ponía las suyas.

—Jura —dijo él—, será mejor en otra ocasión.

—No podría ser peor —dijo ella con voz tensa. La parte inferior de su cuerpo estaba muy dolorida—. Si hubiese sabido cómo era esto, te hubiese entregado a Brita por la fuerza.

—Maldita seas —dijo él con ferocidad, poniéndose de pie—. He arriesgado tu vida y la mía al venir aquí esta noche y ahora ya no eres una doncella. No me casaré con Brita. —Se inclinó y tomó el mentón de Jura—. Juro que lograré que me ames, Jura. Aunque deba encadenarte a mí, me amarás y gozarás cuando te haga el amor.

—Jamás —dijo ella, mirándolo con furia.

Jura terminó de vestirse y regresó al campamento en silencio. Rowan iba detrás de ella. Esa noche, Jura durmió poco y, a la mañana siguiente, el dolor le molestó para galopar. Al ver a Rowan junto a Brita, no se preocupó tanto como el día anterior.

Al atardecer llegaron al río que señalaba la frontera de la tierra de los iriales. Jura aguardó hasta que Rowan se acercó a ella. Los vatell los rodeaban.

—Cruzaremos el río mientras los vatell aguardan aquí —le dijo en voz baja.

Jura asintió con un gesto y azuzó su caballo para seguirlo. Cabalgaron juntos en silencio y vadearon el río.

En el sur fueron rodeados por iriales enfurecidos que los tomaron por intrusos, ya que llevaban ropas de los vatell. Pero cuando vieron los cabellos rubios de Rowan, levantaron sus espadas a modo de saludo y los escoltaron hasta el pueblo irial.

Llegaron al pueblo de noche. Fatigada, Jura desmontó.

—Ven conmigo —dijo Rowan, tomándola del brazo.

—Tengo hambre y...

—Comerás más tarde; ahora debo reunirme con mis hombres.

—Tus ingleses deben estar durmiendo ya.

—Mis *lanconianos* —dijo Rowan enfáticamente, sosteniéndola con fuerza.

En ese momento, Daire salía de una casa de piedra. Su torso musculoso estaba desnudo y Jura hubiera deseado correr hacia él, pero Rowan no la soltaba.

—Sígueme —dijo Rowan a Daire y siguió caminando, como dando por sentado que su orden sería acatada. Lo mismo hizo cuando vio a Cilean, y luego todos entraron en la casa de la tía de Jura.

La gente del pueblo comenzaba a despertar, pero Rowan dijo a la familia de Jura que continuaran durmiendo. Encendió una vela en la habitación más alejada de la casa y se volvió hacia Jura, Daire y Cilean, que se habían sentado.

—Brita y cincuenta vatell me aguardan del otro lado del río —dijo Rowan—. Los he conducido hasta aquí para que se casen con iriales. Brita está de acuerdo, pero con la condición de que ella se case con el rey.

Cilean, asombrada, miró a Jura, que tenía los ojos fijos en las manos que tenía sobre su regazo.

Daire se puso inmediatamente de pie.

—Tomaré a Jura, reinaré sobre los vatell y ella será mi reina.

Jura le dirigió una sonrisa de agradecimiento.

Rowan se interpuso entre ambos y miró a Daire a los ojos.

—No me casaré con Brita. No repudiaré a Jura. —Cejijunto, añadió—: Jura ya no es una doncella y no la repudiaré.

Daire se sentó en una banqueta cerca de Cilean. Parecía desolado.

Rowan dijo:

—Creo poder contener a Brita hasta que se celebren algunos matrimonios. Luego la llevaré junto a Brocain; él podrá casarse con ella.

—¿Deseas que mi madre se case con ese hombre brutal y lleno de cicatrices? —dijo Daire a Rowan.

Cilean apoyó una mano sobre el brazo de Daire.

—Brocain tiene esposa. Cumplieron doce años el año pasado. No renunciará a clla por una mujer de la edad de Brita. —Caviló un instante—. Pero Yaine no está casado —dijo, refiriéndose al jefe de los fearen.

—Para satisfacer a esta mujer debe ser muy sano y vigoroso —dijo Rowan.

—Mi madre es una reina —dijo Daire—. No puedes ordenarle que se case con uno de esos enanos fearen.

—Tu madre ordenó la muerte de Jura —dijo Rowan. Al ver la furia dibujada en el rostro de Daire, su mandíbula se puso tensa. Se dio la vuelta—. Llevaré a Brita ante ese jefe fearen. Necesito ayuda.

Jura levantó la mirada. ¿Era este el mismo hombre que había entrado en terreno vatell sin compañía alguna?

—Deberé llevarla por la fuerza, pero debo hacer ver que va voluntariamente. No puedo desencadenar una guerra a causa de esta mujer. Es fuerte, pero es necesario minar esa fuerza.

—Podría unirse con Yaine en contra de los iriales —dijo Cilean.

—Pero ya espero haber unido a los iriales y los vatell —dijo Rowan con aire fatigado—. Es probable que, para entonces, ella cuente con un ejército menos numeroso. Ha venido con su escolta y espero que algunas de las guardianas principiantes de los iriales se casen con ellos. Un hombre piensa dos veces antes de provocar la ira de su mujer... lo sé. —Se frotó los ojos con las manos—. Daire, deseo que tú y Cilean vengáis con Jura y conmigo cuando lleve a Brita a la tierra de los fearen.

Cilean miró a Jura.

—¿Deseas que dos mujeres te protejan? —preguntó Cilean.

—Daire y yo necesitamos que cuiden nuestras espaldas —dijo Rowan. Luego levantó la cabeza.

Cilean le sonrió.

—Sí, comprendo. Iré contigo, pero ¿crees que Yaine nos recibirá? ¿O deberemos disfrazarnos?

—Pienso enviar un mensajero, un poilen o un ulten. Diré a Yaine que le llevo una novia real.

Antes de que pudieran continuar hablando, se abrió la puerta y entró Lora. Estaba hermosa, con un vestido de terciopelo rojo y los cabellos rubios sueltos sobre la espalda.

—Rowan —exclamó y corrió a echarle los brazos al cuello—, estaba tan preocupada por ti. Montgomery me dijo que te habías marchado rumbo a una cita amorosa pero supe que no era verdad. ¿Qué has hecho? ¿Estás herido?

Rowan le sonrió tiernamente. Alisó sus cabellos y besó su mejilla.

—Fui al territorio vatell y he traído conmigo a Brita y a su gente, para que se casen con iriales. No debiste preocuparte tanto.

—Pero lo hice. ¿Por qué lo hiciste sin ayuda y además en compañía de una mujer a la que debías proteger?

Jura se puso de pie al oír esas palabras, pero Rowan dijo:

—Jura no fue un estorbo. —Abrazó a Lora, mirando a Jura—. Incluso me ayudó.

—¿Tío Rowan?

Todos se volvieron para mirar al somnoliento Phillip, que llevaba una bata y un gorro de dormir. Estaba en el umbral, frotándose los ojos.

—¡Has regresado! —dijo el niño.

Rowan se puso de rodillas y abrió los brazos para abrazar a su sobrino.

Phillip fue hacia él, pero cuando vio a Jura, sonrió y se dirigió hacia donde estaba ella. Jura lo acunó entre sus brazos. Él sonrió y se quedó dormido.

—Por todos los... —dijo Lora, pero Rowan la interrumpió.

—Déjalo —dijo Rowan—. Desearía acostarme. Haremos planes por la mañana. —Trató de tomar a su sobrino de los brazos de Jura, pero ella lo sostuvo con firmeza.

—Esta noche permanecerá conmigo —dijo Jura, como desafiando a Rowan.

Rowan la miró encolerizado; comprendió que ella no deseaba compartir su lecho. Se irguió y salió de la habitación, llevándose a Lora.

Cilean fue hacia Jura.

—Veo que las cosas no han cambiado entre vosotros. Alenté la esperanza de que...

—No hay esperanzas. Es inglés y jamás aprenderá nuestras costumbres.

—Hmmm —dijo Cilean—. Antes de partir no deseaba ninguna mujer a su lado, pero ahora quiere que dos mujeres cuiden las espaldas de los hombres. Aparentemente, está aprendiendo nuestras costumbres.

Jura se puso de pie, cuidando de no despertar a Phillip.

—¿Hay un sitio donde el niño y yo podamos dormir? Mañana los iriales conocerán a Brita y todos necesitarán sus energías.

Cilean asintió y condujo a su amiga hasta otra casa, donde había una cama libre.

Jura despertó por la mañana cuando Rowan la sacudió enérgicamente.

—Me marcharé ahora; iré en busca de Brita y los vatell. Eres mi esposa y debes estar allí cuando se casen.

—Y asistir al comienzo de su desdicha —murmuró Jura, abrazando a Phillip que comenzaba a despertar.

Rowan la dejó a solas para que se vistiera. Lora entró para llevarse a Phillip y no dirigió la palabra a Jura.

Cuando Jura salió de la casa percibió la tensión que había en la atmósfera. No había nadie y el pueblo parecía extrañamente desierto, como si Dios se los hubiera llevado a todos al cielo. Jura caminó hacia el río, comiendo un trozo de pan.

La escena que contempló era pavorosa. Todos los iriales, limpios y prolijamente vestidos, estaban alineados junto a la ribera del río. Nadie hablaba; ni siquiera se escuchaba el llanto de un niño o el ladrido de un perro. Todos aguardaban la llegada de los hombres y mujeres vatell.

Los vatell venían a caballo, algunos en parejas, o en carromatos. Jura los había visto llorar durante una semana ante la perspectiva de casarse con iriales, pero ya no había rostros manchados de lágrimas. Los vatell también estaban limpios. Sus ropas aún estaban húmedas, lo mismo que sus cabellos. Erguidos sobre sus caballos o en los carromatos, miraban fijamente a las personas que se hallaban de pie, al otro lado del río.

Jura se adelantó, deteniéndose detrás de los iriales.

—Observa al que está en el tercer carromato —dijo una mujer a Jura—. Si pudiera escoger, escogería a ese.

—No —dijo en voz baja una mujer más joven—. Yo quiero al que monta el caballo negro. Observa sus pantorrillas. Hay fuerza en ese cuerpo.

Sonriendo, Jura caminó detrás de la hilera de gente. Comenzaban a hablar entre sí y todos hablaban de hacer el amor.

Jura tuvo la sensación de que el día era más caluroso que otros. Pequeñas gotas de transpiración comenzaron a formarse sobre su labio superior y su nuca. Vigorosamente, recordó el día en que conoció a Rowan; ese día ella sólo llevaba su túnica y él, un taparrabos. Ella se había sentado sobre su pecho y las manos de Rowan habían acariciado sus piernas, sus senos. Y sus labios...

—Jura.

Jura reaccionó y miró a Cilean.

—Estás distraída —dijo Cilean—. ¿A quién escogerías tú?

Jura miró a la gente que vadeaba el río. Rowan cabalgaba junto a Brita. Pocas semanas atrás, había odiado sus cabellos rubios y su piel blanca, pero ahora parecía una estrella en un cielo oscuro. No sólo su color era distinto, su cuerpo era más fornido que el de los lanconianos. Antes había pensado que era obeso y poco gracioso, pero sabía que su cuerpo era el producto de años de ejercicios musculares y que no había grasa en él. También sabía cómo era su piel, pues la había tocado.

Cilean rió y Jura parpadeó.

—Puede que te desagrade en otras partes, pero no en la cama —dijo Cilean astutamente.

Jura se volvió.

—Es tonto y torpe —dijo. —¿Han preparado comida para esta gente? Nos espera un largo viaje y están fatigados y hambrientos.

—Sí —dijo Cilean riendo—. Parecen tan hambrientos como los nuestros. Rowan ha dicho que las tribus deberán pasar el día juntas y que, al atardecer, nosotros escogeremos nuestras parejas.

—¿Nosotros? —preguntó Jura—. ¿Tú también te casarás esta noche?

—Si hallo alguien que me agrade. Algunos guardianes parecen interesantes, pero deseo ir con Rowan a ver a Yaine y no querría dejar a mi flamante marido. Ven, organicemos el trabajo. Aún no se han encendido los fuegos.

Jura se alegró de estar ocupada. No quería que Rowan la viera contemplándolo. Cuando él pasó junto a ella, Jura estaba acompañando gente hasta las casas.

Fue un día extraño. Los vatell y los iriales nunca habían estado juntos de forma pacífica. Se decía que muchas generaciones atrás, los vatell, los iriales y los fearen se habían reunido para parlamentar y luego habían luchado juntos contra los hunos. Pero cuando concluyó la batalla, el hijo del rey fearen había matado al hermano del rey vatell y la victoria terminó con una sangrienta batalla entre ellos. Las tribus lanconianas volvieron a odiarse ferozmente.

Ahora, ambas tribus estaban en el pequeño pueblo irial. En un primer momento resultó incómodo, pues los vatell se agruparon y observaron, sin saber qué hacer. Las mujeres iriales comenzaron a cocinar y los hombres permanecieron a su lado, de forma protectora.

—Esto debe concluir —dijo Lora a Rowan. Jura escuchó sus palabras—. Rowan, debes traducir lo que dicen; mi lanconiano es deficiente. Debemos lograr que estas personas se comuniquen entre sí.

Rowan levantó la mirada y sus ojos se encontraron con los de Jura. Su mirada profunda e intensa hizo estremecer a Jura.

—Jura traducirá para ti —dijo Rowan.

Lora hizo una mueca.

—Quizá pueda hacerlo Xante...

—*Jura* lo hará —insistió Rowan.

A Jura no le agradó verse obligada a satisfacer los deseos de Lora, pero sabía que Lora estaba en lo cierto y que era necesario hacer algo. Dudaba que alguien tan frágil e inútil como Lora pudiese solucionar el problema, pero ella podría.

Una hora más tarde, Jura cambió de opinión respecto a Lora. Lora comenzó a organizar y a dar órdenes con la autoridad de un aguerrido capitán. Envió a las mujeres vatell para que ayudaran a las mujeres iriales a cocinar. Envió a hombres iriales y vatell a recoger leña, y cuando vio que un apuesto joven vatell y una bonita joven irial se miraban, los envió a pescar... sin cañas ni redes.

—Pero, ¿cómo pescarán? —preguntó Jura.

Lora miró a su cuñada con ojos maliciosos.

Jura se echó a reír y luego, con tono de conspiración, le dijo:

—Esa principiante, la que viste una túnica con borde rojo y que luchó denodadamente por obtener a Rowan, podría sentirse atraída por aquel guardián vatell que está cerca de Brita.

—Ah —dijo Lora—, ¿el de las espaldas anchas y las piernas largas?

—Las he visto mejores —dijo Jura—. Trepando la montaña durante tres horas se llega hasta donde hay unas fresas muy dulces. Habría que recolectarlas.

Jura sonrió cuando vio a la principiante y al apuesto guardián dirigiéndose hacia allá.

Después, Jura y Lora descansaron. La vida de Jura había sido tan distinta a la de Lora. Jura había vivido entre hombres y se había dedicado a actividades masculinas. Sabía afilar la hoja de una lanza, pero no sabía cocinar ni dirigir una casa. Lora, en cambio, sólo conocía los aspectos amables de la vida y, cuando sus primos la asustaban, corría junto a Rowan en busca de protección. Jura hubiera matado a cualquier hombre que la acosara.

Lora estaba alarmada ante el desconocimiento de Jura respecto de las habilidades femeninas y Jura consideraba que Lora era una inútil. Pero ese día comenzaron a comprender el valor de las habilidades de cada una. Y se sintieron unidas por el lazo que tienen en común todas las mujeres: la necesidad de hablar entre ellas.

Trabajaron juntas y Jura disfrutó con ello. El anciano Thal se hubiera burlado de Jura si ella hubiera hablado de amor, pero Lora estaba fascinada por la posibilidad de poder reunir a las parejas.

—Observa a esos dos —dijo Lora—. Hacen una pareja perfecta, ¿no lo crees así?

—Ella hace tejidos —dijo Jura—. Quizá podamos enviarlos a ver su telar.

—Oh, sí —dijo Lora—. Eres muy eficiente, Jura. Nunca imaginé que fueras una casamentera. Esta noche habrá un cielo límpido y luna llena y todas esas parejas estarán recién casadas. Caminarán junto al río tomados de la mano. Me recuerda mi propia boda.

Jura, con la mirada perdida en el vacío, pensaba que debía ser agradable ser cortejada por un hombre. Cuando Daire le pidió que se casara con él, le obsequió veinte flechas nuevas. En ese momento pensó que hubiera preferido un ramo de flores.

—Esta noche diremos a Rowan que toque el laúd y cante —dijo Lora—. Conoce canciones muy bellas.

—¿Tocar? ¿Cantar? —dijo Jura—. Oh, sí, él tocó el laúd para Brita.

Lora la miró significativamente.

—¿No lo hizo para ti? ¿No te ha cantado canciones de amor a la luz de la luna?

—En una ocasión me dijo que yo era más bonita que una criada que conocimos.

Lora calló y contempló a Jura.

—Creo que te he juzgado mal. ¿Por qué no deseabas casarte con mi hermano?

—Cilean debía ser la reina. Es más apta que yo. Lora apoyó su mano sobre el brazo de Jura.

—No estoy tan segura de ello.

No oyeron que Rowan se acercaba.

—Parecéis divertidas —dijo Rowan, con ese tono de superioridad que adoptan los hombres cuando se divierten a expensas de una mujer.

Lora giró sobre sí misma para mirarlo.

—Tu mujer arriesgó la vida para obtenerte y tú ni siquiera has tocado el laúd para ella —dijo, indignada—. Pero lo hiciste para esa Brita. Mira a la ramera. Está allí rodeada por los hombres más apuestos y tú la cortejas como si fueras a casarte con ella. Deberías rogar a Jura que te perdone. Ven Jura, debemos trabajar.

Jura acompañó a Lora y se sintió muy, pero muy bien. Esta Lora también sabía manejar sus armas, sólo que las armas de la inglesa no eran de acero. Jura la miró con respeto.

Al mediodía se sirvió un almuerzo sobre largas mesas colocadas en la plaza central del pueblo. Hubo risas y algarabía. La sensación de expectativa era enorme. Los niños, percibiendo que ocurriría algo importante, reían y corrían y nadie se preocupaba de ellos, excepto de que no cayeran en los calderos de sopa. Los iriales adultos contemplaban con beneplácito cómo los jóvenes se miraban entre sí y reían cuando circunstancialmente se tocaban.

Y ese día hubo muchos acercamientos. Las jóvenes se inclinaban para que sus senos rozaran los hombros de los jóvenes. Ellos, a su vez, se estiraban para tomar algo y «accidentalmente» tocaban los senos de ellas con los codos. Todos dejaban caer cosas para agacharse a recogerlas y mirar con detenimiento el cuerpo de la persona que tenían a su lado. Hubo bromas y risas y, cuando el festín estuvo preparado, ya todos estaban caldeados, y no solamente por la acción del sol.

—¿Estás disponible? —preguntó a Jura un alto y extraordinariamente apuesto guardián vatell—. Si nuestra reina se casa con tu rey, estarás libre. —Se inclinó para murmurarle al oído—: Puedo lograr que olvides a ese inglés.

Jura sonrió.

Pero, antes de que pudiera responder, Rowan la tomó del brazo, alejándola de allí.

—¿Qué haces? Creí que estabas con Lora.

—Y yo que estabas con Brita. ¿Ya has planeado la ceremonia matrimonial?

Sin soltarla, Rowan la llevó hasta la casa de la tía de Jura.

—Debemos hablar. —Cuando estuvieron a solas en una habitación, Rowan dijo—: Le he dicho a Brita que no puedo repudiarte hasta que se realicen los matrimonios de las tribus. Pero odio mentir. Deberé hacer penitencia por esto. Creo que he hallado una solución temporal para nuestros problemas: tu hermano.

—¿Geralt? ¿Qué tiene que ver con todo esto?

—Mientras tú te entretenías y tratabas de formar parejas, he estado observando. Tu hermano se siente atraído por Brita. No sé si es su belleza o su poder lo que le interesa. Quizá su plan sea unirse a ella y matarme. No, no digas nada. Es tan sólo una conjetura. Deseo que me digas si él podría interesar a Brita, que es tan insaciable.

Jura demoró unos instantes en comprender el significado de su pregunta.

—¿Deseas saber si mi hermano es un *hombre*? —dijo entre dientes—. ¿Si puede proporcionar placer a una mujer? Más que tú —exclamó en voz alta—. Ha tenido muchas mujeres y ninguna se ha quejado.

Rowan la miró, estupefacto.

—Jura, ¿qué... —comenzó a decir pero luego se interrumpió y la miró fijamente. Después de un momento, desvió la mirada—. Por favor, no discutamos. Le dije a Brita que no me acostaría con ella esta noche, pero ella insiste. Pensé proporcionarle un hombre joven y bien dispuesto.

—Controlas todo demasiado —dijo Jura.

Él la miró.

—Quizá controlo mi país, pero creo que no puedo controlar a mi mujer. Esta noche habrá... una atmósfera tensa. Muchas parejas disfrutarán de su noche de bodas y Brita creará problemas si no se mantiene ocupada. —Se detuvo abruptamente—. Ello me preocupa. Iré en busca de tu hermano.

Cuando salió de la habitación, Jura se sentó en una banqueta, en un rincón oscuro. Lo que había comenzado tan bien cuando se conocieron junto al río, había terminado de esta manera.

No levantó la mirada cuando la puerta se abrió.

—Jura —dijo Lora, pero Jura no la miró.

Lora contempló a la orgullosa Jura sentada en un rincón, abatida, y experimentó una sensación de culpabilidad. No la había aceptado como esposa de Rowan ni había tratado de comprender sus costumbres lanconianas. Pero, mientras Jura y Rowan estuvieron de viaje, había hablado con Cilean y se había enterado de lo que realmente había sucedido durante el Honorium. Jura se había esforzado para que ganara Cilean, pero Cilean se había desmayado y Jura había vencido por abandono.

Lora había hablado con Daire sobre Geralt y Jura y había comprobado que Jura tenía motivos para pensar que Rowan no debía ser rey. Nada sabía acerca de la forma en que Rowan se había entrenado durante casi toda la vida para ser un buen rey.

Y Lora había logrado sonsacar a Cilean la verdad respecto del lugar a donde se dirigían Rowan y Jura.

Se había preocupado enormemente por ellos, pensando que Jura sería una carga para Rowan. Pero habían regresado, sanos y salvos, y Rowan había dicho que Jura le había ayudado. Luego, Rowan le contó cómo Jura lo había defendido.

La opinión de Lora respecto de Jura comenzó a cambiar. Y además, Phillip adoraba a Jura. La seguía por todas partes y Jura nunca se impacientaba ante sus preguntas; nunca era brusca con él.

Luego Rowan la había obligado a pasar el día con su cuñada y Lora descubrió que Jura le agradaba. Jura no parecía ser celosa como las mujeres que Lora había conocido en Inglaterra. Jura ignoraba la forma en que Rowan cortejaba a Brita, la manera en que le sonreía, incluso la forma en que miraba a las mujeres bonitas, iriales o vatell.

Mientras ella y Jura se ocupaban de formar parejas y lograr que pudiesen estar a solas, Lora había estado pensando en la manera de unir a Rowan y Jura. Estaban casados, pero no parecían compartir secretos ni intimidades. Habían partido como extraños y regresado como extraños.

A medida que avanzaba el día y se formaban las parejas, preparándose para las bodas conjuntas, Lora vio que Rowan se llevaba a Jura. Pero su actitud no era la de un amante, sino la de un padre enfadado, que reprendiera a una niña díscola.

Lora apeló a todo su ingenio. Dijo a Xante que armara la tienda de Rowan a ocho kilómetros de distancia, lejos de los demás, en un sitio apartado y solitario. Luego aguardó y, cuando Rowan salió apresuradamente de la casa de piedra, fue a buscar a Jura.

Se deprimió al ver a Jura tan desanimada y desdichada.

Lora no perdió tiempo.

—Ven conmigo —le ordenó.

—¿Qué? —preguntó Jura, parpadeando.

—Ven conmigo.

—¿Hay algún herido? ¿Alguien me necesita?

—Sí, tu marido te necesita. Lanconia necesita una reina. Necesitas niños, antes de que me arrebates el mío por completo y necesitas lo que puedo ofrecerte —dijo Lora.

—No comprendo.

—Lo comprenderás. Ahora, ven. Debemos poner manos a la obra.

Jura salió con Lora, que la llevó a la casa donde se alojaba Lora. Ella había escogido una humilde vivienda de piedra, perteneciente a un campesino. Había pilas de baúles y cajas en el suelo. Llamó al joven Montgomery, que estaba cortejando a una muchacha, y le pidió que la ayudara a mover los pesados cofres.

—Te vestiré de acuerdo con la moda inglesa —dijo Lora.

Jura retrocedió hacia la puerta.

—No me pondré uno de esos vestidos ceñidos en la cintura —dijo—. Si nos atacaran, no podría combatir.

—Esta noche solamente te atacará tu marido —dijo Lora. Luego, al oír un sonido emitido por Montgomery, se volvió—. Ocúpate de tu trabajo, en lugar de fisgonear. —Se acercó a Jura.— Daire te propuso matrimonio, ¿no es así? ¿Por qué lo hizo?

Jura sonrió, recordando.

—Lo vencí en una prueba de tiro al blanco.

Lora y Montgomery la miraron boquiabiertos.

Lora reaccionó.

—Existe una diferencia fundamental entre el galanteo inglés y el lanconiano —dijo en voz baja—. No creo que un inglés pretendiera que una mujer lo venciera en un juego de destreza para casarse con ella.

—Pero una mujer debe ser fuerte.

—En ocasiones también debe ser blanda —respondió Lora amablemente y esta noche lo serás—. Montgomery —exclamó—, ¿aún no has abierto ese cofre?

El joven, obviamente fascinado por la conversación de las mujeres, abrió un cofre de roble con cerraduras de hierro. Lora examinó su contenido y luego sacó un hermosísimo vestido de terciopelo azul.

—Es el más largo que poseo y estoy segura de que te irá muy bien.

Jura se alejó del vestido como si estuviera contaminado, pero en ese momento, un rayo de sol lo iluminó y Jura se acercó. Nunca había visto una tela igual y la mujer que había en Jura anhelaba tocarla.

—No podría usarlo... —dijo. Luego vaciló, mirando a Lora—. ¿A tu hermano le agradaría más que mi buena puntería?

—Jura —dijo Lora seriamente—, cuando yo haya terminado contigo, mi hermano caerá de rodillas y te rogará que lo perdones por las palabras descorteses que pueda haberte dicho.

Jura tomó el vestido.

—Comencemos.

Lora ordenó a Montgomery que se marchara y comenzó a vestir a Jura.

Jura estaba habituada a las túnicas y pantalones sueltos que usaba diariamente. Ocasionalmente, se había puesto vestidos para alguna ceremonia, pero nunca habían sido como ese. Estaba formado por una ceñida túnica dorada, que según Lora se trataba de brocado italiano. Sobre ella, se colocaba un vestido de grueso terciopelo azul con aberturas a los lados, que dejaban ver la pronunciada curva de la cintura y las caderas de Jura.

Lora desató la trenza de Jura y sus cabellos oscuros cayeron hasta su cintura, formando ondas. Sobre la frente de Jura, Lora colocó una sencilla corona de oro y, en lugar de las botas que siempre usaba, se calzó unas sandalias de cuero muy suave.

Lora retrocedió y miró a su cuñada con expresión crítica.

—Sí —murmuró—, sí.

—¿Estoy... estoy bien? —preguntó Jura—. ¿Tan bien como Brita?

Lora rió. Jura no tenía conciencia de su belleza ni del poder que le otorgaba. Para Jura, el poder consistía en arrojar flechas con puntería, cabalgar bien y estar junto a un hombre en una batalla. Pero su belleza era un poder nuevo para ella.

—Brita es un orinal a tu lado —dijo Lora y Jura sonrió—. Ahora, sal por esa puerta y ve junto a tu marido. No te apresures; permite que todos te vean y cuando veas a Rowan dile que lo estarás aguardando en su tienda después de las bodas. No le digas dónde se encuentra ni agregues nada más. Sólo di que te reunirás con él en su tienda. Si trata de decirte qué debe hacerse por el bien de Lanconia o qué es necesario hacer respecto de la reina vatell, sólo dile que lleve su laúd. Luego márchate, ¿Me comprendes, Jura? No permitas que te trate como si fueras un hombre.

—¿Como si fuera un hombre? —murmuró Jura—. No creo comprender la mentalidad inglesa.

—Y él no comprende a una guardiana lanconiana. No sé en qué circunstancias os conocisteis, pero apostaría que no estabas compitiendo con hombres en una demostración de destreza.

Recordando, Jura sonrió.

—No.

—Ahora ve. Mi hermano debe verte. Recuerda que eres hermosa. Mejor aún, deja que las miradas masculinas te digan que eres hermosa. Ve —dijo Lora, empujando a Jura—. Las bodas comenzarán pronto y Rowan las presidirá. Xante te conducirá hasta la tienda de Rowan y mi hermano se reunirá contigo lo antes posible.

—¿Y qué sucederá después? —preguntó Jura. Deseaba retrasar su partida. Se sentía muy extraña con esas ropas ceñidas que se enredaban entre sus piernas y temía tropezar y caer. Le parecía estar desnuda sin sus armas. No llevaba un cuchillo en la cintura ni el carcaj con flechas en la espalda. Ni espada, ni escudo ni lanza.

—Ordenaré que os envíen una cena y te sentarás en una silla, mientras Rowan se colocará a tus pies y cantará para ti. Jura, no estés tan atemorizada. No se trata de un combate.

Jura sonrió débilmente.

—Preferiría luchar contra cuatro zernas simultáneamente.

—Ve —ordenó Lora, dándole un empujón.

Jura inspiró profundamente y salió de la pequeña casa de piedra. Sabía que Rowan estaría junto a Brita y que la reina se había instalado en una silla tallada, situada en el extremo este de la plaza, desde donde podía ver y ser vista. A Jura le pareció un trayecto muy largo. Con la mirada al frente, caminó con paso decidido.

La gente comenzó a detenerse para contemplarla. En un primer momento, Jura supuso que la encontrarían ridícula, pero cuando vio la admiración reflejada en sus ojos, recuperó la confianza en sí misma. Las mujeres, aun las más bonitas, fruncían el ceño al verla. Los hombres en cambio... estaban boquiabiertos.

—Es Jura —murmuraban, como si nunca la hubieran visto.

Jura irguió la espalda y sonrió. Era agradable que la mirasen de esa manera. Lentamente, avanzó hacia donde se hallaba su marido.

Estaba cerca de Brita, pero al menos no estaba atendiéndola como de costumbre. Geralt en cambio, estaba sentado a su lado, devorándola con los ojos. Miró a su hermana, pero no notó el cambio y rápidamente volvió sus ojos hacia Brita. Brita se dio la vuelta y la miró con admiración, como si midiera la fuerza de un enemigo. Continuó mirando a Jura cuando esta se acercó a Rowan.

Rowan conversaba animadamente con Daire y no percibió la conmoción provocada por la llegada de Jura.

Daire miró a Jura y luego volvió a mirar a Rowan. Pero de pronto, la expresión de Daire cambió, y volviéndose lentamente, miró fijamente a Jura. No la había mirado así desde el día en que ella lo venció en la prueba de tiro al blanco. Aquel día había estado orgulloso de ella, pero ahora su mirada era distinta y Jura experimentó una inmensa satisfacción.

Frunciendo el ceño ante la distracción de Daire, Rowan se volvió.

Cuando Jura vio el rostro de Rowan, su inseguridad desapareció. Los ojos de Rowan parecían salirse de sus órbitas y quedó boquiabierto. Parecía paralizado.

Jura se sorprendió a sí misma caminando lentamente y moviendo las caderas, en lugar de hacerlo como si marchara, como era su costumbre habitual. Repentinamente, se sintió más poderosa que nunca; mucho más que cuando empuñaba una lanza y un hacha.

Rowan continuaba mirándola con estupor. Ella se acercó.

—Después de la ceremonia, te aguardaré en tu tienda —dijo ella con voz ronca.

Él asintió y ella sonrió. Luego se volvió para marcharse.

—Jura —dijo él—, ¿dónde está la tienda?

Ella lo miró por encima del hombro.

—Búscala —dijo—. Y lleva tu laúd. Quizá te pida que toques para mí.

Jura se alejó con el corazón palpitante, pero sonreía. Detrás de ella, oyó que Brita exigía que le prestaran atención, pero Jura tuvo la sensación de haberla derrotado.

Sólo debía continuar su actuación durante la noche, pensó, estremeciéndose.

12

El interior de la tienda de Rowan era suntuoso. Los muros estaban tapizados de seda y en el suelo había alfombras orientales. Los muebles eran ingleses; había dos sillas, una pequeña mesa, candelabros y una cama. Jura se sonrojó al ver el lecho, cuyo grueso colchón estaba cubierto por un edredón bordado.

Jura se sentó y aguardó la llegada de su marido. Luego entraron criados con fuentes de comida que dejaron sobre la mesa; miraron a Jura significativamente.

—¿Cómo se desenvuelven las ceremonias? —preguntó ella.

—Los matorrales y las camas están llenos de parejas —dijo uno de los hombres, sonriendo tontamente—. Y el príncipe Geralt ocupa el lecho de la reina vatell. —Los criados se marcharon.

Jura no estaba muy complacida de saber que su hermano se hallaba bajo la influencia de esa mujer traidora. Aparentemente, ningún hombre sabía manejarla. Pero luego pensó que quizá Rowan lo estaba haciendo muy bien. Ella había afirmado que no permitiría que su gente se casara con iriales, a menos que Rowan se casara con ella, pero lo había hecho.

Jura estaba tan ensimismada en sus pensamientos que no oyó que Rowan se acercaba a la tienda. Seguramente, había dejado su caballo lejos de allí.

—¿Esa sonrisa es por mí? —preguntó él suavemente.

Ella lo miró y sonrió más aún.

—Has hecho lo que prometiste. Los iriales y los vatell se han casado y Brita sólo tiene un príncipe en su cama. Quizá puedas ser rey.

Rowan rió.

—He debido correr muchos riesgos para ganarme ese elogio. —Fue hacia la pequeña mesa donde estaba servida la comida—. ¿Deseas una copa de vino? Aparentemente, este es el que traje del país de los francos.

Ella aceptó una alta copa de oro, incrustada de rubíes. Trató de actuar como lo hubiera hecho una mujer inglesa.

—¿No hubo inconvenientes durante las ceremonias? —preguntó Jura.

—No. —Rowan sonrió—. Aunque creo que algunos hicieron el amor antes de la boda, os agradezco a ti y a Lora por enviar a las parejas a lugares solitarios. —Se sentó en el suelo, sobre la alfombra, y se apoyó contra el pie de la cama. En la tienda no había mucho sitio y todo estaba cerca.

Jura inspiró profundamente. No sabía cómo actuar. Desde que se conocieron, sólo habían reñido.

—Cuando las guardianas nos entrenamos duramente, nos frotamos los hombros unas a otras. Quizá pueda hacer lo mismo por ti —dijo, temiendo que él la rechazara.

Rowan le sonrió cálidamente y sus ojos expresaron gratitud. Se echó hacia atrás y extendió su mano para que ella fuera hacia él.

Jura se puso de rodillas junto a él y lo miró a los ojos. Por primera vez en mucho tiempo, se sintió atraída hacia él. En ese momento Lanconia, Daire, Cilean y el derecho de su hermano al trono parecían muy lejanos. Cuando se movió, el terciopelo onduló en torno de su cuerpo y la luz de las velas se reflejaba en los cabellos dorados de Rowan.

—Debes quitarte la túnica y tenderte boca abajo —dijo ella, tratando de reprimir el temblor de su voz.

La mirada de él se encendió y entrecerró los párpados cuando la miró a los ojos. Dejó su copa de vino, desabrochó su cinturón y se quitó la túnica. No llevaba nada debajo y la luz de las velas alumbró su torso musculoso. Tenía una cicatriz en un hombro. Jura pasó sus dedos sobre ella.

Rowan sonrió.

—No le presté atención a Feilan y él decidió darme una lección. —Tomó los dedos de Jura y los besó—. Eres hermosa, Jura —dijo, introduciendo el pulgar de ella en su boca tibia acariciándolo con la lengua. Luego besó suavemente su muñeca y ascendió por su antebrazo, empujando la manga de su vestido—. El día que te conocí pensé que eras hermosa, pero ahora...

—¿Tan hermosa como tus inglesas? —murmuró ella, mirándolo fijamente—. ¿Tan hermosa como la mujer con la que debiste casarte?

Él rió.

—Ninguna mujer inglesa puede compararse contigo. —Puso el brazo de ella sobre su regazo y la miró—. Si vas a frotarme los hombros, será mejor que te quites parte de tu ropa.

Jura se sonrojó. En varias ocasiones se había desvestido en su presencia, pero ahora, a la luz de las velas, parecía diferente. Además, sabía que si se desvestía ahora, ello conduciría a un episodio penoso como el que ya había experimentado. Pero no sentía temor. Sólo la sensación emocionante que experimentaba antes de una batalla.

Inspiró para tranquilizarse y se quitó la túnica de terciopelo, permaneciendo con el ceñido vestido de seda. Los años de ejercicios habían modelado los músculos de sus caderas, manteniendo su cintura pequeña y sus senos erguidos.

Rowan la miró y emitió un gruñido que hizo sonreír a Jura. Ese inglés juzgaba la belleza física de una manera frívola, pero le agradaba que la mirase así. Su destreza para manejar la lanza no parecía importante en ese momento.

—Jura —murmuró Rowan, tendiéndole los brazos. Ella se entregó naturalmente. Negarse hubiera sido como negar una copa de agua a un hombre sediento.

La besó tiernamente, sin violencia, como si tuviera todo el tiempo del mundo. Jugó con sus labios y los rozó con la punta de la lengua. Cuando concluyó, el cuerpo de Jura estaba completamente relajado. Ella permaneció entre sus brazos y cerró los ojos.

Lentamente los abrió y lo miró. Él había entrecerrado los párpados y su expresión era plácida. Nunca había visto a un hombre en ese estado, y menos aún a ese inglés, que generalmente fruncía el ceño, fastidiado. Pero ahora había en sus ojos deseo, pero también ternura y cierta felicidad, como si sólo deseara estar con ella y en ninguna otra parte. El corazón de Jura se aceleró. El inglés le dijo que la amaba. ¿Sería verdad? ¿La expresión de su rostro sería una expresión de amor?

Él acarició el rostro de Jura con la punta de sus dedos; luego con la palma de su mano. Entrelazó los dedos en los cabellos de ella; besó las comisuras de sus labios, y luego sus párpados. Jura, inmóvil entre sus brazos, aceptó sus caricias, pero su corazón latía cada vez con más fuerza. Nunca hubiera imaginado que ese hombre corpulento, que maldecía, luchaba y se encolerizaba, fuera capaz de tocar tan suavemente a una mujer.

Rowan volvió a besar sus labios, pero esta vez ella también lo besó. Rodeó el cuello de él con sus brazos y oprimió sus senos contra la piel desnuda de su torso.

—Jura, mi amor —murmuró él contra su cuello; sus labios quemaban su piel.

El corazón enloquecido de Jura comenzó a latir también en su garganta y ella creyó asfixiarse. Rowan desató las cintas que sostenían el vestido de Jura con la misma habilidad con que tocaba un instrumento de cuerdas.

Ella jadeó cuando él deslizó sus manos grandes y callosas debajo de la seda y aprisionó su cintura desnuda. La oprimió como si jugara con ella y Jura rió, encantada, como una de las frívolas aspirantes a ser guardianas; la que siempre era rechazada. Pero a Rowan no le disgustó su risa, como le hubiera sin duda disgustado a un guerrero lanconiano. Por el contrario, sonrió y sus ojos brillaron, divertidos.

—¿Jura, tienes cosquillas? —dijo él—. Jura, la gran guerrera, ¿tienes cosquillas?

Ella trató de apartarse de él, pero no pudo liberarse de las manos que aferraban firmemente su cintura. Rowan movió sus dedos y Jura no pudo controlar su risa. Le dio un empujón, pero era como tratar de derribar a un roble. Los dedos de Rowan se movieron debajo del vestido de Jura y ella continuó riendo. Indefensa, cayó hacia atrás sobre la alfombra.

Cuando oyó que el vestido se rasgaba, protestó débilmente pero Rowan no cesaba de hacerle cosquillas.

Súbitamente, dejó de hacerlo y la miró. Jura estaba casi desnuda. Su vestido estaba abierto desde el cuello hasta las rodillas. Sus senos permanecían erguidos y Rowan, de bruces, se colocó a horcajadas sobre sus caderas.

Su expresión se tornó seria y sus ojos se oscurecieron. Una vena que atravesaba su sien latía con fuerza y los músculos de su pecho estaban rígidos. Al contemplar a Jura, su respiración se aceleró. Luego, lentamente, la tomó entre sus brazos, quitándole lo que quedaba de su vestido, y la llevó a la cama.

Jura se sentía viva y palpitante, pero también temerosa.

—Tu hermana se enfadará cuando sepa que su vestido está roto —murmuró.

Él no respondió. La puso sobre la cama y, de pie, la contempló. Sus ojos ascendieron desde los dedos de sus pies, pasando por sus piernas, sus senos, hasta llegar a su rostro. Cuando concluyó, el corazón de Jura latía violentamente.

Rowan se sentó en el borde de la cama, de espaldas a ella, y comenzó a desvestirse. No parecía tener prisa. Daba la impresión de que había aguardado toda la vida para vivir ese momento y que tenía la intención de disfrutarlo plenamente.

Se volvió hacia Jura y, completamente desnudo, se tendió a su lado. Sus piernas fuertes y velludas rozaban las de ella, sus brazos fuertes la sostenían y sus manos acariciaban su espalda hasta llegar a sus nalgas.

—La primera vez fui torpe —murmuró él—, pero en esta ocasión lo haré mejor. —Luego la besó.

Fue un beso diferente al primero; no tan suave pero más anhelante... y más apasionado. La piel de Jura estaba tan caliente, que tuvo la sensación de tener fiebre. Deseaba que continuara besándola, pero él deslizó sus labios por el cuello, los hombros y el brazo de Jura. Rozó con sus dientes la palma de su mano y el cuerpo de Jura se contrajo de placer. Luego acarició con su lengua el pequeño hueco central de su cuello. Tomó las manos de ella y las sostuvo contra los lados de su cuerpo, mientras él besaba sus senos. Jura comenzó a gemir, moviendo la cabeza de izquierda a derecha. Comenzó a sudar.

Rowan acarició con su lengua el abdomen y las caderas de Jura.

Soltó sus manos y deslizó las suyas debajo de sus nalgas para levantarla, introduciendo su lengua en su vulva. Jura jadeó y abrió los ojos, sobresaltada.

—Rowan —gimió.

—Sí, mi amor —dijo él, besando sus labios.

Ella abrió las piernas y él la penetró fácilmente, sin dolor, con profundo placer. Jura arqueó el cuerpo y echó la cabeza hacia atrás, gozando el éxtasis de esa nueva sensación. Lentamente, él se retiró casi completamente de ella y Jura le clavó los dedos en los brazos, temiendo que la dejara, pero él volvió a penetrarla de esa manera exquisita y torturante.

Ella abrió los ojos para mirarlo y la expresión de su rostro la hizo estremecer. Era una expresión de placer supremo y total. El corazón de Jura latió con más rapidez.

No tardó mucho en adaptarse al ritmo de hacer el amor. Levantó las piernas para facilitar la penetración de Rowan, que entraba y salía, una y otra vez, lenta y suavemente.

Quizá fueron sólo momentos o quizá fueron días, pero Jura comenzó a anhelar algo más, sin saber exactamente qué.

—¿Rowan? —murmuró.

Él abrió los ojos y la miró. Su mirada era tan apasionada que su corazón se aceleró.

Rowan cambió. Cambió instantáneamente; se convirtió en un animal salvaje, tomando una pierna de Jura y llevándola sobre la cintura de él. Jura levantó la otra pierna y elevó las caderas. Los movimientos de Rowan se tornaron más rápidos y violentos. Ella adaptó su ritmo al de él, empleando toda la fuerza física que había desarrollado en sus entrenamientos. Así llegaron a un crescendo de pasión y deseo.

Cuando alcanzó la culminación, Jura creyó ver estrellas y oír rugidos. Lanzó un grito y se aferró a Rowan con brazos y piernas, como se aferra un náufrago a un tronco que flota en el mar. Él se estremeció espasmódicamente.

Durante largo rato permanecieron tendidos uno junto al otro, abrazados como dos animales fuertes, los cuerpos cubiertos de sudor, las piernas entrelazadas.

Rowan la miró.

—¿No te hice daño? —preguntó con una pequeña sonrisa complaciente.

Jura no se ofendió. Se sentía tan bien que nada podía ofenderla.

—No tenía la menor idea —murmuró— de que existiera algo semejante.

Él besó su mejilla.

—Para ser sincero, yo tampoco. No es extraño que los hombres...

—Los hombres, ¿qué? —preguntó ella, arqueando una ceja.

—Por eso los hombres van de una cama a otra. Este placer es... —Cerró los ojos—. Este placer es...

—Mío —dijo Jura serenamente.

Rowan la miró, sonrió y la abrazó.

Se acurrucaron el uno contra el otro; sus cuerpos mojados unidos entre sí.

Jura jamás se había sentido así. Era como si siempre le hubiera faltado algo y ahora lo tuviera. Volvió levemente la cabeza para contemplar el perfil de Rowan a la luz de las velas. Rowan, pensó; ya no era «el inglés», sino Rowan, su marido, un hombre. Acarició su mejilla y él besó sus dedos. Tenía los ojos cerrados y el cuerpo completamente relajado.

—Háblame de tu vida en Inglaterra —dijo ella en voz baja. Nunca le había interesado su historia ni sus pensamientos, pero ahora deseaba saber algo más acerca de él.

Él la miró, como escudriñándola. Le sonrió tiernamente y Jura experimentó una sensación que nada tenía que ver con la pasión.

—La cena aguarda —dijo él—. ¿Comemos mientras hablamos?

Rowan se puso los calzones y Jura, a falta de otra cosa, la túnica bordada de Rowan. Dejaba ver sus piernas y, cuando vio que Rowan las contemplaba, hizo lo posible por lucirlas. Y la túnica, que le quedaba grande, se deslizaba continuamente por uno de sus hombros, pero tampoco trató de evitarlo.

La comida se había enfriado pero a Jura le pareció exquisita. Pusieron los platos sobre la alfombra. La combinación del vino y las miradas candentes de Rowan marearon a Jura. La voz de él, cuyas suaves inflexiones nunca había notado, la embriagó más aún.

Rowan le habló de la responsabilidad que siempre había pesado sobre él como futuro rey. Dijo que casi nunca había logrado complacer al anciano Feilan ni a su padre.

—¿Te preocupaba no complacer a Thal? —preguntó Jura—. Pero él hablaba de ti como si fueras un dios. El hijo que había tenido con *mi* madre no tenía importancia para él. Siempre le hablaba a Geralt de ti, poniéndote como ejemplo.

—Pero a Feilan le ordenaba que me exigiera más y más. En una ocasión, cuando yo tenía dieciséis años, y pensé que saldríamos de caza, me atacaron cuatro lanconianos. Luché contra ellos durante horas, mientras Feilan se limitaba a observar.

—¿Los mataste? ¿Te hirieron?

Rowan hizo una mueca.

—Luego comprendí que habían jugado conmigo, protegiéndose entre ellos. Herí a algunos, pero sólo obtuve magulladuras. En realidad, caminé cojeando durante varias semanas. Estaba tan enfadado con Feilan que apenas le hablaba. Era un hombre implacable, sin sentimientos.

—Pero te elogió ante Thal —dijo Jura.

—Por eso Geralt me odia.

—Con razón. Es un príncipe lanconiano. Tú en cambio... —Se interrumpió porque Rowan le introdujo un gran trozo de pan en la boca.

—Una noche, Jura —dijo él con la mirada de un cachorro abandonado—. Una noche de paz, por favor.

Jura no pudo evitar reír. Luego, impulsivamente, introdujo la mitad del pan en la boca de Rowan.

—De acuerdo —dijo ella, sonriendo—, esta noche eres el rey, pero mañana deberás demostrarme que eres apto para reinar.

—Apto para reinar —dijo él con ojos sombríos—. Te demostraré quién es apto para reinar. —Comenzó a avanzar hacia ella sobre pies y manos, como un gran animal de rapiña.

Jura se echó a reír, pero en ese momento, los calzones de Rowan se desprendieron «accidentalmente» y no hubo dudas acerca de sus intenciones. Jura sintió la boca seca, pero esta vez no experimentó temor. Cuando se quitó la túnica y abrió los brazos para recibirlo, vio una expresión fugaz de sorpresa en el rostro de Rowan, pero no la comprendió. No la habían educado para ser recatada, para disimular sus verdaderos sentimientos, para fingir. Ella lo deseaba tanto como él a ella, y no lo disimulaba.

Después de su desconcierto inicial, Rowan sonrió, feliz al verla tan ansiosa. Ya no había motivos para actuar tan lentamente. Su pasión por Jura era avasallante. Durante dos horas había contemplado sus piernas desnudas y sólo había pensado en hacerle nuevamente el amor. Pero había obrado con cautela, pues las mujeres inglesas, al menos las que él conocía, actuaban como vírgenes cada vez que copulaban.

Pero Jura era lanconiana, no inglesa, y decía cuanto pensaba, actuaba de acuerdo con sus convicciones y tomaba lo que deseaba. Rowan no debía preocuparse; ella jamás lo engañaría. Siempre le diría francamente qué pensaba.

Después de la primera vez que hicieran el amor, cuando él había actuado tan torpemente, Rowan temía que ella no desease volver a acostarse con él. Pero parecía haber cambiado de idea, pensó él con cierta presunción.

—Ven, mi querida ansiosa, te enseñaré algunos trucos —dijo él, sonriendo. La levantó y luego la colocó sobre su pene, sonriendo complacido ante la sorpresa de ella, que luego se transformó en placer. Por lo menos a *ese* respecto, ella no podía decir que fuera un tonto. En esa materia, él poseía todos los conocimientos y ella, ninguno.

Pero en pocos segundos, Jura lo hizo cambiar de idea. Ella era más fuerte, hábil, vigorosa y creativa de lo que él hubiera imaginado. Rowan no había tenido muchas relaciones sexuales, pues Feilan siempre había considerado que el entrenamiento para la guerra era más importante que el entrenamiento para el sexo. Muchas de las relaciones sexuales de Rowan habían sido con mujeres ahítas, que sólo deseaban poder decir que se habían acostado con el apuesto príncipe. Rowan había debido hacer todo el desgaste.

—Jura —murmuró, acariciando sus muslos mientras ella se movía rítmicamente sobre él. Creyó morir a causa del éxtasis que ella le proporcionaba.

De pronto, ya no pudo soportarlo más y, sin interrumpir el contacto, la arrojó de espaldas sobre la alfombra y llegó a la culminación, con estremecimientos que parecían provenir de lo más profundo de su alma. Abrazó a Jura con tal fuerza, que ella gritó.

—Me estás destrozando —dijo ella, tratando de liberarse de él.

Él rió.

—Te plegaré hasta que quepas en mi bolsillo y sólo te sacaré de allí cuando seas como aquella Jura junto al agua.

—Siempre soy aquella Jura —dijo ella, acercando su cuerpo al de él.

Rowan bostezó.

—Quizás estés habituada a dormir en el suelo, pero yo prefiero la cama. —Levantó a Jura entre sus brazos como si fuera una niña y la llevó a la cama. La abrazó, cubrió a ambos con una manta y se durmió inmediatamente.

Jura, en cambio, permaneció despierta. Su mente y su cuerpo bullían de nuevas sensaciones. Cuando Rowan estuvo profundamente dormido, Jura salió de la cama, tomó la túnica de él que estaba en el suelo, se la puso y salió de la tienda.

El aire de la noche estaba fresco y ella volvió su rostro hacia la luna. Sonriendo, se rodeó el cuerpo con los brazos. Finalmente, ya no era una doncella. Esto era lo que había sentido el día en que conociera a Rowan. Y era lo que nunca había sentido con Daire. Anhelaba sentir con Rowan la seguridad y la serenidad que Daire le transmitía.

La brisa fresca le produjo escalofríos y regresó a la tienda. A la luz de las velas, contempló a Rowan dormido; parecía un bebé. Uno de sus brazos estaba flexionado, la palma de la mano hacia arriba, en actitud indefensa. Ella debió hacer ruido pues él se movió y estiró las manos, como buscando algo. «A mí», pensó ella sonriendo. Luego apagó las velas y se metió en la cama junto a él.

Despertó con un cosquilleo en la nariz. Abrió los ojos y se incorporó. Rowan le estaba pasando por la nariz un mechón de sus propios cabellos. Durante un instante, la presencia de ese hombre en su cama la sobresaltó; luego, recordando, se sonrojó.

—Buenos días, esposa mía —dijo Rowan, sonriendo y besándola tiernamente—. ¿Qué entretenimiento me has planificado para hoy? Apuesto que no será mejor que el de ayer, cuando, con tu vestido de terciopelo me condujiste a esta cueva de placeres terrenales. Si hubiera sabido que reaccionarías de ese modo ante la presencia de Brita, la hubiese invitado a nuestra boda.

Jura no estaba habituada a las bromas.

—No planifiqué esto —dijo, indignada—. Tu hermana me dijo que debía tratar de asemejarme a una mujer inglesa para... para... —Lo miró y sonrió débilmente.

—¿Para qué? —preguntó él inocentemente.

—Brita no tiene nada que ver con ello. Si deseas ir tras esa mujer vieja como un perro faldero, es asunto tuyo. —Jura trató de salir de la cama, pero él se lo impidió.

—Brita no es vieja. Es una mujer hermosa y poderosa, y la clase de poder que ella posee es atractivo para un hombre, especialmente para un rey como yo.

—No es tan hermosa como yo —gritó Jura. Luego, al ver la expresión de Rowan, comprendió que se estaba riendo de ella. Bajó la voz—. Brita debería estarme agradecida. Anoche la salvé de una velada tediosa. Bostezó—. Quizá consiguió un apasionado amante lanconiano, alguien tan apuesto y viril como Daire.

—Daire —dijo Rowan, irritado—. Podría quebrarte ese feo y pequeño... —Se interrumpió al comprobar que ella, a su vez, se mofaba de él.— Te castigaré por esto —dijo con expresión feroz. De inmediato se abalanzó sobre ella y le hizo cosquillas hasta hacerla reír y gritar.

Jura se contorsionó de risa y esas contorsiones hicieron olvidar a Rowan que la estaba «castigando». Un instante después se besaban ávidamente, como si no se hubieran visto durante un año. Luego hicieron el amor y se durmieron.

Ambos despertaron al mismo tiempo.

—No deseo salir de aquí —dijo Rowan, abrazándola—. Allá afuera ruge el mundo. Seguramente, Brita ya ha declarado la guerra a los iriales y yo soy el culpable porque me he alejado de ella.

Su tono era tan abatido que ella besó la punta de su nariz. Luego levantó la cabeza.

—Alguien viene hacia aquí.

Rowan salió inmediatamente de la cama, se envolvió en una manta y tomó su espada.

—Permanece aquí —ordenó a Jura—. ¡Y no desobedezcas!

Salió de la tienda para aguardar la llegada del jinete solitario, que al ver a Rowan, aceleró la marcha.

Era Xante y miró a Rowan con expresión divertida; Rowan estaba desnudo; la manta de lana colgaba de su hombro y arrastraba por el suelo. En una mano empuñaba la espada.

—Afortunadamente, no soy un enemigo —dijo Xante—. Te llevó mucho tiempo oír mi llegada.

—¿Qué sucede? —preguntó Rowan con tono serio y severo—. ¿Me necesitan?

Xante vaciló antes de responder.

—No. Tu hermana ha enviado comida para ambos y ropa para Jura. —Arqueó una ceja—. Aparentemente, creyó que la ropa de Jura no duraría más de una noche. —Xante sonrió al ver que Rowan se sonrojaba.

Rowan maldijo su rubor y el tono zumbón del lanconiano y tomó los cestos que le entregó Xante.

—¿Brita se encuentra bien? ¿No se enfadó a causa de mi ausencia?

—El joven Geralt entró en su tienda anoche y aún no ha salido. Los lanconianos sabemos hacer ciertas cosas, hermano.

—¿Hermano? —preguntó Rowan.

El rostro de Xante se tornó tenso, anticipando la desaprobación de Rowan.

—Anoche me casé con tu hermana —dijo en tono un tanto desafiante.

Rowan sonrió ampliamente.

—Por lo visto, los ingleses no somos tan incompetentes. A la mañana siguiente de la boda, ha logrado que entregues mercancías y mensajes. ¿No pudiste retenerla en la cama esta mañana?

Esta vez fue Xante quien adoptó una expresión tímida; luego sonrió.

—Allí hay comida para dos días y no es necesario que regreses. Todos están... ocupados. Dentro de nueve meses habrá muchos nacimientos. Te deseo buenos días y me marcho, pues debo engendrar mis propios niños. —Saludó haciendo un gesto con la mano y se marchó.

Jura salió de la tienda, vestida con la túnica de Rowan, con un cuchillo en la mano.

—De modo que ahora el capitán de la guardia está de tu lado —dijo pensativamente—. Me pregunto si Geralt lo sabe.

Rowan apoyó dos dedos sobre los labios de ella.

—Tratemos de que la paz dure todo lo posible. Hoy no hables de tu hermano, por favor. Comamos, hagamos el amor, nademos y cantemos.

Jura sonrió.

—¿Realmente podemos hacer cuanto nos plazca? ¿No debes dedicarte a unir las tribus ni a ningún otro asunto de estado?

—Seremos amantes y haremos cuanto hacen los amantes. ¿Deseas que toque el laúd y cante para ti?

—Preferiría que me enseñaras a arrojar el cuchillo como tú lo haces. Lo he intentado, pero no puedo mover la muñeca como tú. En un combate, sería muy útil arrojar un cuchillo y matar a un hombre tan rápida y limpiamente. Podría... —Rowan volvió a apoyar sus dedos sobre los labios de Jura.

—Practicaremos durante una hora, cantaremos durante una hora y haremos el amor durante el resto del día —dijo.

Jura, pensativa, dijo:

—Me parece equitativo. —Su tono era serio pero sus ojos brillaban—. ¿Qué haremos en primer término, comer o bañamos?

—Comer —dijo él tratando de tomarla entre sus brazos. Riendo, Jura lo eludió y tomó el cesto de comida. Cuando la manta cayó de los hombros de Rowan y Jura vio que él deseaba algo más que comida, lo ignoró. Se sentó en el suelo y comenzó a comer. Pero durante la comida, estiró sus piernas con frecuencia y se inclinó para que él viera sus senos.

Fue un día maravilloso para ambos; el primero que compartían como personas, no como enemigos. Rowan enseñó a

Jura a arrojar el cuchillo; pronto comprobó que ella poseía aptitudes naturales para emplear un arma y, después de una hora de práctica, lo hacía casi tan bien como él.

—Deberías adiestrar a mis hombres —dijo él de mal humor.

—No a Neile —dijo Jura—. Ese hombre no me agrada.

Rowan estuvo a punto de contradecirla, pero se contuvo. Quizá Neile había irritado a otros lanconianos y no sólo a Jura.

Para ambos, el día resultó muy breve. Aunque hacía semanas que estaban casados, se conocían muy poco y habían acumulado tanto enojo, que les era difícil confiar el uno en el otro. Pero ambos sólo habían sido educados para la guerra. Lora había enseñado a Rowan modales gentiles y él había llegado a pensar que esa era la misión de las mujeres. Jura no tenía la menor idea de qué esperaba él de ella.

Durante todo el día, trataron de complacerse mutuamente, ignorando lo que cada uno de ellos esperaba del matrimonio. Jura deseaba organizar un concurso de ballestería. Después de todo, así había logrado que Daire le propusiera matrimonio. Pero a Rowan no le agradaba la idea. Deseaba enseñar a Jura a tocar el laúd y a cantar algunas canciones inglesas. Jura sabía que sus dotes musicales eran nulas y no deseaba hacer un mal papel frente a él. Aparentemente, ninguno de los dos quería hacer aquello en que destacaba el otro.

De modo que comieron, hicieron el amor y conversaron. Asombrado, Rowan se enteró de cómo había sido la infancia de Jura. En un comienzo, la idea de que existiera una guardia femenina le había horrorizado tanto, que no le había interesado, pero ahora la escuchó con atención, pues se había sorprendido al ver cómo Jura había protegido sus espaldas.

—Pero, ¿cuándo danzabas o jugabas? —preguntó él—. ¿Cuándo ibas a la campiña para contemplar las flores?

—Cuando lo hacías tú —dijo ella.

Esa noche hicieron nuevamente el amor y se durmieron abrazados. Aún no había amanecido cuando los despertó el sonido de un caballo que se acercaba a la carrera. Jura y Rowan saltaron de la cama y se pusieron una túnica. Luego corrieron hacia afuera. Rowan dijo a Jura que permaneciera en la tienda, pero ella no le obedeció. Permaneció a su lado, espada en mano, aguardando la llegada del jinete.

Era Geralt. Su rostro estaba contorsionado por la ira. Sobre su montura, atada de pies y manos, amordazada, estaba Brita.

13

—Eres un estúpido —gritó Rowan, antes de que Geralt pudiese hablar. Rowan tomó a Brita entre sus brazos. Los ojos de la reina vatell lanzaban destellos de furia.

—¿Qué hizo ella? —preguntó Jura a su hermano.

—No importa —gritó Rowan—. Tu mal carácter infantil nos ha perjudicado a todos.

Geralt desmontó empuñando su espada y Jura se interpuso entre su hermano y su marido.

—No reñiréis por esto —dijo Jura—. Hablaremos y veremos qué se puede hacer.

Rowan sostenía a Brita en sus brazos. La ira pintada en el rostro de la mujer representaba el fin de todos sus sueños de unir a Lanconia, y todo se debía al carácter irascible de su hermanastro. Geralt deseaba el poder por el poder mismo, no para utilizarlo en beneficio de su país.

—Le oí decir que pensaba atacar a los iriales —dijo Geralt con odio—. Se deslizó subrepticiamente de la cama que compartimos anoche; la muy tonta pensó que yo dormía. —Miró a Brita con furia—. Para hacerme dormir hace falta algo más que lo que una mujer vieja como tú pueda darme —le dijo despectivamente—. La seguí. Ordenó a uno de sus guardianes que viniera hasta tu tienda y os matara a ambos. Maté al guardián y luego, cuando esta víbora se durmió, la apresé.

Jura miró a Rowan.

—Mi hermano ha salvado tu vida y la mía. No debiste dudar de él.

Rowan estaba estupefacto.

—Provoca una guerra porque no es capaz de retener a una mujer en su lecho y dices que no debería haber dudado de él.

—Eres un... —gritó Geralt, avanzando hacia Rowan, espada en mano.

Rowan estuvo a punto de dejar a Brita en el suelo y luchar contra Geralt, pero Jura volvió a intervenir.

—Debemos *evitar* la guerra —gritó—. Si los vatell descubren la ausencia de su reina, asesinarán a los iriales dormidos. Debemos actuar de acuerdo con lo sucedido y debemos hacerlo con celeridad.

Rowan permaneció de pie, con Brita entre los brazos, que se retorcía, trataba de gritar a pesar de la mordaza y miraba con odio a Geralt. Rowan asistía al derrumbe de sus sueños y esperanzas; todo ello provocado por el descontrol de ese joven inmaduro. Seguramente, Geralt se había enfadado porque Brita salió del lecho, ofendiendo su masculinidad.

—Rowan —gritó Jura, tratando de llamar su atención. Rowan sólo atinaba a mirar a Geralt con odio—. Debemos hacer planes.

Rowan, encolerizado, no podía pensar. Lentamente, se volvió hacia Jura.

—Lo defiendes.

—No defiendo a nadie —dijo ella—. Geralt pensó que debía salvar tu vida, y aparentemente lo hizo. —Jura se volvió hacia su hermano—. ¿Qué hiciste con el cadáver del guardián?

—Lo arrojé desde el acantilado Foran.

—Ve a buscarlo —ordenó ella, pero Geralt no se movió—. Ve a buscarlo y móntalo sobre un caballo. Llevaremos a la reina de regreso al pueblo y ella les dirá que nos acompañará a visitar a Yaine.

Brita dijo —¡Ja! —a través de la mordaza.

—Vete —gritó Jura a Geralt—. Debemos actuar rápidamente antes de que nadie sospeche.

Geralt se marchó rumbo al pueblo y Jura pasó junto a Rowan para entrar en la tienda.

—Debemos vestirnos —dijo—. Déjala en el suelo. Rowan, aún llevando a Brita, entró en la tienda. —Maldita seas, Jura, no comiences a dar órdenes. Ella estaba atando sus botas.

—¿Debí permanecer allí mientras vosotros peleabais a causa de *ella*? —Lo miró—. ¿Te agrada tenerla entre tus brazos?

Rowan dejó caer a Brita sobre la cama y apoyó las manos sobre los hombros de Jura.

—¿No podemos estar en paz? ¿Siempre debes apoyar a otros en contra de mí?

—Te he dicho que no tomé partido. Lo que está hecho, hecho está y ahora debemos resolverlo. Debemos evitar que los vatell sepan que su reina ha sido capturada.

—Levantó los pies de Brita y se quitó el cinturón. Rowan se irguió.

—De acuerdo; la llevaré de regreso al pueblo y ella dirá a sus hombres que va a viajar con nosotros hasta el pueblo de los fearen. Traeremos fearen para que se casen con los vatell y los iriales. —Brita volvió a protestar. Jura se inclinó sobre ella, acercó su rostro al de Brita y, con voz suave, dijo:

—Haremos apuntar flechas hacia ti, y si no dices cuanto deseamos y logras huir, te perseguiré; y un día, mientras estés durmiendo, me deslizaré en tu dormitorio y te cortaré la nariz. Ya no podrás seducir a un apuesto y joven príncipe. —Sonrió fríamente y tocó la nariz de la mujer con la punta del dedo.

Rowan, exasperado, levantó los brazos.

—Ve a buscar a Daire. Si él viaja con ella, los vatell creerán que ella nos acompaña voluntariamente. Diremos que Yaine ha accedido a recibirnos y dentro de dos horas estaremos en la tierra de los fearen. Y que Dios nos ayude.

Jura terminó de vestirse y salió de la tienda en busca de su caballo. Rowan la siguió y tomó su brazo.

—¿Duró poco, verdad? Me refiero a la paz entre nosotros.

—Es probable que mi hermano te haya salvado la vida —dijo ella—. Mantuvo ocupada a tu perversa reina para que ella no percibiese que le habías mentido al hablarle de matrimonio, y mató a un guardián vatell que había sido enviado para matarte. Si alguien lo hubiera visto, Geralt estaría muerto; quizá tú y yo también lo estaríamos y la guerra habría estallado. Arriesgó mucho por ti y, sin embargo, lo condenas.

—Vosotros consideráis que matar es la única solución. Los lanconianos viven dedicados a entrenarse para la guerra. Me pregunto si son capaces de vivir en paz. Enredan e intrigan tanto unos contra otros que...

—Si nos desprecias tanto, ¿por qué no regresas a tu perfecta y pacífica Inglaterra? —dijo ella—. No necesitamos que constantemente nos digas que estamos equivocados, que todo cuanto hacemos no está de acuerdo con tus pautas de caballero. Hemos sobrevivido sin ti durante siglos y podemos continuar haciéndolo.

—Eso es todo cuanto hacéis: *sobrevivir* —dijo él, irritado—. Cada una de las tribus lanconianas vive en una prisión. No tienen caminos, ni mercaderes, ni hay intercambio comercial entre las tribus; sólo poseen armas y elementos bélicos. Y luchan en contra de mí, que soy vuestro rey, constantemente. Tuvimos dos días de paz y ahora la reina vatell yace maniatada y amordazada.

—Geralt debió permitir que ese guardián viniera a atacarte —dijo ella; sus ojos brillaban de cólera. El hombre era inglés; pensaba como un inglés, hablaba como un inglés y razonaba como un inglés.

Rowan avanzó hacia ella.

—No hablas seriamente —murmuró.

—Escúchame bien, inglés; siempre escogeré mi país antes que nada ni nadie. Moriría ahora mismo si con ello pudiera ayudarlo. Mi hermano, a quien ofendes, piensa como yo. Has ocupado un trono que debió ser de él, pero él mató para salvar tu vida porque él también desea que haya paz entre las tribus. Percibimos mejor que tú que se trata de una tarea imposible, pero arriesgamos nuestras vidas para ayudarte y tú nos desprecias por ello.

—Desprecio vuestro temperamento —le dijo Rowan—. Pensáis con un hacha en la mano. Geralt estaba enfadado porque una reina vatell osó amenazar la vida de un irial. Geralt sólo piensa en los iriales, no en el bien de toda Lanconia. Sería un buen rey de una sola tribu, pero no se considera parte de todo el país. Debió venir a advertirme. No debió secuestrar a la reina vatell, arriesgándose a desatar una guerra. —Rowan se acercó a Jura—. O quizá tu hermano desea que esta paz no dure. La gente se volvería en contra de mí y me mataría por haber traído los vatell hasta aquí y ellos nos atacarían. Entonces, Geralt sería rey.

Ella levantó la mano para abofetearlo, pero él se lo impidió.

—Trae a Daire y a Cilean. Iremos lo antes posible a la tierra de los fearen.

Rowan la contempló mientras se alejaba y luego regresó a la tienda. Brita yacía sobre la cama y sus ojos siguieron los movimientos de Rowan. Él bebió una copa de vino para fortalecerse. Maldijo la estupidez de Geralt. Rowan había tenido la intención de convencer pacíficamente a Brita para que le acompañara a visitar a Yaine y aguardaba que su mensajero le trajese la noticia de que Yaine lo recibiría.

Ahora, Geralt le había obligado a apresurar sus planes y, además, Rowan debía lidiar con una reina enfurecida. Y con una esposa que volvía a odiarlo, pensó tristemente Rowan. Él no había podido demostrarle nada; no había logrado hacerle comprender su manera de pensar. Ella suponía que su celoso hermano actuaba por el bien de Lanconia y que su marido era un intruso que no comprendía nada.

Rowan maldijo y dejó sobre la mesa su copa vacía. Debía llevar a Geralt con él a la tierra de los fearen. Jura creía que actuaba impulsado por amor hacia su país, pero Rowan no confiaba en él. En los ojos de Geralt había algo más que ira: había codicia; el instinto decía a Rowan que Geralt deseaba que los intentos de paz entre los vatell y los iriales fracasaran. Cínicamente, Rowan se preguntó si Geralt no habría intentado lograr la complicidad de Brita para atacar a Rowan y ella se había negado. Brita no se conformaría con un joven príncipe. Ella deseaba un rey que estuviera a su altura.

Si Rowan estaba en lo cierto respecto a Geralt, no podía arriesgarse a dejarlo en Lanconia, pues destruiría la frágil paz que había entre las tribus. Rowan había planeado permanecer en el pueblo irial durante un mes o más para supervisar la unión pacífica de sus súbditos (y la de su propio matrimonio), pero ahora debía marcharse y dejar a las tribus libradas a su suerte.

—¡Maldito sea! —murmuró Rowan. Geralt lo había arruinado todo y ahora debería ir con ellos. Si Rowan estuviera acertado en su juicio acerca de Geralt, iba a tener que cuidarse de él.

Con una mueca, pensó que Jura no protegería a su marido de las flechas de Geralt.

Se volvió hacia Brita.

—Es hora de marcharnos. —Le quitó la mordaza.

Ella escupió el rostro de Rowan.

—Mis guardianes te matarán. No iré contigo y mi gente no creerá en las palabras de mi hijo. Fue lo suficientemente tonto para dejarse apresar por Thal; no necesito un cobarde como él.

—Me han dicho que Daire era apenas un niño cuando fue apresado y atacó a Thal.

—Pero fue vencido —dijo ella—. No fue un digno hijo de su padre. Mi marido era un hombre magnífico, un vatell, no un irial como ese pequeño príncipe que enviaste a mi lecho.

Rowan desató las manos de Brita.

—No importa qué puedas pensar, ahora nos ayudarás.

—¿Crees que las amenazas de esa insignificante ramera con la que te has casado me atemorizan?

Rowan la tomó del cuello.

—Es mejor que tú —dijo él—, y si sus amenazas no te atemorizan, permite que te diga que si no mientes de modo convincente a tu gente y les haces crees que *deseas* acompañarnos a ver a Yaine, seré yo quien te despoje de tu nariz. Más aún, te decapitaré.

Ella lo miró enfurecida, pero no volvió a amenazarlo.

—¿Qué tiene que ver Yaine conmigo?

—Deseo que te cases con él —dijo Rowan, obligándola a levantarse de la cama.

Brita rió.

—Eres más tonto de lo que creí. ¿Casarme con ese bandolero? Si lo hiciera, sería reina de los fearen y de los vatell y te destruiría.

Rowan la arrastró fuera de la tienda y la llevó hasta el caballo.

—Quizá Yaine piense que reinará sobre los vatell.

—Si trata de despojarme de mi poder lo mataré —dijo ella, iracunda.

Rowan la levantó, colocándola sobre la montura.

—Bien, puede que ambos luchen por el poder y yo sea el vencedor. Sé que Yaine tiene una hija muy bonita. Quizá pueda casarse con Daire.

—¡Bastardo!

Rowan montó detrás de ella y tomó las riendas.

—Mi alcurnia está avalada por documentos. Creo que «tonto» sería una palabra más adecuada. Puede que lo sea.

Azuzó su caballo, con la esperanza de que Brita no percibiese los latidos de su corazón. Si esa mujer hacía el menor gesto sospechoso, tendría que matarla y ya no habría ninguna posibilidad de paz.

Jura salió a su encuentro, acompañada por Daire y Cilean.

—Estamos preparados —dijo, mirándolo fríamente.

—¿Dónde está Geralt? —preguntó Rowan.

Jura señaló la colina que estaba detrás de ellos. Geralt estaba sobre su caballo, junto a un guardián vatell... un guardián vatell muerto que, desde esa distancia, parecía estar vivo.

Cuando Brita anunció a sus hombres que partiría con Rowan rumbo a la tierra de los fearen, ellos protestaron, desconfiando. Esa protesta constituyó la salvación de Rowan. Brita se enfadó al ver que sus guardianes no creían que pudiera cuidar de sí misma.

—Te enseñé a combatir —dijo ella a un guardián de veintiún años—. ¿Y ahora dices que no sé nada de armas?

—Eres nuestra reina y te valoramos —dijo el joven—; y el viaje hasta el pueblo de Yaine es muy largo.

—¿Insinúas que soy demasiado *vieja* para emprenderlo? —murmuró ella—. ¿Soy demasiado *vieja*?

—Perdonad, mi reina. No quise decir...

Brita se volvió hacia Rowan.

—Saldremos de inmediato y me reuniré con ese tal Yaine y veremos quién es viejo. —Salió de la habitación y el guardián permaneció perplejo y callado.

Jura ocupaba el tercer lugar en la hilera de viajeros que ascendía por el estrecho y rocoso sendero de la montaña. Rowan marchaba al frente del grupo, seguido por Brita. Geralt iba detrás de Jura, y Daire y Cilean eran los últimos. Jura vigilaba la espalda de Rowan y, al mismo tiempo, observaba a Brita para evitar cualquier movimiento sospechoso. Habían transcurrido unas pocas pero tensas horas desde que Geralt llevara a Brita, atada y amordazada, a la tienda de Rowan.

Jura sonrió al recordar la tienda y las dos noches que había pasado allí. Pero luego su sonrisa se borró. No podía permitir que los placeres de alcoba interfirieran en sus decisiones respecto de su país.

Geralt había actuado de forma impulsiva e imprudente al secuestrar a Brita, pero Jura consideraba que no hubiera podido obrar de otra manera, excepto, quizás, avisar primero a Rowan, como este había expuesto. Jura meneó la cabeza para clarificar sus ideas. No sabía qué pensar. Pero Geralt era lanconiano y Rowan, no.

Galoparon durante horas, alejándose todo lo posible del pueblo irial. Nadie hablaba, pues los caballos avanzaban en hilera. Viajarían durante dos días por la tierra de los vatell antes de llegar a territorio fearen, pero no viajaron a campo abierto pues, a excepción de Brita, todos vestían ropas iriales. Los vatell del sur del país no estaban enterados del acuerdo de paz y Rowan no deseaba exponer la vida de todos ellos, ya que alguien podría atacarlos, considerándolos invasores.

Se detuvieron durante la noche. Sólo Brita parecía fatigada. Durante los últimos años había llevado una vida cómoda y su resistencia había disminuido.

Brita se internó sola en la oscuridad, pero Rowan la tomó de un brazo.

—No te alejarás de mi vista.

—Soy una reina y... —Hizo una pausa; su expresión altiva se tomó seductora—. ¿Irás conmigo?

Él la soltó.

—Jura, ve con ella. Cuida de que no se aleje.

Jura dejó de desensillar su caballo y acompañó a Brita.

—No me entregará a Yaine —murmuró Brita cuando se apartaron de los demás—. Deseará tener una reina a su lado; tú eres tan sólo...

—Joven, sana y capaz de darle hijos —dijo Jura, fatigada—. Emplea tu astucia con otra persona. Si mi marido te hubiera deseado, te hubiera tomado. ¿No comprendes que su mayor anhelo es lograr la paz de Lanconia?

Brita calló; parecía medir a su adversaria.

—Para gobernar sobre toda Lanconia... Ni siquiera yo pensé abarcar tanto. ¿Cuál es su plan para eliminar a aquellos que tuvimos el poder antes que él?

—No intenta matar a nadie. Tiene una aversión irracional hacia la muerte. Ni siquiera mata a los zernas.

La noticia sorprendió a Brita y dejó de hablar con tono plañidero.

—¿Piensa unirnos a Yaine y a mí y evitar que se produzcan muertes?

Durante un instante, Jura se sintió identificada con Brita.

—Es inglés y su cabeza es dura como la piedra. También cree que Dios habla con él. No lo comprendo en absoluto, pero Thal lo convirtió en rey y Rowan posee el poder hasta... hasta...

—Hasta que alguien lo mate. No vivirá mucho tiempo —dijo Brita rotundamente—. Afortunadamente, no me casé con él.

Nuevamente se había convertido en la enemiga de Jura.

—No deseaba casarse contigo. Ahora, regresemos. Esta noche serás vigilada y, aunque mi marido detesta la muerte y mi hermano se limita a maniatar a las mujeres, yo estoy ansiosa por practicar un nuevo truco que he aprendido a hacer con el cuchillo. ¡Si tratas de huir, te mataré!

Brita no respondió y regresó al campamento. Se mantuvo apartada de los demás, mientras estos encendían el fuego y preparaban una comida sencilla. Contempló a Rowan, a quien llamaban rey de los lanconianos, cuando en realidad sólo era el rey de los iriales. Él no dejaba de mirar a Jura y Brita pensó que era un tonto. Se había enamorado de la joven y eso lo tornaba vulnerable. Para mantener el poder no había que enamorarse.

Ella lo sabía muy bien. El padre de Daire se lo había enseñado. Ella había amado profundamente a un joven... y el padre de Daire le había hecho matar. Lo que más enfureció a Brita fue que no lo hizo por celos, sino simplemente para darle una lección. Cuando uno amaba, se convertía en un ser débil. Brita lo había aprendido y nunca había vuelto a amar a nadie; ni a su marido, ni a su hijo que le fue arrebatado; a nadie.

Ahora, contemplando la forma en que Rowan miraba a Jura, supo cuál era su punto débil. Jamás lograría sus propósitos porque era débil.

Miró a los demás integrantes del grupo. Descartó a Cilean. Era una mujer «buena», justa, tierna, cariñosa... inútil. Jura, en cambio, ofrecía posibilidades como fuente de conflictos. Aún no sabía que amaba a Rowan y su mente estaba lúcida. Y no tenía reparos en matar. Había sido entrenada para ello. Brita sabía que debía cuidarse de Jura.

Brita contempló detenidamente a su hijo Daire. Era un joven apuesto y descubrió en él algunos rasgos físicos de su padre, pero carecía de su indiferencia. Tampoco parecía poseer la ambición de su madre. No podría lograr su apoyo para luchar contra el usurpador inglés. No, Daire era tan irial como vatell.

Por último, miró a Geralt y descubrió lo que buscaba. Era un hombre lleno de odio. Brita debió disimular una sonrisa al pensar en la ingenuidad de ese niño, pues era tan sólo eso: un niño. La noche en que se celebraron las bodas se había acercado a Brita como un pequeño perro que buscase afecto. Había adoptado una actitud un tanto jactanciosa, pero no había podido ocultar su temor a ser rechazado.

En un primer momento, Brita se había enfurecido porque Rowan le había enviado a ese muchacho, como si ella fuese un animal en celo, al que cualquier semental pudiese satisfacer. Luego, había mirado detenidamente a Geralt, había visto el deseo en su mirada y pensó que quizá pudiera sonsacarle información.

Había permitido que él pensara que la había seducido. Era un amante impetuoso aunque inexperto y, más tarde, Brita comprendió que necesitaba más una madre que una amante. Geralt comenzó a hacerle confidencias, mientras ella lo abrazaba tiernamente. Le habló de su odio hacia Rowan, porque Thal siempre le había erigido en un ejemplo que él debía imitar.

—Y ni siquiera lo conocía —había gritado Geralt—. Me comparaba con un niño al que no conocía. Ese Rowan era mejor que yo porque tenía una débil madre inglesa. Pero yo debía ser el rey de Lanconia y me hubieran elegido si no hubiera sido por... —Había desviado la mirada.

—Bebe un poco más de vino —había dicho Brita—. ¿Por qué escogieron al inglés en tu lugar?

Brita le había escuchado un tanto conmocionada cuando Geralt le dijo que Rowan había logrado abrir las puertas de St. Helen.

Geralt había hablado durante casi toda la noche, hasta quedar profundamente dormido. Brita le había escuchado a medias, pensando que si Rowan muriese, ese joven colérico se convertiría en rey. Entonces sería muy sencillo casarse con él y convertirse en reina. Sería reina de los vatell y de los iriales y podrían destruir a los zernas y a los fearen. Las otras dos tribus, los poilen y ulten, podrían ser gradualmente obligados a abandonar Lanconia y, finalmente, Brita sería la reina de todo el país.

Pero el joven había despertado y la había seguido. Luego había dado muerte a uno de sus mejores guardianes, arruinando sus planes. Furioso (y atractivo en su furia) la había maniatado. Si le hubiera permitido hablarle, ella hubiera podido persuadirlo para que la escuchara, pero él había reaccionado como un niño, a quien su madre hubiera traicionado. Sólo que este niño era un hombre alto y fuerte.

Había cometido el error de llevarla ante Rowan. Maldito Rowan. Quizá fuera tozudo y creyera que estaba directamente comunicado con Dios, pero era indudablemente inteligente. Brita había pensado decir a sus guardianes que la llevaban contra su voluntad, pero su vanidad había sido más fuerte que ella. Cuando regresara, ya enseñaría a ese joven guardián quién era viejo. Sonrió anticipadamente.

Pero ahora debía hacer algo para obtener el apoyo del joven príncipe Geralt. Si podía hallar las palabras indicadas, podría convencerlo de que ambos podían reinar juntos en Lanconia.

Quizá pudieran secuestrar al viejo Yaine o quizá podría casarse con él, despojarlo del poder, llenar el territorio con vatell y luego matarlo.

Pero, ante todo, necesitaba ayuda para deshacerse de Rowan y de la molesta Jura. Geralt debía ayudarla.

Jura despertó una hora antes del amanecer, hizo un gesto con la cabeza a Cilean, que vigilaba, y silenciosamente, se dirigió por la empinada ladera de la montaña hacia el arroyo. Deseaba quitarse el polvo del camino antes de comenzar el día. Se desvistió y lavó en la penumbra. Sólo llevaba su túnica cuando oyó un ruido a sus espaldas.

Tomó su cuchillo.

—Por favor, no lo arrojes —dijo Rowan desde las sombras. Jura supo qué pensaba por el tono de su voz. De inmediato, su piel se estremeció.

Dejó caer el cuchillo y lo miró. Él se levantó lentamente de la piedra en que había estado sentado. Era evidente que había estado allí, en silencio, observándola mientras ella se bañaba. El hecho de saberlo la conmocionó.

Él se acercó a ella lentamente; su cuerpo grande y sus cabellos rubios le recordaron una historia que había oído en una ocasión, que hablaba de un hombre que había viajado hacia el sur y había visto leones. Los músculos de sus anchas espaldas se movieron al acercarse a ella. Sus ojos lanzaban destellos al mirarla. Los músculos de Jura también se dilataron y su respiración se hizo más profunda.

Cuando estuvo a pocos pasos de ella, Jura abrió los brazos y él la abrazó. Sus manos se deslizaron hasta sus nalgas desnudas y la levantó hasta que las piernas de ellas estuvieron a la altura de la cintura de él. Ella se aferró a él con brazos y piernas y él avanzó hasta apoyar la espalda de Jura contra un árbol. Luego la levantó y la penetró.

Dada la posición en que se hallaba, Jura no podía moverse, de modo que él la movió como si fuera una muñeca. La tomó de la cintura, bajándola y subiéndola. La espalda de Jura rozaba contra la corteza del árbol. Ella echó la cabeza hacia atrás y apoyó sus manos sobre los hombros de Rowan y hundió sus dedos en su piel.

Fue una cópula violenta; Rowan la penetraba con fuerza y ella lo recibía con ardor, aferrando la cintura de él con sus piernas.

Cuando finalmente alcanzaron la culminación, él se dejó caer sobre ella, oprimiendo a Jura entre el árbol y su cuerpo pesado y laxo, pero ella continuó abrazada a él.

Después de unos minutos, él levantó la cabeza y la besó dulcemente.

—Buenos días —murmuró.

Ella sonrió.

—Buenos días.

Él continuaba apoyándola contra el árbol y acariciaba sus piernas.

—¿Me observabas? —preguntó ella—. No te vi. Si hubieras estado...

Él la besó para hacerla callar.

—No lo estaba. Dije a Cilean que nadie debía abandonar el campamento, excepto para venir hasta aquí, donde yo pudiera verlo.

—Pero yo podía cuidar de mí misma sin que... —dijo ella, pero él la besó nuevamente.

—¿Deseas darte otro baño? Me agradaría bañarme contigo.

Jura se sonrojó. Le resultaba insólito tener una relación tan íntima con ese extranjero. Él la apartó del árbol pero no la soltó. Acarició la espalda y las piernas de Jura. Luego le sonrió con una expresión casi más íntima que la de su violento acto de amor.

—El deber me reclama —dijo él tristemente—. Los demás despertarán dentro de poco. —Dejó a Jura en el suelo y le dio un leve empujón para que fuera hacia el agua.

Ella se quitó la túnica y entró una vez más en el arroyo. A sus espaldas oyó el suspiro de Rowan y sonrió, satisfecha.

Él entró en el agua y se zambulló.

El sol comenzaba a salir y los primeros rayos parecieron buscar los cabellos dorados de Rowan.

—Tú... —dijo ella con vacilación— pareces conocer muchas maneras de hacer el amor. ¿Has tenido muchas maestras?

Rowan sonrió, complacido porque ella hablaba de algo que no fuera la guerra o la política.

—¡Algunas...! —dijo con cierta satisfacción—. Un príncipe, incluso un príncipe de un país tan remoto como Lanconia, es muy codiciado en Inglaterra.

—Ah, las mujeres te deseaban porque eres un príncipe.

—Lo era —dijo él—. Ahora soy rey; pero no, me deseaban por mí mismo.

—Comprendo. Admiraban tu habilidad para el combate. Aquí sucede lo mismo. Daire es un excelente soldado.

—No —dijo él, irritado—. Las mujeres me admiraban por... —Vaciló.

—¿Por qué? —preguntó ella.

—Por mi aspecto —dijo él rápidamente—. Jura, algunas mujeres me consideran atractivo.

—Eres tan alto como un lanconiano, pero muy pálido. Pero quizá todos los ingleses sean así.

—No soy pálido —dijo él y luego meneó la cabeza—. Jura, ¿siempre te empeñarás en hacerme sentir disminuido? ¿Siempre considerarás que otros hombres son más apuestos que yo, o mejores combatientes o menos tontos que yo? ¿Alguna vez me seguirás sin protestar, sólo porque crees en mí?

—No lo creo —dijo ella después de pensar durante un instante—. Uno siempre debe pensar por sí mismo. A los iriales nos enseñan a hacerlo. ¿Me seguirías tú sin vacilar? Hasta ahora, no lo has hecho.

—Naturalmente, pero tú eres una mujer —dijo él, enfadado.

—¿Acaso tengo menos cerebro que tú? —dijo ella—. Te seguiré cuando crea que estás en lo cierto. No sólo porque el sol hace brillar tus cabellos, haciéndolos parecer más hermosos.

Rowan parecía a punto de responder con enojo, pero su expresión cambió y sonrió.

—De modo que piensas que soy apuesto —dijo.

—Eso no tiene importancia —dijo ella.

—¿Ah, no? Y entonces, ¿por qué permitiste que te acariciara el día en que te conocí? No creo que se lo hayas permitido a otro hombre. Ni siquiera a tu adorado Daire. He observado cómo te mira. Sin duda, él te escogió porque sabes manejar un arma mejor que otra mujer.

—Así te conquisté a ti —dijo ella, caminando hacia la orilla.

Él la tomó de un brazo y permanecieron juntos, de pie a orillas del arroyo, desnudos.

—No te permites amarme, ¿verdad, Jura? —dijo él en voz baja.

Ella trató de apartarse de él.

—Eso es ridículo. Debemos regresar. Los demás estarán despiertos y debemos emprender el viaje.

Él no soltó su brazo.

—¿*Por qué* temes amarme? ¿Temes anularte?

Ella se volvió y lo miró.

—Tus pensamientos son muy románticos, inglés. ¿Forman parte de tu entrenamiento de caballero? Es verdad; no deseo amarte, pero porque sé que vivirás poco. Te involucras en situaciones que tu mente inglesa no comprende. Hasta ahora, tu inocencia, o quizá Dios, te ha protegido, pero no será por mucho tiempo. Si Yaine no te mata, otro lo hará.

Rowan la miró como si ella le hubiera abofeteado, pero luego sonrió.

—Jamás me habituaré a tu manera directa de hablar. —Soltó el brazo de Jura para que ella pudiera vestirse—. Te sorprenderé, Jura, porque estoy decidido a vivir. Y no sólo viviré sino que lograré lo que me he propuesto hacer. Antes de morir, uniré a las tribus de Lanconia.

Cuando ella se puso la túnica, él la tomó entre sus brazos.

—Puedes negar lo que sientes por mí, pero tus negativas son falsas —dijo él—. Tu cuerpo siempre ha reconocido que soy tu pareja. Tu mente no es tan inteligente como tu cuerpo. —Comenzó a besarla y a acariciar su espalda—. Pensabas casarte con Daire, a quien tanto estimas, pero no creo que te haya besado como yo, ni te haya hecho sentir lo que sientes a mi lado. Tu mente también me aceptará, Jura. Es sólo cuestión de tiempo.

Ella volvió la cabeza para eludir sus besos, pero no pudo eludir su abrazo.

—No deberías ser rey —murmuró ella—. Eres lanconiano a medias. No te comprendo. Ninguno de nosotros te comprende. Deberías regresar a tu país, antes de que tu entrometimiento desencadene una guerra.

—¿Y llevarte a Inglaterra conmigo? —preguntó él—. ¿Llevarte a un lugar donde se aprecia a las mujeres por sus habilidades domésticas y no por su capacidad para luchar contra otras mujeres?

Ella le dio un fuerte empujón y se apartó de él.

—Yo permanecería aquí. Soy lanconiana. —En el momento en que lo dijo, experimentó dolor. No toleraba la idea de no volver a verlo, de no ver su sonrisa, de no ver esa expresión en su rostro que le decía que ella acababa de hacer algo extraño para él, de no sentir sus brazos en torno a su cuerpo.

Se volvió para mirarlo. Rowan sólo llevaba los calzones de los caballeros ingleses; al ver su cuerpo fornido y musculoso, cubierto por vello rubio, deseó tocarlo. Pero de pronto, se irguió. Debía controlarse. Su mente debía gobernar su cuerpo. Era una guardiana, no una tonta pastora que se enamoraba del primer hombre de espaldas anchas que conociera. Tampoco lo seguiría ciegamente. No se trataba sólo de ella, sino de todo su país. Cuanto ella, Cilean, Daire y Geralt hicieran en ese viaje afectaría a toda Lanconia. Si actuaban apresuradamente o insensatamente, podrían provocar la muerte de muchas personas. Hiciera lo que hiciese, debía mantener su mente lúcida. Podía amar a Rowan, pero no con un amor ciego, como él lo pretendía. Nunca lo seguiría porque él simplemente le dijera «Sígueme». Ella debía aguardar, observar y estudiar los planes que él elucubraba y nunca, nunca, debía permitir que aquello que hicieran en la oscuridad influyera sobre sus pensamientos durante el día.

Reprimió el impulso de tocarlo.

—Debemos regresar —dijo suavemente y se volvió para terminar de vestirse.

Antes de volver junto a los demás, él la besó una vez más, pero ella logró controlarse y mantener la serenidad.

—Será más fácil conquistar Lanconia que conquistarte a ti —dijo él, suspirando—. Ahora ve, sube la montaña. No deseo que nuestro hermano permanezca mucho tiempo junto a Brita. Ella podría persuadirlo para que me mate mientras duermo.

—Lo juzgas equivocadamente —dijo Jura, emprendiendo el regreso—. Ha sido entrenado desde la infancia, como yo, para defender la política de Lanconia.

—Sé cuando alguien me odia. ¿Me protegerás del cuchillo de tu hermano? ¿A quién escogerías si debieras escoger entre él y yo?

Jura, confundida, no supo qué responder. Rowan continuó trepando. Después de un instante, ella lo siguió. Naturalmente, no se vería obligada a escoger, pues Rowan (y quizá todo el grupo) hallaría la muerte antes de llegar a la ciudad de los fearen. Una vez más, Jura experimentó un pequeño dolor en el pecho al pensar que perdería a Rowan. Pero logró controlarlo. Debía prepararse para el momento en que él ya no estuviera a su lado.

14

Ese día, a medida que se acercaban a la tierra de los fearen, cada uno de ellos se tornó más cauteloso. El camino se hizo más escarpado y, en algunos tramos, era tan estrecho que los caballos lo recorrían aprensivamente. Cabalgaban hacia el este; al norte se hallaban las montañas donde vivían los poilen y los ulten.

Todos guardaban silencio, atentos al menor ruido que pudiera producirse. En dos ocasiones, Jura vio que Brita miraba a Geralt ávidamente y la ansiedad sexual de la mujer le provocó disgusto. Un día Brita deseaba a Rowan y, al siguiente, deseaba a Geralt.

Quizá las palabras de Rowan habían despertado en ella desconfianza respecto de Geralt, pero miró a su hermano como si tratara de escrutar sus pensamientos. Él cabalgaba rígido, sin mirar a Brita; pero había algo en su actitud que hizo pensar a Jura que Geralt tenía plena conciencia de que Brita lo observaba.

Jura levantó la mirada y vio que Rowan la contemplaba. La miró a los ojos y ella, avergonzada, miró hacia otro lado. Era traicionero. Sabía que sus palabras habían sembrado en Jura la desconfianza hacia su hermano.

Esa noche acamparon en un recodo del río que formaba la frontera del territorio fearen. No encendieron fuego; comieron alimentos fríos y luego tendieron sus mantas sobre el suelo rocoso para echarse a dormir. Geralt fue el encargado del primer turno de vigilancia.

Jura acababa de dormirse cuando volvió a despertar. El ruido del río era muy sonoro, pero sospechaba que estaba sucediendo algo anormal. Se apoyó sobre un codo y miró a su alrededor. Brita y Cilean parecían dormir. Miró hacia las rocas donde se ocultaba Geralt para vigilar. Rowan se había apartado del grupo y no pudo verlo. Miró a Daire y supo que estaba despierto.

Daire señaló el lugar donde se hallaba Rowan, entre los árboles, y luego apuntó su mano hacia el estrecho sendero que llevaba a la tierra de los fearen. Jura se sobresaltó. El inglés había decidido entrar solo en el territorio del enemigo.

Jura se puso de pie, hizo una señal a Daire para que permaneciera junto a Brita y Cilean, y luego se deslizó hasta donde se hallaban los caballos. Sabía que Rowan se dirigiría directamente hacia la ciudad de Yaine, de modo que montó sin silla y emprendió la marcha. Primero lo hizo lenta y cautelosamente; luego aceleró la marcha.

Había recorrido una pequeña distancia cuando Rowan salió de entre los árboles sobre su caballo.

—¡Maldición, Jura! —gritó—. Eres peor que una madre posesiva. Regresa junto a los demás. *Ahora.*

—Te marchaste sin protección —dijo ella. Su caballo hacía cabriolas—. Y te encuentras en territorio enemigo. Los hombres de Yaine te matarán y no les importará que seas un rey impulsado por nobles propósitos.

Él parecía tratar de dominar sus impulsos.

—Estoy buscando al mensajero que envié. Debía viajar por este camino, que es el que los iriales emplean para robar los caballos de los fearen. Ya debería haber regresado.

—Los fearen no permitirán que tu mensajero vuelva con vida... en el caso de que haya llegado realmente hasta el rey.

—*Yo* soy el rey. Yaine es... maldición, Jura, no tengo tiempo para discutir contigo. Sé que no regresarás, de modo que cabalga conmigo. Y cubre mis espaldas —dijo por encima del hombro.

Ella sonrió en la oscuridad y lo siguió. Aparentemente, él comenzaba a aprender las costumbres lanconianas.

Cabalgaron por el sendero rocoso durante una hora; sólo la luna los iluminaba. De pronto, Rowan levantó una mano para indicar que debían detenerse. Desmontó y Jura hizo lo mismo. Silenciosamente, llevaron los caballos por una empinada colina y los ataron a un árbol.

—Vi un fuego encendido —murmuró Rowan—. Permanece junto a mí y no cometas tonterías.

—Fuiste *tú* quien se aventuró solo en territorio enemigo —le recordó ella. A pesar de la oscuridad, Jura vio la mirada admonitoria de Rowan.

A pesar de su corpulencia, Rowan sabía moverse silenciosamente, pensó Jura, mientras iba detrás de él. Y su vista era excelente, pues estaban a considerable distancia de la llanura en que ardía el fuego.

Ella y Rowan se ocultaron detrás de unos árboles y observaron la escena antes de avanzar. Había tres hombres sentados en cuclillas alrededor del fuego. Comían los restos de un conejo. Parecían fatigados. Sus ropas estaban rasgadas y muy zurcidas, como si las hubieran usado durante años.

Jura los reconoció: eran fearen. Eran hombres menudos, que medían quince centímetros menos que los iriales, pero poseían una gran fuerza física. Los que habían combatido contra ellos lo sabían. Eran morenos, cejijuntos y de piernas corvas. Se decía que los niños fearen debían montar a caballo desde los tres años de edad y continuar haciéndolo durante toda la vida. También se decía que amaban a sus caballos más que a sus compatriotas y que si un irial a pie se encontraba con un fearen a caballo, el irial debía rogar por una muerte rápida.

Jura se volvió hacia Rowan. Él la miró y luego hizo un gesto con la cabeza, señalando los árboles que se hallaban a cierta distancia del fuego de los fearen. Ella apenas pudo distinguir la silueta de otra persona, que parecía atada a un árbol. Miró a Rowan con expresión interrogante y él asintió. De modo que ese era su mensajero. Jura no sabía si el hombre estaba vivo o muerto.

A pesar de que Rowan era inglés, Jura comenzaba a comprenderlo. Sin decir una palabra, él la condujo hasta el otro lado del campamento fearen y, sigilosamente, se deslizó entre los árboles hacia donde se hallaba el prisionero.

A Jura le pareció que Rowan tardaba mucho tiempo y se sobresaltó cuando él se acercó a ella entre las sombras.

—Tienen a Keon —murmuró Rowan.

Jura no podía ver el rostro de Rowan, pero sabía que debía estar muy angustiado. Keon era el hijo de Brocain, el príncipe de los zernas, el joven del que Rowan se había hecho responsable. Ella pensó que había cometido una tontería al enviarlo como mensajero a la tierra de los fearen, pero nada dijo. Por el momento, se abstendría de hacer comentarios.

Rowan hizo un gesto dando a entender que deseaba prender a los tres fearen para rescatar al joven zerna. Por un momento, Jura pensó que tenía la intención de hacerlo sin ayuda. Jura lo miró para expresar su desaprobación.

Él hizo una mueca de resignación. Luego dijo:

—No habrá muertes —y desapareció entre los árboles.

Ella permaneció sentada e inmóvil, aguardando que él le hiciera una señal para comenzar. El corazón de Jura latía con violencia, como cuando se aprestaba a intervenir en una prueba de destreza, pero ahora se trataba de algo más que eso. Se preocupó por Rowan. Rogó que no lo mataran. Rogó al Dios de los cristianos y luego, para asegurarse, pidió al Dios lanconiano de la guerra, Naos, que velara por el inglés, cuyas intenciones eran buenas.

Rowan no atacó sutilmente sino que apareció ante los fearen, espada en mano, y dijo:

—Soy el rey de Lanconia. Depongan las armas.

Los tres fatigados fearen se pusieron súbitamente de pie y corrieron hacia Rowan. Jura apareció detrás de ellos y golpeó la cabeza de uno con el mango de su hacha. El hombre cayó a sus pies y, antes de que ella pudiera volverse, otro fearen la tomó por la cintura.

Era fuerte, muy fuerte. Jura trató de soltarse. Los brazos del hombre la asfixiaban. Jura le clavó los codos en las costillas, pero el hombre no la soltó. A su izquierda oía el entrechocar de las espadas de Rowan y el tercer fearen.

El hombre que la sostenía la oprimía cada vez con más fuerza y Jura tenía dificultades para respirar. Comenzó a perder las energías, y su cuerpo cedió bajo la opresión. Cerró los ojos y perdió el conocimiento.

—¡Jura! ¡Jura!

Ella despertó en el suelo. Rowan sostenía su torso y daba palmadas en su rostro, gritándole. Ella se movió y trató de incorporarse, pero él se lo impidió.

—Jura, ¿te encuentras bien?

—Sí —dijo ella con impaciencia—. Pero no me oprimas. —Se frotó el torso dolorido—. ¡No podía respirar!

—¿Por qué permití que una mujer me ayudara a pelear? —dijo él lamentándose y sosteniéndola entre sus brazos.

Ella lo apartó y se sentó.

—Porque hice desmayarse a un hombre y distraje a otro, mientras tú aún tratabas de someter al primero. —Se frotó la nuca—. ¡Debimos arrojarles flechas...!

Rowan se puso de pie y miró a los tres fearen que yacían tendidos en el suelo.

—Son mis súbditos, al igual que los iriales. —Fue hacia el árbol donde se hallaba Keon, y Jura fue con él.

El joven parecía muerto, pero, cuando lo examinaron detenidamente, comprobaron que estaba profundamente dormido. El ruido de la lucha no lo había despertado. Rowan se puso de rodillas. El joven no estaba atado al árbol como había creído Jura. Ella también se puso de rodillas. El olor era penetrante.

—Está *ebrio* —dijo Jura, indignada—. No es un prisionero; es simplemente un joven embriagado.

Rowan sacudió al joven para despertarlo.

Keon puso los ojos en blanco, chasqueó la lengua y luego sonrió tontamente a Rowan.

—Mi padre estará orgulloso de mí —dijo, balbuceante—. Fui a ver a Yaine.

—¿Y Yaine no te mató? —preguntó Jura, estupefacta.

El joven sonrió y cerró los ojos durante un instante.

—Dijo que yo era valiente. Le hablé de Brita. —Hizo un gesto con las manos, dibujando en el aire una figura de mujer—. Yaine dijo que se casará con ella. —Se inclinó hacia Jura y ella se alejó, asqueada por su aliento—. Harán una pareja curiosa. Él es un hombre pequeño, pero Brita no es tan joven ni hermosa como tú, Jura. Si tuvieras una hermana, me casaría con ella. De esa manera sería pariente de mi rey.

Jura arqueó las cejas, mirando a Rowan.

—¿Tu rey? ¿Te refieres a tu padre, Brocain?

El joven sonrió torcidamente—. El rey Rowan. Rey de toda Lanconia. Rey de...

—¿Dónde está Siomun? —preguntó Rowan con impaciencia, ignorando la forma en que lo miraba Jura, sorprendida por la adoración del joven, que lo veía como un héroe—. Envié a Siomun para que entregara el mensaje a Yaine.

—Lo maniaté. No podía permanecer allí, con todos esos iriales. Mi padre desea que me convierta en un hombre... como tú. Tenía tres hermanos mayores: los mataron cuando mi padre los envió a invadir otros territorios. —Se inclinó hacia Jura—. Yo ataqué al rey irial, pero sobreviví. Ahora debo hacer más. Debo demostrar que puedo ser un hombre como mi padre y debo demostrártelo a ti, rey Rowan. ¿Lo he logrado?

Rowan puso su mano sobre el hombro del muchacho.

—Me has complacido y sí, eres un hombre —dijo suavemente.

—De modo que fuiste solo al territorio fearen —dijo Jura y miró a Rowan—. Tu inocencia nos afecta a todos.

Luego se volvió hacia Keon.

—¿Por qué no te mató Yaine?

Keon adoptó una expresión triste.

—Son muy pobres. Yaine dice que todos les roban los caballos, de manera que deben cambiar de sitio permanentemente. No pueden sembrar y el invierno anterior hubo muchos enfermos. Muchos de ellos murieron. Necesitan mujeres. —El rostro de Keon se iluminó—. Mi padre les entregará *todas* nuestras mujeres si lo desean. Nosotros nos casaremos con las mujeres iriales.

—¿De modo que Yaine nos acepta? —dijo Rowan.

La cabeza de Keon cayó hacia un lado; estaba a punto de quedarse dormido.

—Esos tres te llevarán ante Yaine. ¿Los mataste? Uno de ellos es el hermano de Yaine. Son pequeños, pero beben mucho.

Cerró los ojos. Su cabeza cayó hacia adelante y se durmió.

Jura lo ayudó tiernamente a tenderse en el suelo.

—Nunca había reparado en que es un joven muy apuesto —dijo.

—No es pálido como nosotros, ¿verdad? —dijo Rowan secamente—. Bien, cuando termines de atender a ese niño podremos asistir a los fearen. Gracias a Dios, no tuve que matar a ninguno de ellos.

Jura le sonrió y dio una palmadita en la mejilla de Keon.

—Tiene más o menos mi edad, de modo que no es un niño. Y fue muy valiente al ir solo al encuentro de Yaine.

—Él es valiente porque va solo, pero yo, en cambio, soy tonto —murmuró Rowan y fue a atender a los fearen.

Jura sonrió, complacida por sus celos. A pesar de todos sus defectos, ese inglés la hacía sentir... hermosa. La belleza no era de ninguna utilidad, pero la sensación era agradable.

Uno de los fearen comenzó a moverse y frotó su cabeza dolorida. Rowan envió a Jura para que trajera agua mientras él examinaba a los demás. Cuando Jura volvió, vio que Rowan los amenazaba con su espada y que ellos lo miraban, furiosos. Pero Jura no se sorprendió cuando escucharon la explicación de Rowan y la expresión de sus rostros se transformó. Jura pensó que Rowan era capaz de convencer a cualquiera.

Cuando Jura apareció, los hombres la miraron, uno de ellos lo hizo fijamente. Ella sabía que era el mismo que había estado a punto de matarla e intercambiaron miradas de gratitud por estar ambos vivos.

Jura se sentó junto al fuego detrás de los fearen, para observar sus movimientos, y escuchó a Rowan. Tomó la pata de un conejo asado y comenzó a comer. El fuego, el ejercicio y la voz de Rowan le produjeron sueño. Se tendió en el suelo y, cubriéndose con una de las pieles de oveja que los fearen usaban como montura para sus caballos, se durmió.

Se despertó a medias cuando Rowan la tomó entre sus brazos. Durante un instante luchó contra él, pero luego se acomodó junto a su pecho y volvió a dormirse. No tenía conciencia de ello, pero experimentó la vaga sensación de estar a salvo. Él había hecho algunas tonterías, pero le habían dado resultado. Había logrado la adhesión de Brocain, había persuadido a la reina vatell para que permitiera que su gente se casase con los iriales y ahora los fearen le prestaban atención.

Abrió los ojos.

—¿*Realmente* hablas con Dios?

Rowan la miró, desconcertado.

—Soy tan sólo un hombre y necesito ayuda; toda la que pueda obtener.

Ella volvió a cerrar los ojos y se durmió. No despertó hasta el amanecer. Rowan estaba a su lado, profundamente dormido, rodeándola con sus brazos como si ella fuese un juguete. Lentamente, tratando de no molestarlo, ella trató de zafarse de su abrazo.

—No te alejes de mi vista —dijo él sin abrir los ojos y tomándola con más fuerza.

—*Necesito* levantarme —dijo ella.

Con los ojos cerrados, él dijo:

—Sólo hasta ese árbol. No deseo luchar contra nadie por ti hoy.

Ella reprimió la respuesta que iba a darle y fue hacia el árbol. Cuando regresó, él continuaba acostado y parecía dormido.

—Debemos regresar junto a los demás —dijo ella—. Daire y Cilean deben estar preocupados. ¿Dónde están los fearen y el hijo de Brocain? ¿Piensas permanecer aquí todo el día?

Él estiró una mano y tomó el tobillo de Jura.

—Jura, ¿nunca deseas permanecer todo el día junto a la orilla de un bonito arroyo y contemplar las mariposas?

Ella le sonrió.

—Tal vez, pero hoy no podrá ser. Geralt...

—Dios mío —dijo Rowan, poniéndose de pie—. Había olvidado a tu hermano. Matará a los fearen, sin darles la oportunidad de explicarse. Monta y galopa —ordenó.

Jura tuvo dificultades para orientarse, porque la noche anterior había estado dormida cuando Rowan la alejó del campamento. Tomó rápidamente las escasas pertenencias de ambos, montó sobre su caballo sin ensillarlo y fue detrás de Rowan.

Minutos después, comprobó que los temores de Rowan eran justificados. ¡Maldición!, detestaba verse obligada a reconocerlo.

Geralt era siempre un luchador excelente, pero cuando se encolerizaba era intrépido. Había capturado a los tres fearen, sin duda mientras dormían, y en ese momento los amenazaba con darles muerte si no le decían cómo habían matado a su hermana.

Jura apareció en el momento en que Rowan arrojó un cuchillo a los pies de Geralt. Jura supo que habría una riña. Azuzó a su caballo, pero ya era demasiado tarde. Aun años después no podría recordar exactamente qué había sucedido. Los fearen, que habían llegado en son de paz, habían sido atacados dos veces en el término de pocas horas y estaban furiosos con Geralt. Cuando tuvieron la oportunidad de abalanzarse sobre él, tomaron sus armas y atacaron. El joven Keon, aún bajo los efectos de la embriaguez, miró a su alrededor, sin comprender quién atacaba a quién. Debió pensar que su admirado Rowan estaba en peligro.

Keon corrió con su espada desenvainada y se colocó frente a Rowan para defenderlo. Un fearen lanzó una estocada a Geralt, éste se hizo a un lado y la espada del fearen atravesó el corazón de Keon. Si no hubiera estado allí, Rowan hubiera muerto.

Durante un instante, el tiempo pareció detenerse. Keon cayó al suelo sin emitir un gemido. Todos permanecieron inmóviles.

Rowan fue el primero en reaccionar. Se puso de rodillas y tomó al joven en sus brazos.

—Dirás a mi padre que no morí en vano —murmuró el joven, agonizante.

—Se lo diré —dijo Rowan en voz baja.

Con un gesto lento y dolorido, Keon puso su mano sobre el hombro de Rowan.

—No he vivido inútilmente. He muerto por mi rey. —Su cuerpo sin vida quedó en brazos de Rowan.

—Esto nos llevará a la guerra —dijo Geralt con indiferencia, envainando su espada.

Jura miró a su hermano y descubrió en sus ojos una expresión similar a la alegría. Se *alegraba* de la muerte del muchacho, de que estallara la guerra, de que Brocain matara a Rowan. En ese momento, Jura comprendió que a Geralt no le importaba Lanconia; sólo se preocupaba por sí mismo y por obtener el poder.

Jura miró a Rowan, que sostenía al joven en sus brazos, pero no pudo descifrar su expresión. Era imperturbable. Su rostro parecía de mármol. Jura pensó que él también estaría preocupado por la inminencia de una guerra.

Lentamente, Rowan caminó con el joven en los brazos hacia el bosque.

—Debemos emprender la marcha —dijo Geralt—. Brocain...

Jura miró fríamente a su hermano.

—Permanecerás aquí y lo aguardarás, y si haces daño a alguien te mataré —dijo entre dientes.

—Pero Jura... —dijo Geralt.

Ella se alejó de él y fue hacia el bosque, detrás de Rowan. Cilean la llamó, pero Jura deseaba estar junto a Rowan. Ahora que el joven zerna había muerto, debía conversar con Rowan para decidir qué harían.

Cuando vio a Rowan, no se acercó a él. Contempló una escena extraña para ella. Rowan había extendido el cuerpo de Keon sobre una roca, como si fuera un altar, y estaba de rodillas ante él.

Jura permaneció inmóvil y Rowan no se volvió. Tenía el rostro entre las manos. Después de unos instantes, Jura comprendió que Rowan lloraba.

Su cuerpo se paralizó al contemplarlo. Nunca había visto llorar a un hombre, e incluso a muy pocas mujeres. No se acercó a él; no hubiera sabido qué hacer.

Se ocultó detrás de un árbol y aguardó. No quería alejarse de Rowan, pero no comprendía su reacción ante la muerte del joven zerna. ¿Temía que Brocain cumpliera su amenaza de matarlo? ¿Lo afligía la perspectiva de una guerra?

Jura lo miró cuando oyó que Rowan comenzaba a hablar. Hablaba con ese Dios al que consideraba un amigo. Se esforzó por escuchar.

—He fracasado, Dios —dijo Rowan en voz baja—. He decepcionado a mi padre y a mi país; incluso a mi mujer.

Jura frunció el ceño y escuchó con más atención.

—Rogué ser liberado de esta tarea —dijo Rowan—. Te dije que no era merecedor de ella. Tal como decía mi viejo tutor, soy cobarde y perezoso. No puedo unir a este país. No soy el indicado para hacerlo.

Con la cabeza entre las manos, se echó nuevamente a llorar.

—Jura supo cómo era yo. Ella sabía que yo fracasaría. Oh, Dios, no debí ser elegido para esto. Hubiera sido mejor que otro fuera el hijo de Thal. Este joven ha muerto por mí, para salvar mi alma despreciable. No puedo continuar. Regresaré a Inglaterra y dejaré a Lanconia en manos de los verdaderos lanconianos. Perdóname, Padre, por haberte decepcionado. —Lloró una vez más.

Jura se apoyó contra el árbol. También ella tenía los ojos llenos de lágrimas. Nunca supuso que él podía dudar de sí mismo. ¿Cómo podía creer que era un cobarde? Se había enfrentado a los zernas sin ayuda. ¿Cómo podía dudar que él era el verdadero rey después de todo cuanto había hecho en tan poco tiempo?

¿Cómo pudo ella dudar de él?, se preguntó Jura. ¿Qué más debía hacer él para demostrar cuánto valía? ¿Por qué no lo había apoyado ella desde el primer momento? Se jactaba de su lógica y su mente lúcida, pero nunca había comprendido a Rowan. Había luchado contra él siempre.

Las lágrimas se agolparon nuevamente en sus ojos. ¿Sería porque, como decía Rowan, temía amarlo? Quizá se había enfrentado a él, no por razones lógicas, sino por un sentimiento de debilidad, tal como el amor. ¿Le habría amado desde aquel primer día junto al río? Quizás entonces había percibido que él poseía el poder de adueñarse de su alma.

Rowan continuaba llorando. De pronto, Jura supo que debía hacer algo para impedir que se marchase de Lanconia. Imaginó qué ocurriría en su país si Rowan no estaba allí, tratando de unir a las tribus. Si Geralt se convertía en rey, llevaría el país a la guerra.

Y Jura... Pensó que moriría sin Rowan. Se había habituado a sus modales, a su ternura; a su fuerza. Ella se había burlado de él, se había enfrentado a él; pero él siempre había creído en sí mismo. Ahora, Jura descubría que siempre había dudado de sí mismo. ¿Por qué no le había *ayudado*?

Miró a Rowan y vio su actitud de derrota. Debía ayudarlo ahora.

Pero, ¿cómo? Una inglesa sin duda lo abrazaría y acariciaría. Jura se sorprendió al comprobar que era eso lo que deseaba hacer. Deseaba rodearlo con sus brazos y consolarlo, acariciando sus cabellos, mientras él lloraba sobre su hombro.

Jura pensó que eso le haría sentir peor. Consolarlo sería lo menos indicado. Debía lograr que recuperara la confianza en sí mismo.

Rowan se había puesto de pie y contemplaba el cadáver de Keon. Al ver su rostro, Jura sintió nuevamente deseos de llorar. A Rowan no sólo le importaban los iriales; le importaba Lanconia. De lo contrario, no podría lamentar tanto la muerte de ese joven zerna. Thal había estado en lo cierto al permitir que Rowan fuese educado fuera del país. Thal había estado en lo cierto y Jura, muy equivocada

Y ahora debía hacer algo para reparar ese error.

Se deslizó silenciosamente entre los árboles, alejándose de Rowan. Luego se volvió y fingió llegar en ese momento. Hizo ruido adrede, pero Rowan no se volvió para mirarla. Se mantuvo de espaldas a ella, contemplando el rostro sin vida de Keon.

Ella irguió los hombros.

—¿Qué haces aquí? —dijo belicosamente—. Debemos ir a la tierra de los fearen.

Rowan no se volvió. Ella estuvo a punto de acariciar su cabeza, pero se contuvo.

—¿Qué es esto? —preguntó ella en voz alta, señalando el cuerpo de Keon—. ¿Lloras la muerte de un joven zerna? ¿O temes la ira de Brocain? Si hay guerra, los iriales venceremos.

—No habrá guerra —dijo Rowan en voz baja—. Me entregaré a Brocain. Espero apaciguarlo.

Jura se sobresaltó, pero dijo:

—Bien. De ese modo, Geralt será rey.

Rowan no reaccionó.

—Como debió serlo desde un comienzo —dijo ella, pero esas palabras tampoco provocaron la reacción de Rowan—. Dime, antes de que te sacrifiques, ¿iremos a la tierra de los fearen o no? ¿Dejaremos que Yaine aguarde a Brita en vano?

—Ya no me concierne. No soy lanconiano.

La compasión que Jura había experimentado comenzó a disiparse.

—Es verdad. Un lanconiano jamás hubiera emprendido la absurda tarea de unir las tribus. Es imposible.

—Quizá pueda hacerlo otra persona —dijo él tristemente—. Yo no fui el indicado.

—No lo fuiste. Geralt lo hará mucho mejor que tú. Él logrará unir a todos. No provocará la muerte de niños inocentes. —Observó el rostro de Rowan y creyó ver una leve reacción.

Rowan la miró.

—¿Geralt unirá las tribus?

—Sí, naturalmente. Hará un buen trabajo, ¿no lo crees? Brita ha percibido su poder y sabe que es un hombre fuerte. Yaine lo percibirá de inmediato.

—¿Brita ha percibido el poder de Geralt? —preguntó Rowan—. Pero Brita...

—Oh, sí. Lo he visto en su mirada. Teme a mi hermano.

—Ella tiene la intención de casarse con él y reinar en Lanconia. —Los ojos de Rowan se iluminaron.

—¿Por qué te preocupas? Tú estarás muerto. Te habrás sacrificado por este joven muerto.

Rowan miró el cadáver de Keon y su expresión se tornó nuevamente triste.

—Sí, es verdad. Geralt será un excelente rey; no me cabe duda.

—Si vence —dijo Jura.

—¿Vencer?

—El hecho de estar casada con un rey me ha permitido saber qué es el poder. Me casaré con Daire y quizá luchemos contra Brita para apoderamos de su tribu. Quizás aún pueda ser reina de Lanconia. —Sonrió—. Sí, la idea me agrada.

Rowan la miró y la tristeza de su mirada se transformó en odio. Odio hacia ella.

—¡Guerra! —murmuró—. Vosotros los lanconianos sólo pensáis en la guerra y el poder. Lucharías contra tu propio hermano para obtener el poder. Tu egoísmo provocaría la muerte de miles de personas. Lanconia no te importa.

—¿Acaso te importa a ti? ¿Abandonarías tu proyecto y te sacrificarías, entregándote a Brocain?

—Debo hacerlo —dijo él—. Le di mi palabra. La palabra de un caballero es sagrada.

—Eres inglés —dijo ella, despectivamente—. Eres solamente inglés y me alegra que mueras. No necesitamos cobardes como tú, que no concluyen lo que comienzan. Vete. Ve con Brocain. Regresa a Inglaterra. ¡Vete al diablo si así lo deseas! —Giró sobre sí misma y se alejó.

No llegó muy lejos. Cuando él ya no pudo verla, se detuvo y, cayendo de rodillas, lloró desconsoladamente. Fue como si todas las lágrimas que jamás había derramado acudieran a sus ojos. Se estrujó las manos y hundió la cabeza entre los hombros. Luego se arrojó contra el suelo y lloró con más fuerza aún. Si Rowan se entregaba a Brocain, ella moriría, pero no podía decírselo. Él no necesitaba ser consolado y ella no lo había hecho. Él necesitaba que ella se enfureciese, pero Jura no había estado preparada para ver odio en su mirada.

Después de unos instantes, se incorporó y regresó al campamento. Cuando los demás la vieron, la miraron esperanzados. Pero cuando vieron que Rowan no la acompañaba, desviaron la mirada.

«Lo necesitan tanto como yo», pensó Jura.

Cilean se acercó a ella y Jura volvió el rostro.

—¿Has estado llorando? —preguntó Cilean con voz incrédula—. ¿Qué le has hecho?

Jura no podía decírselo, ni siquiera a una amiga íntima como Cilean. Un lanconiano no comprendería que un hombre llorase como un niño. Sin embargo, Jura lo había comprendido. ¿Querría decir eso que no era una verdadera lanconiana?

—Me entró humo en los ojos —dijo Jura—. Él regresará pronto, según creo —añadió.

Rowan regresó después de unos minutos. Sus cabellos estaban mojados, como si se hubiera bañado, y dio órdenes para emprender la partida. Los fearen permanecían apartados del grupo. Rowan fue hacia ellos y conversó con ellos mucho tiempo. Jura vio que señalaba a los integrantes del grupo y pensó que estaría garantizando la seguridad de ellos con su propia vida.

Ella lo observó detenidamente y descubrió algo diferente en su mirada, un vacío que antes no existía, pero daba la impresión de que estaba dispuesto a reasumir el mando.

Jura aguardó a que la mirase para sonreírle.

Pero Rowan no la miró.

Viajaron durante todo el día y él no la miró en ningún momento. ¿Acaso no comprendía que ella le había hablado de esa manera adrede, para encolerizarlo? ¿Que deseaba hacerlo reaccionar? Esa noche, pensó Jura, estaría a solas con él y él volvería a tocarla y quizás hicieran el amor.

Pero no fue así. Acamparon y Rowan la eludió. Ella le pidió que fuera con ella hacia el bosque cercano, pero él dijo que debía permanecer junto a los fearen.

—No puedo dejarlos con tu hermano —dijo él, mirándola fríamente—. O quizá deba llamarlo el «rey legítimo». —Antes de que Jura pudiese responder Rowan se alejó.

Cilean vio a Jura y le dijo que desensillara los caballos. Jura hizo las tareas automáticamente.

—Lo has herido —dijo Cilean.

—Lo he ayudado, pero él no lo sabe —dijo Jura, mirando a Rowan, que afilaba su espada—. Soy...

—...una tonta —dijo Cilean, tomando su montura y alejándose, enfadada.

Jura cayó en la autocompasión. ¿Es que nadie creía que ella por fin había visto la luz? Se sentó en silencio junto a los demás alrededor del fuego; fue casi de madrugada, cuando le tocó el turno y se dedicó a vigilar. Pero Rowan no hizo intento alguno por hablar con ella en privado. Le indicó qué tareas debía hacer y le dio órdenes como a los demás.

A excepción de Cilean, nadie pareció notar la diferencia, pues Rowan la trataba como los hombres lanconianos trataban a sus mujeres: como iguales. Pero Jura se había habituado a la actitud protectora de Rowan y a que la considerase frágil y vulnerable.

Y también añoró hacer el amor con él.

En la mañana del tercer día, antes del amanecer, Jura vio que Rowan salía del campamento y se metía en el bosque. Lo siguió.

Esperaba que él saliese de entre los árboles y la reprendiese por haberse alejado del campamento, pero no lo hizo. Estaba sentado a orillas de un arroyo, con el torso desnudo, lavándose.

No se volvió.

—¿Qué deseas, Jura?

Ella tuvo el impulso de regresar al campamento pero se puso de rodillas a su lado y bebió agua. El sol comenzó a salir.

—Hace días que no hablamos y pensé... —Extendió la mano para tocar el hombro de Rowan, pero la mirada de él la detuvo.

—No sabía que los hombres y mujeres lanconianos hablaran —dijo él—. Según creo, tu deber es cuidar mis espaldas.

Ella frunció el ceño, confundida.

—Pero además, estamos casados.

—Comprendo. De modo que deseas acostarte conmigo. Debo llevar un arma en la mano y otra entre las piernas. Eso es cuanto deseas.

—Si eso es lo que crees, está bien —dijo ella furiosa y se alejó. ¿Debía explicarle por qué había hecho lo que había hecho? ¿Acaso creía él realmente que ella deseaba que él muriese?

Las lágrimas volvieron a asomar a sus ojos, pero parpadeó, conteniéndolas. ¡Maldición! ¿Por qué amaba a un hombre que la hacía llorar?

15

Cuando Rowan regresó al campamento no la miró y Jura se puso rígida, como si la indiferencia de él fuese una agresión física. Cuando finalmente se acostó para dormir, todo su cuerpo estaba dolorido. Sus pensamientos agitados le impidieron dormir, por esa causa permaneció despierta mientras los demás dormían y fue ella quien «los» vio llegar. En un primer momento creyó estar soñando, pues las personas parecían sombras y no seres de carne y hueso. Además, se movían en absoluto silencio en medio de la penumbra, como los peces en el agua.

Con ojos incrédulos vio que una de las pequeñas siluetas, vestida con ropas oscuras, amordazaba a Daire. Pero antes de que pudiera incorporarse para protestar, algo cayó sobre su cabeza y no vio nada más.

Cuando despertó le dolían la cabeza y la espalda. Antes de abrir los ojos trató de mover las manos, pero no pudo.

—¡Jura! ¡Jura!

Jura abrió penosamente los ojos y miró a Cilean. Estaban en la parte posterior del carromato, debajo de un armazón de madera sobre bolsas de cereales y algo duro que parecían piedras.

—Jura, ¿te encuentras bien? —murmuró Cilean.

Jura trató de sentarse, pero tenía las manos atadas a la espalda, junto con sus tobillos.

—Sí —alcanzó a musitar—. ¿Dónde estamos? ¿Quién nos ha capturado? ¿Dónde están los demás? —Hizo una mueca cuando el carro pasó sobre un pozo del terreno y lo que estaba en la bolsa golpeó su espalda.

—No lo sé —dijo Cilean—. Estaba dormida y, cuando desperté, me encontré aquí.

Jura forcejeó para liberarse de sus ataduras.

—Debo salvar a Rowan —dijo—. Tratará de convencerlos con palabras y lo matarán.

Cilean esbozó una sonrisa.

—Creo que ahora deberíamos preocupamos por nosotras. Si nos han hecho prisioneras, también deben haber capturado a los otros. Oigo el sonido de otros carros. Creo que deberíamos dormir y tratar de no gastar energías.

Jura tuvo dificultad para dormir porque estaba preocupada por Rowan... y los demás, se dijo a sí misma. Rogó a Dios que lo protegiera. «Es muy pronto para que muera», pensó. Debía concluir su tarea. Y la necesitaba para que lo protegiese. Podría perder nuevamente la confianza, y ¿quién estaría allí para ayudarlo?

Finalmente se durmió, pero soñó que Rowan moría y, en el sueño, tuvo la certeza de que ella era culpable de su muerte, porque nunca le había dicho que lo amaba.

El carromato se detuvo abruptamente y Jura despertó. Unas manos ásperas tomaron sus tobillos y la arrastraron fuera del carro. La cabeza de Jura se golpeó contra las duras bolsas. Otras manos la desataron y pudo ponerse de pie.

«Son los ulten», pensó al ver al pequeño hombre delgado que estaba frente a ella, y recordó todas las historias horribles que sabía acerca de ellos. Eran historias que se contaban alrededor del fuego en noches frías y tormentosas. Los padres amenazaban a sus niños con los ulten cuando se comportaban mal.

En realidad, nadie sabía mucho sobre ellos, excepto que eran sumamente sucios, arteros, ladrones y que carecían de todo sentido del honor. A lo largo de los siglos las demás tribus habían tratado de ignorar a los ulten. Vivían en las cimas de las montañas del noreste de Lanconia y nadie tenía deseos de conocer su ciudad.

Pero circulaban rumores sobre ella. Cuando Jura era pequeña, un anciano, a quien le faltaban un brazo y un ojo, había dicho que los ulten lo habían capturado y había mencionado una ciudad de riquezas fabulosas. Todos habían reído y él se había ocultado en un rincón para embriagarse. Días después había desaparecido y nadie volvió a verlo.

Ahora, Jura miraba fijamente el sucio rostro de su secuestrador, semioculto debajo de la capucha de una capa. El anciano le ofreció una taza llena de líquido y un trozo de pan duro. Jura los tomó y, mientras el anciano sacaba a Cilean del carro, miró a su alrededor. Había cuatro carromatos más. Alrededor de ellos se movían en silencio otras siluetas encapuchadas, pero no sacaron prisioneros de los carros.

A Jura se le hizo un nudo en la garganta.

—¿Dónde están los demás? —preguntó al hombre.

Nadie respondió, pero desde las sombras surgió otra figura que abofeteó a Jura en la boca. Era evidente que debía permanecer callada. Comió el pan, bebió la cerveza rancia y luego ella y Cilean recibieron permiso para orinar entre los árboles. Después, fueron introducidas nuevamente en los carros.

El movimiento de los carros parecía eterno y los días transcurrieron confusamente. Durante el viaje, que duró tres días, se detuvieron dos veces por día y Jura y Cilean recibían magras raciones y disponían de un breve momento para sus necesidades fisiológicas. Luego eran nuevamente maniatadas y colocadas en los carros.

Después del primer día, Jura y Cilean se hablaron poco. El hambre, la fatiga y el sufrimiento eran casi intolerables. Jura estaba acosada por los remordimientos. Si tan sólo hubiese tenido tiempo para explicar a Rowan el significado de sus palabras. Si hubiera podido decirle que no soportaba la idea de que él muriese. Quizá debió abrazarlo cuando él lloró. Quizás hubiera sido mejor. Si tan sólo...

—¿Crees que han matado a los hombres? —murmuró Cilean. Estaba demacrada; su aspecto era lamentable.

Jura no pudo responder.

—Sin duda necesitan esclavas —dijo Cilean—. Brita era demasiado vieja para eso, de modo que nos capturaron a nosotras.

Jura tragó saliva, pero no pudo hablar.

—Sí —dijo Cilean, respondiendo su propia pregunta—. Creo que han matado a los hombres. Ellos hubieran tratado de rescatamos y estos ulten no podrían luchar contra nuestros hombres.

Cilean aguardó la respuesta de Jura, pero no la hubo. Entonces prosiguió.

—No oímos a los ulten cuando entraron en el campamento. Tampoco los fearen los oyeron. —Cerró los ojos—. Brocain declarará la guerra a los iriales en cuanto se entere de la muerte de su hijo. ¿Y quién liderará a los iriales, ahora que Rowan y Geralt han... desaparecido?

Jura cerró los ojos e imaginó a Rowan, recordando sus cabellos rubios. Recordó su sonrisa. Recordó cómo le había hecho cosquillas la noche que pasaron en la tienda de campaña.

—Ya no podremos unir las tribus —dijo Cilean—. Los vatell seguramente han perdido a Brita. El hermano de Yaine está muerto y el hijo de Brocain también. —Cilean también tragó saliva—. Y nuestro rey ha muerto.

—Basta —ordenó Jura. No puedo soportarlo más.

Cilean la miró asombrada.

—¿Es el sufrimiento lo que te torna tan extraña? ¿Es la muerte de Rowan la que...?

—Basta, por favor —murmuró Jura.

Cilean calló durante un instante.

—Debemos mantenemos fuertes —dijo, tratando de que Jura pensase en el presente—. Debemos tratar de huir y regresar a casa. Debemos decir al resto de los lanconianos qué ha sucedido. Nos uniremos con las otras tribus para matar a los ulten. Vengaremos la muerte de Rowan... —Se interrumpió al ver que Jura se había echado a llorar.

Jura trató de dormir, pero no pudo. Las horas se deslizaban penosamente y se dedicó a recordar todos los momentos que había pasado junto a Rowan. Recordó cómo había reaccionado cuando se vieron por primera vez y cómo se había enfadado al enterarse de quién era él. Se había sentido traicionada, como si él le hubiera mentido y hubiera jugado con sus sentimientos.

Y había tenido miedo. Odiaba admitirlo, pero la fuerza de sus sentimientos hacia él la asustaba. Temía seguirlo y traicionar a su patria, traicionando todo aquello en lo que creía.

—¡Oh, Rowan! —murmuró en la oscuridad, mientras las lágrimas corrían por sus mejillas—. Si tan sólo hubiera podido decírtelo.

Cuando comenzó el cuarto día los carromatos se detuvieron y Jura oyó que se movían personas en torno a ellos. Cilean abrió los ojos y miró a Jura. Cilean luchaba contra el miedo, pero Jura parecía haber renunciado a la lucha.

No sabían qué planes tenían los ulten respecto a ellas. No sabían si morirían o serían convertidas en esclavas, y a Jura no parecía importarle.

—Pronto huiremos —le dijo Cilean, tratando de convencerse a sí misma—. Quizá podamos pedir un rescate.

Jura no respondió.

Luego dejaron de hablar, pues fueron sacadas del carromato. De pie, a la luz del sol, Cilean trató de adaptar sus ojos a la luminosidad. Entonces vio algo que la sorprendió. De acuerdo con el aspecto de los ulten que había visto, imaginaba que su ciudad sería sucia y pobre, un sitio sórdido, en el que los ulten ociosos y embriagados yacerían tendidos en las calles. Pero el espectáculo que contempló la dejó boquiabierta.

Estaban en el interior de una ciudad amurallada, de edificios prolijos y limpios. Había senderos de piedra muy bien cuidados y no se veían cerdos ni perros corriendo por ellos. En la planta baja de las casas había tiendas. La gente iba y venía. Eran personas limpias y lujosamente vestidas.

En realidad, todas esas personas eran de sexo femenino. Había mujeres adultas y unas cuantas niñas.

—¿Dónde están los hombres? —murmuró Cilean a Jura.

Jura no respondió y uno de los sucios guardianes le dio un empujón y señaló las bolsas que estaban dentro del carromato. Jura comprobó que la guardiana era una mujer, una mujer pequeña, que tenía unos treinta centímetros menos de estatura que ella y era sumamente delgada, casi frágil.

—¿Qué han hecho con nuestros hombres? —preguntó Jura, dando sus primeras señales de vida.

—Están muertos —dijo la mujer ulten, hablando un irial defectuoso—. Aquí no queremos hombres. —Empujó a Jura y a Cilean para que avanzaran.

Jura y Cilean estaban débiles después de tantos días de inactividad y comida escasa, de modo que sacaron lentamente las bolsas que había en el interior de los cuatro carros y las apilaron dentro de un largo edificio de piedra. Mientras ellas trabajaban, otras mujeres ulten se detenían a contemplarlas, hablando entre sí en su extraño idioma gutural.

Cilean miró con furia a dos mujeres que las señalaban, meneando la cabeza.

—Me siento como un buey que está siendo juzgado por su fuerza —dijo Cilean a Jura. No dijo nada más, porque una de las mujeres acercó un látigo a su rostro de manera muy elocuente.

Tardaron casi todo el día en vaciar los carros. Exhaustas, Jura y Cilean fueron conducidas hasta un pequeño edificio de piedra, en el que sólo había dos catres. El edificio estaba rodeado por una docena de pequeñas mujeres ulten.

—Jura —murmuró Cilean desde su catre.

Jura resopló.

—Debemos tratar de huir —dijo Cilean—. Debemos regresar a casa. Debemos explicar a nuestra gente qué ha ocurrido, antes de que estalle una guerra. Debemos ver a Yaine y... Jura, ¿me estás escuchando? No sé cómo podremos huir y estoy demasiado fatigada para pensar.

—¿Para qué deseas ver a Yaine?

—Para proseguir la tarea comenzada por Rowan —dijo ella como si Jura debiera saberlo—. Debemos hallar la manera de unir a las tribus. Aunque sea para que los iriales podamos matar a estos ulten que nos atacaron y dieron muerte al rey de Lanconia.

Ante el asombro de Cilean, Jura se echó a llorar. Cilean no supo qué hacer. Los lanconianos no solían llorar. Se volvió y trató de dormir. Quizás al día siguiente pudiera hablar con Jura sobre la posibilidad de huir.

Jura también trató de dormir, pero no podía dejar de llorar. Lanconia ya no le importaba; Geralt tampoco; el hermano de Yaine o el hijo de Brocain no importaban. Sólo le importaba haber perdido al hombre que amaba.

—Y ni siquiera pude hablar con él —murmuró en la oscuridad—. Oh, Dios, si tuviera otra oportunidad. Sería una *verdadera* esposa. —Se durmió llorando.

La risa de Geralt atravesó el aire y retumbó contra los muros de mármol blanco del palacio ulten. Las tres hermosas mujeres que estaban con él sonrieron encantadas al contemplar el tablero de ébano y marfil.

—Has ganado una vez más, maestro —dijo una de ellas seductoramente—. ¿A quién de nosotras escoges esta noche?

—A todas —dijo Geralt, riendo—. O quizás esta noche elija a otras tres.

—Somos tuyas —dijo la segunda mujer.

El hermoso y lujoso palacio de Ulten era el producto de siglos de «préstamos». El mármol iba camino de una catedral inglesa, cuando los ulten atacaron silenciosamente durante la noche, matando a los mercaderes que lo transportaban y a sus custodios. Luego habían llevado las carretillas llenas de mármol a través de las montañas, hacia sus ciudades. Incluso habían tomado en «préstamo» a los albañiles, haciéndolos trabajar hasta que murieron, arrojando luego sus cuerpos montaña abajo.

La enorme habitación, estrecha, alta y larga, tenía muros de mármol blanco con vetas y por doquier había pruebas de la habilidad de los ulten para «tomar prestado». Ellos eran los que recogían los despojos de las batallas. Cuando los participantes lloraban a sus muertos, los ulten se llevaban todo cuanto pudiera serles útil. Eran como hormigas, capaces de acarrear grandes pesos. Invadían las ciudades sin que los habitantes lo notaran.

Y llevaban cuanto podían a su rey y a su ciudad. El palacio estaba lleno de riquezas antiguas: hermosas espadas, escudos, tapices, cientos de almohadones bordados, tazas de oro (que no combinaban entre sí), platos, candelabros, cuchillos de mesa. Había pocos muebles, pues era difícil transportarlos sin llamar la atención, pero había algunas mesas bajas y largas, cubiertas por bellos manteles de hilo irlandés. Los invitados se instalaban sobre los almohadones y contemplaban a las mujeres que caminaban silenciosamente por la habitación, calzadas con chinelas de suela blanda, atendiendo diligentemente a los hombres. Los tres fearen estaban juntos en un extremo de la habitación y fruncían levemente el ceño, con gesto de desaprobación. Ignoraban a las diez mujeres que estaban cerca de ellos y comían frugalmente.

Geralt se recostó contra los almohadones, mientras una mujer lo abanicaba, otra sostenía sus pies sobre su regazo, otras dos masajeaban sus pantorrillas y otra pelaba almendras para que él las comiera. Otras cuatro mujeres estaban cerca de él, por si a Geralt se le antojaba alguna otra cosa. Su rostro expresaba una felicidad sublime.

Daire estaba en otro lugar de la habitación, conversando animadamente con una bellísima mujer, y aparentemente se divertía mucho.

Rowan, en cambio, estaba de pie junto a las ventanas del lado este de la estancia contemplando a las personas que se hallaban en las calles y mirando los edificios de la ciudad amurallada.

Daire se excusó con la mujer que estaba a su lado y fue junto a Rowan.

—¿Aún estás preocupado por Jura? —preguntó.

Rowan continuó mirando por la ventana, sin responder.

—Dijeron que las habían dejado allí —dijo Daire, con el tono de quien repite algo por centésima vez—. Los ulten no matan. Son capaces de robar cualquier cosa, incluso al rey de Lanconia si lo desean, pero no son asesinos. Nos drogaron, nos secuestraron y dejaron allí a las mujeres. ¿Por qué no les crees? Ya ves que no necesitan mujeres. Daire sonrió a la hermosa mujer que lo aguardaba frente a la mesa—. Sólo desean hombres. —No podía dejar de sonreír—. Debemos darles lo que desean de nosotros y marcharnos. Quizá podamos llevarnos a algunas de estas mujeres.

Rowan lo miró con frialdad.

—Te han seducido.

Los ojos de Daire brillaron. —Una o dos veces.

Rowan volvió a mirar por la ventana.

—No confío en ese hombre, Marek —dijo, refiriéndose al que se hacía llamar rey de los ulten—. Y no me agrada ser un prisionero, aunque las cadenas sean de seda. —Has dicho que deseabas unir las tribus. ¿Qué mejor entonces que...?

—¿Que acostarnos con sus mujeres? —preguntó Rowan, frunciendo el ceño—. Creo que sirvo para algo más que para ser utilizado como semental. —Se volvió y Daire se encogió de hombros y regresó a la mesa.

Rowan siguió mirando por la ventana, maldiciendo su impotencia. ¿Cómo luchar contra esas mujeres, tan hermosas y pequeñas? Seis días atrás había despertado en la parte posterior de un carromato tapizado de seda, con un agudo dolor de cabeza. Había abierto con el hombro la puerta cerrada con llave y el carromato se había detenido. Seis bonitas y menudas mujeres le habían rogado que no se enfadara. La furia de Rowan se había apaciguado un tanto cuando vio que los otros hombres estaban ilesos, pero recrudeció cuando no vio aparecer a Jura, ni a Cilean ni a Brita. Las mujeres ulten le habían dicho que las habían dejado en el campamento.

Tardaron casi un día en regresar allí y Rowan comprobó que estaba vacío, como si las mujeres iriales y Brita hubieran empaquetado y se hubieran marchado. Pero Rowan no estaba convencido. No le agradó haber sido drogado y encerrado en un carro. Dijo que iría en busca de las mujeres.

Las mujeres ulten se echaron a llorar. Dijeron a Rowan que harían *cualquier cosa* si volvía con ellas. Dijeron que estaban enteradas de su deseo de unir a toda Lanconia, pero sabían que no incluiría a los ulten, porque todos los odiaban y aseguraron que ellos lo necesitaban más que cualquier otra tribu. Afirmaron que enviarían un mensaje a los iriales si Rowan las acompañaba.

Rowan el rey y Rowan el hombre entraron en conflicto. Como rey deseaba conocer a esa tribu esquiva, pero como hombre, deseaba recuperar a Jura. Durante el largo viaje, Daire le había dicho que Jura había ido a su encuentro después de la muerte de Keon y Rowan imaginó que lo había visto llorar. Sabía que los lanconianos no lloraban.

Pero Jura, una lanconiana, lo había visto llorar y no se había burlado de él ni se había enfadado. Por el contrario, lo había impulsado a creer nuevamente en sí mismo.

Pero él no había percibido su intención. Su sensación de fracaso le había llevado a encolerizarse con ella. Rowan la añoraba y deseaba ir en su busca, pero Geralt le había gritado, diciendo que si los ulten los necesitaban, debían acompañar a las mujeres ulten. Rowan dijo que Geralt sólo pensaba en el sexo y habían estado a punto de reñir. Daire había intervenido y sus serenos consejos habían logrado que Rowan el rey prevaleciera sobre Rowan el hombre. Daire dijo que estaban cerca de la ciudad de Yaine y que seguramente Jura y Cilean llevarían a Brita hasta allí y que no necesitaban a Rowan. Además, Rowan no deseaba ofender a los ulten, pues quizá no tendría otra oportunidad de introducirse en su recoleta ciudad montañosa de forma pacífica.

Con renuencia, Rowan acompañó a las mujeres ulten.

Durante los días siguientes, él, que era el único hombre que hablaba el idioma ulten, habló con las mujeres. Le disgustó la promiscuidad en que vivían y, si hubiera estado en Inglaterra, hubiera prohibido a sus hombres que alternaran con ellas. Pero los fearen, Geralt e incluso Daire, dormían cada noche con una mujer distinta.

Mientras los demás retozaban en medio de los arbustos, Rowan conversó con dos mujeres que en ese momento estaban desocupadas y ellas le informaron sobre la triste y reciente historia de los ulten.

Quince años atrás, todos los habitantes de los aislados pueblos ulten habían contraído una extraña fiebre, que se decía que provenía de Oriente. Las mujeres se recuperaron rápidamente, pero los hombres murieron por centenares. Cuando la fiebre pasó, sólo sobrevivió un cuarto de la población masculina y, hacia fines del año siguiente, se descubrió que esos hombres sólo podían engendrar mujeres. De modo que hacía ya muchos años que la ciudad ulten era una ciudad de mujeres.

—¿Por qué no acudisteis a las otras tribus para pedir hombres? —preguntó Rowan—. Seguramente hubieran venido.

—El rey Marek lo prohibió —respondió una de las mujeres.

Rowan imaginó que los hombres ulten que habían sobrevivido estarían encantados de tener una ciudad llena de mujeres; cualquiera de ellas estaría dispuesta a acostarse con ellos para poder tener niños.

Cuando llegaron a la ciudad, los temores de Rowan se vieron confirmados, al ver a Marek, un hombre anciano, obeso y desdentado, rodeado por hermosas mujeres jóvenes. Rowan se maldijo a sí mismo por haber creído en las palabras de las mujeres, cuando afirmaron que sólo lo deseaban para tener niños y para unirse a las otras tribus. Quizá las mujeres lo creyeran, pero el viejo Marek no tenía la menor intención de compartir su harén con ellos. Rowan pensó que quizá Marek deseaba que los extranjeros dejaran a algunas mujeres encinta. Luego ordenaría que matasen a Rowan y a los demás.

Si Jura hubiese estado con ellos, su escepticismo y cinismo le hubieran obligado a reflexionar antes de seguir a las mujeres ulten. Se maldijo por ser un tonto... tal como afirmaba Jura. Los hombres que estaban con él sólo pensaban en todas las mujeres con las que podían acostarse, pero Rowan veía más allá. ¿Qué harían con ellos cuando ya no fuesen útiles? Rowan debía urdir un plan para huir, porque comprendió que sus hombres no podrían vivir tranquilos. A Marek no le agradaría que fuera de su territorio se supiera que los ulten eran una población de mujeres, que vivían junto a un palacio que contenía enormes riquezas. Marek se había esforzado mucho para que todos creyesen que los ulten eran muy pobres. Cuando una mujer ulten atravesaba la frontera, se vestía con harapos sucios. Nadie deseaba seguirla para conocer su ciudad. Indudablemente, Marek deseaba que todo continuase igual y, por lo tanto, no permitiría que Rowan y sus hombres saliesen vivos de allí.

Rowan continuó mirando por la ventana y, cuanto más pensaba, más se preocupaba. ¿Qué habían hecho con Jura? ¿Por qué había sido él tan confiado? ¿Por qué había creído en las lágrimas de unas mujeres bonitas? Si hubiese sido drogado y encerrado en un carro por *hombres y* él hubiera descubierto que las mujeres no estaban con ellos, Rowan hubiese desenvainado su espada, hubiera mutilado a unos cuantos y les hubiese obligado a decirle qué habían hecho con Jura, Cilean y Brita. Pero había seguido dócilmente a las mujeres ulten, abandonando a Jura a su suerte.

Eso, en el mejor de los casos, pensó Rowan con tristeza. Tal vez las ulten habían matado a las mujeres. A diferencia de

Daire, Rowan creía que las ulten eran capaces de hacer cosas más graves que robar. Deseaban tener hijos varones; por eso capturaron a un rey y a un par de príncipes que servirían como sementales. Tomaban todo aquello que deseaban.

Su rostro se tornó tenso. Pensó que ofrecería esas mujeres a los hombres zernas. Esas diablesas no podrían manipular fácilmente a los hombres de Brocain.

Mientras rumiaba esos pensamientos, oyó ruidos en la calle, debajo de la ventana. El alboroto provenía de un edificio un tanto alejado, pero pudo verlo. Una de las pequeñas mujeres ulten agitó un látigo y lo dejó caer sobre una persona, semioculta por el edificio.

Rowan contempló la escena y vio que de las sombras emergía una tercera mujer, alta y con los cabellos oscuros recogidos en una trenza. Esa mujer saltó sobre la que sostenía el látigo.

—¡Jura! —murmuró Rowan, a punto de saltar por la ventana para correr junto a ella, pero un resto de sensatez lo obligó a permanecer donde estaba. Con el corazón acelerado y la angustia pintada en el rostro, contempló en silencio cómo una docena de mujeres ulten atacaba a Jura, haciéndola caer al suelo. Un momento después los ulten se llevaron a Jura y a Cilean y ya no pudo verlas.

Rowan se asomó a la ventana, aspirando bocanadas de aire para serenarse. Esa gente era más traicionera de lo que pensaba, y él, que era un tonto, había caído en sus garras.

Decidió que esa noche escaparía y hallaría a Jura. Además, debía tramar un plan para que todos pudieran salir sanos y salvos de la tierra de los ulten.

16

—¿Te duele? —preguntó Cilean a Jura.

Jura se encogió de hombros, pero la verdad era que tenía un intenso dolor en los hombros y la espalda a causa de los latigazos que había recibido esa tarde.

Estaban a solas en la pequeña casa de piedra. Fuera de la casa, la guardia había sido reforzada, a raíz de lo sucedido ese día. Cilean había caído bajo el peso de un pesado saco de cereales y, cuando una de las ulten le dio un latigazo, Jura se había abalanzado sobre la mujer, tomándola del cuello. Ello le había valido recibir doce latigazos por lo que Cilean la había reprendido por exponerse a un castigo. Durante el resto del día las habían obligado a trabajar muy duramente, y sólo ahora les permitían descansar.

Pero Cilean, enfadada, no podía dormir.

—Debemos huir. Hoy vi a dos mujeres conversando junto a la puerta de entrada, cuando debían estar vigilando. Si logramos distraerlas, quizá podamos...

Se interrumpió al ver la expresión de Jura y desvió la mirada.

En el umbral, iluminado por detrás por la luz de las antorchas, había un fantasma... un gran fantasma dorado. Jura parpadeó para ver mejor, pero el fantasma continuaba allí.

—¿Jura? —murmuró el fantasma.

Cilean fue la primera en reaccionar. A pesar de su extrema fatiga, saltó de su catre y rodeó a Rowan con sus brazos.

En ocasiones Rowan se encolerizaba por la manera en que lo trataban los lanconianos. Era su rey, pero jamás le decían «Su majestad»; discutían con él y lo desafiaban. Pero en ese momento se alegró de su sentido de la igualdad. Prefería sentir alrededor de su cuello los brazos de una mujer que recibir halagos serviles.

Rowan abrazó a su vez a Cilean, con la sensación de que por primera vez en muchos días tocaba algo limpio. Sería agradable escuchar la opinión sincera de una mujer, en lugar de la mansedumbre servicial de las mujeres ulten.

—¿Te encuentras bien? ¿No estás herida? —preguntó Rowan a Cilean.

Ella dejó de abrazar su cuello, pero mantuvo un brazo alrededor de la cintura de Rowan.

—Estoy fatigada y magullada, pero no herida. Hoy hirieron a Jura.

Rowan miró a su mujer, que aún permanecía sentada en su catre. Cilean se apartó de Rowan.

—¿No tienes nada que decirme? —preguntó suavemente Rowan a Jura.

—¿Por qué estás vivo? —preguntó ella con tono enfadado. Su corazón latía con violencia.

Rowan no se ofendió. Sonrió, acercándose a ella.

—Te *alegras* de verme.

—Nos capturaron y convirtieron en esclavas —dijo Jura, irritada—. Nos han usado como bueyes para descargar sacos de los carros llenos de mercancía robada. Pensé que habías muerto; de lo contrario hubieras venido por nosotras, pero no estás muerto. —Lo dijo como si fuera una acusación. En cierto modo, se sentía traicionada por él. La última vez que le había visto, él la había mirado con odio y durante días había llorado, pensando que estaba muerto. Pero él estaba ahí, no sólo vivo, sino libre.

Rowan siguió avanzando hacia ella; luego apoyó sus manos sobre los hombros de Jura.

Jura saltó del catre y se echó en sus brazos, abrazándolo con fuerza.

—No estás muerto. ¡No estás muerto! —repitió, maravillada.

—No, mi amor —murmuró él, acariciando su espalda dolorida—. No estoy muerto.

Después de unos instantes, se apartó de ella.

—Debemos hablar. Ven, Cilean, siéntate con nosotros. Deseo que ambas estéis cerca de mí. No tenemos mucho tiempo.

Rodeó a cada una de ellas con un brazo, como si temiera que desaparecieran, y comenzó a explicarles qué le había sucedido, a él y a los otros hombres, en los últimos días.

—¿Les *creíste*? —preguntó Jura con incredulidad—. Esas mujeres invadieron nuestro campamento, nos durmieron con sus horribles venenos, me golpearon, y tú les creíste cuando te dijeron que nos habían dejado durmiendo. Eres un...

Rowan la besó.

—Te eché de menos, Jura. Yo soy responsable de que nos hallemos en esta situación y yo debo resolverlo.

—¿Tú? —dijo Jura—. Eres el causante de todo. Si no hubieras...

—Ella creyó que habías muerto —interrumpió Cilean— y no ha hecho más que llorar desde que nos capturaron. Nunca la había visto llorar y ahora no hace otra cosa. Dice que lamenta no haberte ayudado a unir las tribus y no haber podido decirte que te ama.

—¿Eso es verdad, Jura? —murmuró Rowan.

Jura volvió la cabeza.

—Cuando uno sufre, dice muchas cosas.

Rowan tomó su mentón y la besó con ternura.

—Traté de tomar una decisión en mi calidad de rey. Seguí a las ulten porque el rey Rowan deseaba unir las tribus, pero Rowan el hombre se arrepintió de esa decisión. Fui un tonto, Jura, tal como me lo has dicho miles de veces.

Ella lo miró a los ojos.

—Pero tu intención era buena —murmuró ella y él volvió a besarla.

—También lo fue la tuya el día en que mataron a Keon —murmuró él, asombrado al ver lágrimas en los ojos de Jura—. Me diste fuerzas en el momento en que iba a defraudar a mi país y no permitiste que nadie fuera testigo de mi debilidad.

—Rowan —dijo una voz desde el umbral de la puerta. Era Daire. Cilean fue hacia él, pero él la apartó haciendo un gesto con la mano. De inmediato, ella se convirtió nuevamente en una guardiana.

—Debemos marcharnos —dijo Daire—. Incluso Geralt nos traiciona.

—¿Nos traiciona? —preguntó Jura, poniéndose de pie—. Cilean y yo estamos listas. Nos marcharemos contigo.

Rowan carraspeó nerviosamente.

—No podemos llevarlas —dijo—. Ellos son muchos y nosotros muy pocos. Pude visitarte porque los fearen y Geralt están... distrayendo a las guardianas. Jura, no me mires así. Te sacaré de aquí, pero no puedes pretender que combata contra una ciudad de mujeres, mis propias mujeres lanconianas.

—Mujeres —dijo ella, mirándolo con indignación—. Estas delicadas mujeres nos obligan a Cilean y a mí a acarrear rocas, a extraer agua de pozos en medio del fango, a cargar grandes sacos de cereales. Nos usan como si fuéramos caballos, mientras vosotros, los hombres, os estáis fatigando en vuestro intento de preñarlas.

—Yo no, Jura —dijo Rowan—. Te juro que no las he tocado. Estoy seguro de que nos permitirán vivir hasta que yo, el rey, deje encinta a una mujer.

Los ojos de Jura lanzaban destellos de furia.

—Cómo te sacrificas por nosotros —dijo en voz alta.

Rowan trató de tomarla entre sus brazos, pero ella lo eludió.

—Jura, por favor, confía en mí.

—¿Como tú confiaste en las ulten? Te fuiste con ellas y nos dejaste a Cilean, a Brita y a mí libradas a nuestra suerte.

—Eso no es verdad —dijo él—. Yo... —Rowan estaba confundido y complacido al mismo tiempo. Ella reaccionaba como una mujer celosa, no como una serena guardiana. Era una esposa enfurecida que creía que su marido se acostaba con otras mujeres. Él le importaba más que Lanconia.

—¡Rowan! —exclamó Daire con tono de urgencia—. Debemos marcharnos. Si no lo hacemos, Marek se enterará. Nos matará a todos.

Rowan se alejó apenando a Jura. Nunca la había deseado tanto como en ese momento. Le asaltó la tentación de abdicar en favor de Geralt y marcharse de Lanconia. Llevaría a Jura a Inglaterra. Pero sabía que era imposible.

—Necesito dos días —murmuró Rowan—. Dentro de dos días las sacaré de aquí.

Se marchó y Cilean trató de hablar con Jura, pero ella estaba demasiado disgustada y no la escuchó. Unas veces tenía la sensación de que él la traicionaba y otras se daba cuenta de que Rowan debió acompañar a las ulten, dejando a las mujeres iriales. Estaba confundida y no podía dormir. Si se hubiera casado con Daire, su matrimonio no entraría en conflicto con lo que era necesario para Lanconia. Entonces, ¿por qué se enfurecía al comprobar que Rowan ponía a Lanconia por encima de ella?

Antes del amanecer fue hasta el umbral de la puerta para contemplar la silueta del gran palacio de Marek. Al pensar que Rowan estaba allí y que quizás estuviera acostado con otra mujer, se encolerizó. Pero estaba pensando como una *inglesa,* no como una lanconiana. Y no debía ser así. Debía pensar ante todo en Lanconia y no en sí misma.

Apoyó la cabeza contra la piedra fría del marco de la puerta y trató de pensar con claridad. Pero no pudo. Sólo sabía que deseaba estar junto a Rowan. No quería aguardar hasta que él se cansara de las mujeres ulten o hasta que su arrogante hermano estuviera satisfecho. Estaba dispuesta a apostar que Geralt no había pensado en ningún momento en la suerte que Cilean y Jura pudieron correr, y mucho menos en Brita, que lo había humillado. Geralt nunca había sido compasivo con los demás.

Cuando Jura creía que Rowan estaba muerto, lamentó no haber podido ayudarlo a luchar por Lanconia. Ahora tenía la oportunidad de hacerlo.

—Jura —dijo Cilean en voz baja—. ¿Has estado despierta toda la noche?

Jura la miró con ojos brillantes.

—Saldremos de aquí —dijo—. Y para ello, emplearemos las armas inglesas que utiliza Rowan: las palabras. No mataremos ni heriremos a nadie. Haremos algo peor. Diremos a estas mujeres de qué las ha privado Marek. Les diremos que allá afuera hay cientos de hombres y que cada mujer puede tener su propio hombre y todos los hijos varones que desee.

—Pero no hablamos su idioma —dijo Cilean— y Rowan dijo que nos sacaría de aquí dentro de dos días. ¿No crees que deberíamos obedecerlo?

—Le *ayudaremos* —dijo Jura con firmeza.

Sólo una de las guardianas hablaba el idioma irial y Jura debió insistir mucho para que la escuchara. Constantemente decía a Jura que continuara su trabajo. Pero al mediodía todas las mujeres hicieron un alto al ver pasar a Marek, que se desplazaba por la calle en un carruaje. Cuatro hermosas mujeres jóvenes lo atendían. Marek era viejo, obeso, sucio, desdentado y feo.

Detrás de él, en otros dos carruajes, iban Rowan, Daire, Geralt y los fearen. Jura percibió la perturbación de las mujeres al contemplar a esos hombres fuertes, sanos y viriles. Cuando Rowan pasó junto a ella, Jura apretó los puños. Una bonita y menuda ulten estaba prácticamente sentada en su regazo.

—Qué débiles parecen esos hombres —dijo Jura, bostezando.

La ulten que hablaba irial la miró, sorprendida.

—En mi país las mujeres ni siquiera miraríamos a hombres como ellos; los alejaríamos de nuestro lado —dijo Jura con aire de tedio—. ¿Podemos retomar al trabajo? Prefiero trabajar antes que mirar a esos debiluchos.

Jura percibió que la mujer le prestaba atención y, cuando oyó que la mujer hablaba en voz baja con las otras, supo que su maniobra daría resultado.

Poco después, mientras ella y Cilean acarreaban rocas desde la campiña, las mujeres ulten comenzaron a hacer preguntas sobre el lugar donde Jura vivía, y, especialmente, sobre los hombres que lo habitaban.

Jura se enjugó el sudor de la frente, se apoyó sobre el pico y comenzó a hablar de los matrimonios que se celebraban. Cada poco tiempo debía interrumpirse para que sus palabras fuesen traducidas y para que las mujeres expresaran su asombro.

Al atardecer, ella y Cilean estaban sentadas a la sombra de sendos árboles, bebiendo frescos zumos de frutas y elaborando historias sobre los centenares de hombres disponibles que había en Lanconia. Las ulten se entusiasmaron al saber que los fuertes hombres zernas sólo tenían mujeres feas y corpulentas.

Jura respondió las preguntas, incluso las que se referían a su asombro ante la idea de que mujeres tan altas como Jura y Cilean resultasen atractivas para los hombres iriales.

—Se las arreglan —dijo Jura con una sonrisa forzada.

Esa noche durmió más tranquila que las noches anteriores.

Por la mañana, más de un centenar de mujeres las aguardaban fuera del edificio y durante todo el día sólo conversaron. La mayoría de las mujeres eran jóvenes y no recordaban haber tenido la oportunidad de estar con hombres, de modo que los relatos de Jura eran para ellas como cuentos de hadas.

Ese segundo día, Jura no sólo habló de los hombres de otras tribus; también se refirió a los hombres ulten y dijo que consideraba injusto que las mujeres debieran adorarlos y obedecerlos sólo porque eran muy pocos. Jura les habló de su propia actitud desafiante respecto de su marido, sin mencionar el hecho de que se trataba de Rowan. Las mujeres le hicieron repetir algunos episodios que apenas podían creer.

—¿Y él aún te ama? —preguntó una mujer por intermedio de una intérprete—. ¿No necesitas ser perfecta para retener a un hombre? ¿No te repudia si no eres cariñosa y dulce en todo momento?

—¿Puedes decir lo que piensas sin que te castigue?

—¿Puedes enfadarte con un hombre?

—Sí —respondió Jura—. Y si tu marido te es infiel, puedes denunciarlo ante una corte. *Tú* puedes repudiarlo.

Al anochecer, la garganta de Jura estaba irritada de tanto hablar, pero a juzgar por las expresiones de las mujeres, sabía que las había impresionado. Cuando regresaron a la ciudad, todas las mujeres ulten las señalaban y hablaban muy seriamente entre ellas. Jura sonrió para sí misma. Quizá las tácticas de Rowan tuvieran algunas ventajas. Pensó que no hubiera causado una conmoción mayor si hubiera atacado la ciudad con un ejército.

Bostezando, se preguntó qué sucedería al día siguiente.

Rowan se despertó y oyó ruidos en torno al palacio. No había podido conciliar el sueño hasta muy tarde, preocupado por cómo saldrían de esa situación. Los otros hombres parecían dispuestos a permanecer con las mujeres ulten durante el resto de sus vidas, pero Rowan consideraba que el servilismo de las mujeres era irritante. La noche anterior había tenido dificultades para convencer a las mujeres de que no necesitaba compañía en su cama. Sonrió íntimamente, sabiendo que no le hubiera disgustado disfrutar de las atenciones de alguna de las mujeres, pero temía afrontar la ira de Jura.

—Conquistar Lanconia es sencillo, pero conquistar a Jura es casi imposible —murmuró, y luego se concentró nuevamente en la manera de lograr que todos salieran de allí, sin herir a ninguna mujer ni ofender al obeso Marek.

Rowan oyó las voces airadas de las mujeres, pero no reaccionó. Después de haber convivido con las iriales y de conocer a la irascible Brita, los gritos de las mujeres no le llamaban la atención. Pero luego recordó que estaba en un país donde las mujeres competían a muerte por un hombre, pero lo hacían con palabras amables y sonrisas lánguidas.

Se sentó en la cama.

—¿Qué habrá hecho Jura ahora? —preguntó en voz alta, sin dudar ni por un instante que la causa de la ira de las mujeres debía ser Jura.

Se vistió rápidamente y corrió por los pasillos hacia las habitaciones de los otros hombres, que estaban con una, dos o, como en el caso de Geralt, tres mujeres. Ordenó a los hombres que se reunieran en el salón *de inmediato*. Sólo Geralt creó dificultades.

—Irás o vendré por ti —dijo Rowan, dando un portazo, seguido por Daire y los fearen.

Lo que parecía ser un ejército de mujeres estaba irrumpiendo en el palacio. Sus rostros expresaban un profundo disgusto y llevaban toda clase de utensilios a modo de armas: rastrillos, palas, hachas, agujas de hueso y garrotes de distintos tamaños. Eran mujeres tan pequeñas y sus armas tan débiles que provocaban risa... pero Rowan no rió.

Tomó el brazo de una de las mujeres, una hermosa criada de cabellos negros.

—¿Qué ha sucedido? —preguntó en idioma ulten.

Ella lo miró con desdén.

—Nos han mentido —dijo, gritando—. Nos dijeron que *todos* los hombres habían muerto durante la epidemia y que los únicos sobrevivientes eran los que estaban en nuestra ciudad, pero Jura dice que no es así.

Rowan gruñó y soltó a la mujer. Luego se volvió hacia los otros hombres para traducir las palabras de la mujer.

—Jura —bufó Geralt—. Debí haber sabido que ella arruinaría este paraíso.

Rowan tomó a Geralt por la túnica.

—Tu hermana ha sido convertida en esclava mientras tú comías higos. Ahora debemos detener esto o habrá guerra.

Geralt se liberó de las manos de Rowan.

—Deja que maten al viejo Marek. ¿Qué me importa? Yo reinaré sobre los ulten. Me has arrebatado los iriales, de modo que tomaré a los ulten.

Jura se abrió paso entre la multitud, a tiempo para escuchar las palabras de su hermano.

—No eres capaz de gobernarte a ti mismo y mucho menos a una tribu —gritó—. Sólo piensas en ti y no en los habitantes de tu país. No eres leal a Lanconia ni a los iriales. Ni siquiera pudiste pasar una noche con Brita sin desatar una guerra. Quizá seas tan soberbio que pienses que estas mujeres están ansiosas por seguirte, pero en este momento están demasiado enfadadas para pensar. —Miró a los otros hombres. Estaban rodeados por irritadas mujeres ulten—. Están furiosas con Marek porque durante años les ha mentido y son capaces de cualquier cosa. Quizá no se conformen con matar a un hombre; quizá decidan matarlos a *todos*. Debemos sacarlos de aquí. —Jura se volvió para marcharse, pero Rowan se lo impidió.

—No tomaste partido por tu hermano —le gritó él.

—Mi hermano es irial, no lanconiano —dijo ella con fastidio—. ¿Hay otra salida? Por favor, Rowan, no trates de hablar para convencerlas. Estas mujeres desean ver sangre.

Él acarició la mejilla de Jura y luego se dirigió a las alcobas.

—Seguidme —ordenó, y sólo Geralt vaciló. Rowan lo tomó por el hombro y lo arrastró consigo.

Geralt se resistió como un niño caprichoso.

—Suéltame, usurpador. Las mujeres no me harán daño. Soy su señor.

Con toda calma, Jura tomó un jarrón que había sobre una mesa y lo dejó caer sobre la cabeza de Geralt. Este cayó airosamente al suelo.

Rowan la miró, disgustado.

—¿Cómo lo sacaremos de aquí?

—Deberás cargarlo. Vamos, no podemos perder tiempo. Creo que las mujeres están saqueando el palacio.

Rowan la obedeció sin protestar. Tomó a Geralt y lo cargó sobre sus hombros. Luego corrió por el pasillo, poniéndose al frente del grupo. La única puerta de salida era la del frente del palacio, pero los ulten habían construido un granero cerca de una de las ventanas.

—Daire —dijo Rowan—. Toma esa losa de mármol y colócala entre los edificios.

Cuatro hombres, ayudados por Cilean y Jura, colocaron la losa entre los dos edificios, formando una rampa. El equilibrio era precario y la superficie resbaladiza tomaba peligroso el pasaje.

—Yo iré en primer término —dijo Jura, pero Rowan no se lo permitió.

—Yo la probaré. Cuida de tu hermano. Está despertando.

Jura miró fugazmente a Geralt, que se sentó en el suelo y se frotó la cabeza, mientras Rowan se deslizaba por la losa de mármol hacia el otro edificio. Cuando estuvo del otro lado, los demás lo siguieron, uno por uno.

Geralt se negó a ir con ellos.

—Permaneceré aquí. Pertenezco a este lugar —dijo a Jura—. No seré un subordinado del inglés.

—Es más lanconiano que tú —dijo ella—. Thal lo sabía.

—Todos me traicionan —dijo Geralt, apesadumbrado—. Ve con él. Me quedaré aquí y pondré orden en este caos.

Jura ya estaba sobre la plancha de mármol, pero permaneció en el alféizar de la ventana, contemplando a su hermano, que, erguido, retrocedía para ir detrás de las mujeres.

—Ven, Jura —gritó Rowan a sus espaldas.

Jura tomó una decisión.

—Debo ir tras él —gritó a Rowan y volvió a entrar en el palacio.

Rowan maldijo; luego se quitó las botas y ascendió por la losa inclinada. Sólo podía aferrarse a ella con los pies desnudos. Los demás le rogaron que no lo hiciera, pero él les ordenó que se alejasen de la ciudad lo más rápidamente posible.

En el pasillo no había señales de Jura ni de Geralt. Varias mujeres ulten estaban quitando los tapizados de los muros. Interrumpieron la tarea, mirando a Rowan con odio. Ayer había sido un dios; hoy era un demonio.

Él les sonrió débilmente y siguió su camino de prisa. No fue difícil descubrir a Jura y a Geralt, ya que ambos medían treinta centímetros más que las mujeres ulten. Jura protegía a su hermano con su cuerpo y trataba de hablar con las mujeres, pero ninguna la comprendía.

—Marek está huyendo con el oro —gritó Rowan en idioma ulten, pero nadie lo escuchó—. Marek se lleva a los niños. —Debió repetirlo varias veces, mientras señalaba las habitaciones de Marek, en el ala norte del palacio, pero finalmente logró que la multitud desviara su atención de Jura y Geralt.

—Sabía que vendrías —dijo Jura, sonriendo—. Debiste marcharte con los otros, pero sabía que no lo harías.

—Sígueme —ordenó Rowan— y no hagas ninguna tontería. —Miró con fastidio la espada que ella había tomado de uno de los muros—. No hieras a ninguno de mis súbditos.

—Esa gente trató de matarme —dijo Geralt. Creo que...

—¡Calla! —ordenó Jura— y sigue al rey Rowan.

Al oírla, Rowan parpadeó, asombrado. Luego los condujo en medio de la multitud de mujeres que avanzaban a empujones. Cada vez que un grupo de ellas se detenía para mirarlos, Rowan gritaba: ¡Marek! y señalaba el interior del palacio.

Corrieron hasta llegar casi a las puertas de la ciudad antes de que las mujeres reparasen en ellos.

—Hay dos de ellos —gritó una mujer.

—Nos han mantenido prisioneras. Nos han privado de maridos e hijos. Los mataremos y seremos libres.

Las mujeres permanecieron frente a las verjas abiertas, mientras otras trataban de cerrarlas.

—Corred —ordenó Rowan—, y no matéis a nadie.

Jura no fue atacada. Los hombres fueron el blanco del ataque. Las mujeres empleaban cualquier clase de arma. Instintivamente, Jura protegió a Rowan con su cuerpo. Rowan había bajado la cabeza tratando de esquivar los golpes, y no vio que Geralt hacía caer a una mujer detrás de otra. Jura sabía que el amor de Rowan por su gente le llevaba a protegerla, aun arriesgando su vida.

Pasaron por las puertas y las mujeres los persiguieron, pero luego desistieron, pues Jura, Geralt y Rowan se dirigían hacia las montañas.

Después de correr durante casi una hora, se detuvieron para recobrar el aliento.

—Debemos encontrar a los otros —dijo Jura. Luego miró a Rowan. Estaba pálido y debajo de su capa se veía una mancha de sangre que aumentaba de tamaño permanentemente. Sus pies desnudos también sangraban.

Jura lo rodeó maternalmente con sus brazos y lo obligó a sentarse.

—Debo...

—No —dijo ella con voz suave—, ya has hecho suficiente por ahora. Debes permitir que otros te ayuden. —Miró a Geralt.— Ve y busca a los demás. Diles que nuestro rey está herido y que envíen a Daire para que busque a Brita. —Miró nuevamente a Rowan—. Siempre que tú opines que eso es lo que debemos hacer. Quiero decir...

Rowan se inclinó y la besó.

—Coincido contigo. Somos una sola persona; no importa quién formule la idea.

—Jura, yo... —comenzó a decir Geralt.

—Ve —dijo Jura secamente—. Ya has causado bastantes problemas. Puede que mañana des gracias al rey por salvarte la vida.

Con renuencia, Geralt trepó el sendero montañoso, para ir en busca de los otros.

—Jura, no estoy malherido —dijo Rowan en voz baja—. Si me vendas, podré continuar el viaje.

Jura usó el cuchillo de Rowan para cortar un trozo de su túnica; tiernamente examinó la herida de su hombro, causada por un hacha.

Rowan llevó la mano de Jura hasta su rostro.

—Me has llamado rey y has dicho que soy lanconiano. ¿Quiere decir que me amas? ¿Aún deseas mi muerte para poder casarte con Daire?

Ella lo miró detenidamente.

—Thal me educó para que pensara ante todo en la guerra, y amé a Daire porque no me provocaba conflictos interiores. Lanconia hubiera sido más importante que mi matrimonio. Pero tú siempre me has confundido. Me has enseñado el verdadero amor: un amor por mi país que está más allá de la guerra y el amor por un hombre que es...

—¿Qué es?

—Un amor que me penetra. —Apoyó ambas manos sobre el rostro de Rowan—. Rowan, esposo mío, si alguna vez mueres, creo que mi alma también morirá. Cada gota de sangre que mana de tu herida me hace sangrar. No sabía que este... este dolor que sentía a tu lado era amor.

Él la besó suavemente.

—Tengo la sensación de haberme ganado tu amor, Jura. He sufrido, he sangrado y he soportado injurias para obtener tu amor.

—No es así —protestó ella; luego sonrió débilmente—. ¿Ha valido la pena?

—Sí —dijo él tiernamente—. Creí que deseaba una mujer como... estas ulten, que endulzaran mi vida, pero tú eres más que una esposa para mí. Me has ayudado, Jura. Me has ayudado a comprender a los iriales.

Ella se apartó de él.

—¿Ayudado? He evitado que te maten. Jamás hubieras podido hacer cuanto has hecho sin mí. Si no hubiera estado inconsciente, no te hubiera permitido entrar en la ciudad ulten a solas. Eres demasiado confiado. Crees que todos son buenos.

—Excepto tú, Jura. Estás llena de fuego y azufre y te adjudicas todos los méritos. Soy yo quien ha unido Lanconia. Soy yo...

—Con *mi* ayuda —dijo ella en voz alta.

De pronto, Rowan sonrió.

—Creo que ambos trabajamos bien juntos. Quizá deberíamos continuar haciéndolo. Y bien, ¿permitirás que me desangre hasta morir, dejando que ese estúpido hermano tuyo vaya en pos de Brita y comience una guerra?

—Geralt no es estúpido. Es...

—¿Sí? —preguntó Rowan, arqueando una ceja.

—Quizá deberíamos darle un pequeño rincón de Lanconia para que instale allí su reino. Podría causamos muchos problemas mientras tratamos de unir al resto de las tribus y no deseamos que irrite a los zernas cuando les entreguemos a las mujeres ulten.

—Rasgó la parte inferior de su túnica para vendar el hombro de Rowan.

—¿Qué? ¿Entregar esas pequeñas y dulces mujeres a los hombres zernas?

—Esas «dulces» mujeres como tú las llamas, nos hicieron trabajar a Cilean y a mí como esclavas y una de ellas me castigó con un látigo.

—Sí, pero... —protestó él, pero Jura lo besó y, como sucedía siempre, él ya no pudo pensar en otra cosa, ni en Lanconia ni en los iriales ni en el paradero de Brita. Había amado a Jura desde el día en que la conoció y siempre la amaría. Y ahora tenían por delante muchos años para unir a las tribus y para discutir y hacer el amor. Él sonrió, sus labios cerca de los de ella, y la abrazó. Era feliz.

Por la colina venían Cilean y Daire y se detuvieron al escuchar las voces de Rowan y Jura.

Cilean sonrió.

—Creo que están ilesos.

—Jura lo ama —dijo Daire con voz decidida, pero sin rencor—. Creo que daría la vida por él.

Cilean miró a Daire.

—¿Te duele haberla perdido completamente?

—Tengo la sensación de ser un hermano protector que pierde a una adorable hermanita menor. Sé que Jura y yo nunca... nos deseamos con pasión. —Recordando, sonrió—. Como me ocurrió con las mujeres ulten.

—Ah —dijo Cilean con frialdad—. ¿De modo que te agradan esas mujeres melosas que no distinguen una espada de un peine?

Daire la miró, sorprendido, y luego su mirada se enterneció.

—Cilean, adoro la forma en que se mueven tus senos cuando arrojas la lanza. ¿Vamos junto al rey y la reina? Debemos marchamos de aquí cuanto antes y buscar a Brita. Luego, tú y yo nos casaremos.

Comenzó a descender por la ladera de la montaña. Cilean tardó unos instantes en reaccionar. Luego, sonriendo, fue detrás de Daire.

Epílogo

Brocain no exigió la vida de Rowan a cambio de la muerte de Keon. Cuando Rowan volvió a ver a Brocain, casi todas las tribus se habían unido y Rowan era su rey. Brocain sabía que si hacía daño a Rowan, él y todos los zernas morirían. Por lo tanto, a cambio de la vida de Rowan, aceptó cien de las más hermosas mujeres ulten.

Brita se casó con Yaine y ambos lucharon ferozmente entre sí por el poder, de manera que no causaron problemas a Rowan. Al morir Yaine, Daire y Cilean heredaron la escasa fortuna de los fearen.

Rowan nombró duques a los jefes de las tribus y, en la actualidad, aún son las familias dirigentes de Lanconia.

En *La princesa,* Aria es una descendiente de Rowan y J. T. desciende de la familia del escudero de Rowan, Montgomery de Warbrooke.